シックスナインの戯言《たわごと》

幸田 裕
Koda Yutaka

風詠社

シックスナインの戯言◆目次

装幀　2DAY

◇ はじめに ◇

「出る、出る、出る。なんぼうでも出て来るんじゃ。Ｈ２Ｏ《えいちつーおー》が目からのお。年を拾うてからか、悲しげなテレビドラマや気の毒で不幸なニュースを見ると、すぐに涙が出てくるんじゃわ」

私の友人である、平山弘幸は笑いながら、そう言った。

かく言う私も、フィクションだと分かっているドラマや映画、災害地や貧困地域のニュース等を見ると、すぐに涙が出てくる。年寄りは涙もろくなる、というのは本当らしい。

実は私も、平山弘幸と同じ山野に生まれていて、きっと私が、一番良く彼のことを知っているだろう。弘幸の両親よりも良く知っているかもしれない。

そんな私が今から書いていく内容は、小説であり、フィクションである。

しかしながら、この小説を書くにあたっては、どうしても、私の人生の昔のことが思い浮かんできて、参考にした内容もある。

従って、読者の中には、

「えっ？　これって実在するあの人のことじゃあないの？」

と、疑問を抱く人がいるかもしれない。

しかし、これは小説であり、あくまでもフィクションである。

仮に、読者が思い描くような酷似した人物や組織が登場したとしても、それは、本当にたまたまの偶然である。

念のために言っておくことにする。

◇ 父親と神主 ◇

平山弘幸は、広島県と岡山県の県境に位置する広島県福山市加茂町山野という田舎の地にうまれた。昭和二十九年一月のことだ。

広島県と岡山県の県境であることと、弘幸の一番上の姉の嫁いだ先が、星が綺麗で、立派な天文台の有る岡山県井原市美星町であったことが彼の成長に影響し、弘幸の会話は、広島弁と岡山弁の混合で話すのが日常であった。

その姉が嫁いだ先は、偶然にも、嫁ぐ前と同じ姓の平山家だった。

平山弘幸の生まれた、山野と言う田舎は、その地名が表す通り、中国山脈に迫る直前の山の中に存在している。しかも、その山の中にある山のてっぺんに生まれ育った。

弘幸は、そんな田舎の空気の綺麗な地で、すくすくと育ったので、心の綺麗な優しい男であった。

弘幸の家は、先祖代々神主であり、父親も神主を継いでいたが、神主と言う職業は、この父親の代で終わった。

この父親は、五人の子を儲けたが、長男は生まれて三か月くらいで短い命を失い、他の子供たち四人は、誰も神主を継がなかった。

神主と言っても、山の中の小さな神社のお守役を依頼されていただけであり、ひと月に二度ほど、その神社を訪ねて祝詞をあげる程度のことだった。

従って、神主なる職業の収入はゼロに等しかった。

賽銭箱の中も、子供のひと月分の小遣いよりも少なく、平山家の収入は、もっぱら農業である。お寺の坊さんが時々檀家の家を訪問して、お経をあげてお布施を貰うように、弘幸の父親も、氏子の家を時々訪問しては祝詞をあげて、ご馳走になっていた。

山野という田舎で言うところの「隣近所」は、随分離れていることが多い。

当時の父親は、そんな氏子の家を訪問する方法として、ホンダのスーパーカブという九十ccのオートバイを運転して訪問していた。

九十ccのオートバイというと、原付オートバイ免許では運転することはできない。自動二輪の運転免許が必要である。

父親は自動車の免許も、車も持っていないのでこうしていたが、オートバイを所有するまでは、一時間も二時間も歩いて氏子の家を訪問していた。

冬場の、雪の日などはたまらなかったであろう。昔のこの地域では、雪も結構降っており、一メートルくらい積ることはざらにあった。

そして、田舎であり、昔のことでもあることから、氏子の家で祭りを終えると、どうしても酒が出る。

お酒をご馳走になり、オートバイに乗って帰る途中、低い崖から落ちたこともあった。

完全に飲酒運転であり、今であれば、きっと免許取り消しであったろう。

当時、酒を飲んで、車やオートバイで事故を起こしても、

「酒を飲んでたんだから、まあ仕方無いな」

で、終わっていた時代でもあった。

◇ 幼少の期 ◇

弘幸は、いたずら好きでやんちゃな、元気な子供であった。

夏になると、里芋の大きな葉っぱが、スラッと長く伸びて光合成を行い、地下の芋に養分を送って大きく育てる。里芋は、スラッと長く伸びたこの大きな葉っぱが命だ。

弘幸は、そんなことを知る由も無く、このスラッと伸びた里芋の葉っぱを、細い棒を拾って、スパッと切り飛ばしていった。

非常にうまく切れて、大きな葉っぱが宙を舞う。面白くて気分爽快であった。

光合成も知らない五歳くらいの子供なのだ。

これを見つけた母親は、弘幸をこっぴどく叱りとばし、蔵に閉じ込めてしまった。

だが、弘幸は、この蔵の二階には、簡単に外に出られる壊れた窓の有ることを、良く知っていた。

そして、弘幸は、母の背中に向かって、あっかんべーをして蔵を抜け出し、近所の友達を誘って、探検と称した、少し離れた山の中を歩き回っていた。

遊び回って夕暮れになり、家に帰ろうとした時、なんと帰り道が分からなくなっていることに気付いた。山の中からの方角が全く分からなくなってしまった。周りの山の中は暮れ始めて、子供達は不安になってきた。

友達の一人が泣きベソをかき始め、さすがの弘幸も不安が増してきて、涙が出そうになってきた。

その頃、弘幸と一緒に山の探検に出掛けた友達の家の親達も含めて、夕方になっても帰ってこない子供達に気付き、慌てて捜索を始めた。

「ひろゆき〜!」

他にも、弘幸の友達に呼びかける親の声が聞こえてきた時、弘幸は不安が解消されると共に涙が溢れ出してきた。嬉し涙だった。弘幸の友達も同じことだ。

無事に子供を探して家に連れ帰ってきた母親は、祭りから帰ってきた神主の夫に、里芋の葉っぱを切り飛ばした弘幸を、蔵に閉じ込めるも抜け出して、遊びに出掛けた経緯を話した。

弘幸は、母親に加えて、父親にもこっぴどく叱られた。母親も、子供を蔵に閉じ込めたまま、ほったらかしにしていた罪を問われ、これまた父親から叱られた。

さすがに、この時の弘幸は、自分の悪行が原因で叱られている母親には、心底、申し訳ないことをしたと反省していた。

こんなこともあった。

この地では、郵便物を配達する郵便局の配達人のことを、郵便屋と呼んでいた。

その郵便屋が各家庭に配る郵便物を入れた黒い鞄を肩に掛けて、配達に来たのを見つけると、弘幸は、

「郵便屋さ〜ん！　そのカバンをくれ〜！」

と、追いかけていって、その鞄を引っ張って郵便屋を困らせた。

いつぞやは、郵便屋がカバンの口を開けたまま肩に掛けていた鞄から、郵便物を引っ張り出して、そこら中に撒き散らして、叱られもした。

お土産に、郵便屋から、ゲンコツを一発食らった。

その時、弘幸は誓った。

「このゲンコツの恨み、晴らさでおくものか！」

この地域では、郵便屋が来ると、縁側に座らせて、お茶などを振舞い、労を労うことがある。田舎ならではの情景である。

ある時、母親は郵便屋を縁側に座らせてお茶を勧め、世間話をしながら郵便屋の労を労っていた。

郵便屋は帽子を脱いで自分の横に置き、お茶をすすりながら、母親との世間話に耽っていた。

こんなチャンスを、弘幸が見逃すようなことは無い。

弘幸は、郵便屋に、

「こんにちは！」

と、愛想を振り撒きながら、郵便屋の横に回り込み、気付かれないように素早くそっと、郵便屋の帽子を奪い取って服の下に入れ、

「さて、どこへ隠してやろうか」

と、考えながら歩き始めた。

「お子さんは礼儀正しいんですなあ」

と言う、郵便屋のオベンチャラを背中に聞きながら、弘幸は、

「ククク！　これが、この前のゲンコツの仕返しじゃ！」

と、ほくそ笑みながら、納屋の方へ向った。

が、運が悪かった。

隠し場所を考えながら歩いていたため、周りに注意を払っていなかった。

歩いているすぐ前には、土に埋もれて少しだけ顔を出した石があった。

弘幸は、これ以上無いという、グッドタイミングで、その石につまずいた。

さらにその石の先には、謀ったように、石器時代に存在した石斧のような先の尖った少し大きめの石が待ち受けていた。

弘幸は再び、これ以上無いというグッドタイミングで石につまずいてころび、その石におでこを

嫌というほどぶつけた。

「痛っ！」

と、言う弘幸の声に気付いた母親と郵便屋が、

「大丈夫か？」

と、言いながら近寄ってきた。

そして、無情にも、そのこけた拍子に服の下に入れていた郵便屋の帽子が地面に姿を現していた。

この時に転んでできた傷は、七十歳を迎えようとしている弘幸のおでこに、今もよく分かるほどに、はっきりと残っている。

◇　米ぬかと養子　◇

この地方では、春を迎える前に、じゃが芋の種芋を植えて、秋の収穫を待つ。

平山家も例外ではなく、春を迎える少し前の暖かいある日のこと、母親が庭先で、種芋作りをしていた。

親芋を半分に切って、植えたじゃが芋が腐るのを防ぐために、切ったじゃが芋の表面に風呂やご飯を炊く釜戸にできた灰を塗る。それから植えることになる。

弘幸は、庭先で母親がその種芋の準備をするのを手伝っていた。

母親はしばらく無言だったが、突然、

「弘幸、お前は笠岡の横島のおじさんの家の子供になるか？」

と尋ねた。

弘幸は深く考えることもなく、

「うん、行く」

と、即答した。遊びに行くぐらいのつもりだったかもしれない。

いや、本当は、自分が行かなければ、すぐ上の博也あんちゃんが行かされるのではないか、と瞬時に判断したのかもしれなかった。

何年も後に、母親から聞いた話だが、弘幸が笠岡の横島の叔父の子供になるという話を聞いた兄の博也は、

「弘幸を行かせるな！　わしが行く！」

と言って、弘幸の養子行きをかばってくれたらしい。博也兄貴は優しい男だった。

確かに兄弟喧嘩をすることもあったが、弘幸には特に優しい兄だった。

いずれにしても、

「うん、行く」

と言った弘幸の、この一言で、父親の弟である叔父の養子になることとなり、小学校に上がる四月から、岡山県笠岡市横島の叔父の家に養子に迎えられることとなった。

母親は、弘幸の、

「僕は、行きたくない」

という返事を期待していたかもしれない。

優しい母親だったからだ。

「米ぬか三合有ったら、養子にやるな！」

などという諺がある通り、養子で苦労することは、良く知っていたからかもしれない。

しかし、養子に出る直前で、弘幸は四十度の高熱を出す麻疹にかかった。両親は弘幸の命の危険さえも感じていた。数日の高熱の後、麻疹は完治したが、それは四月中旬になってしまっていた。

だから、実際に笠岡の叔父の家に養子として入ったのは、四月中旬になっていた。

入学したのは、入江小学校であり、普通の新入生に二〜三週間遅れてのことだった。

弘幸は、父親の弟の養子となるので、姓は平山のままであった。

弘幸は元々五人の兄弟姉妹だった。二人の姉と二人の兄がいたのだが、長男は生後間もなく死亡しており、四人の兄弟姉妹の末っ子だった。

一番上に長男が居たことは、当分の間知ることはなく、ずいぶん後の小学校高学年で知ることとなった。従って、すぐ上の兄の博也は、次男であった。

これに加えて、弘幸の下に妹がいた事実も大学卒業時という、ずいぶん後で知ったことだった。

つまり事実は、六人の兄弟姉妹だった。

兄弟姉妹が多く、笠岡の叔父に子供ができなかったことから、弘幸に養子という白羽の矢が立ったのだ。

しかし、この叔父夫婦には、後日、娘ができている。この娘の誕生時には、既に弘幸はこの叔父の家には存在していなかった。

ずいぶん後の、大学卒業時に知ることとなった弘幸の妹は、弘幸が笠岡へ養子に出されている間に生まれた。生まれてすぐ、十日もしないうちに、岡山県の田舎に、弘幸と同じように養子に貰われていっていた。

両親は勿論のこと、弘幸の兄弟姉妹も誰一人として、この妹の話に触れたことは、一切無かった。生まれてすぐ養子に出されていて、この妹と遭遇することも無く、あるいは、両親に口止めされていたのかもしれない。

兄弟姉妹が知らないと言うのもおかしな話だが、弘幸は両親にも兄弟姉妹にも、この妹について問い質すことはしなかった。

ただ、弘幸は社会に出るまでずっと、

「妹や弟がいたらいいな、特に妹がいたら良いのに！」

と、思うことはたびたびあったので、できれば教えておいて欲しかった。

大学卒業時に妹の存在を知ってから、その妹を具体的に探すことはしなかったが、ずっと頭の片隅には、妹の存在が記憶され、いつかは会いたいと思っていた。

弘幸のこの妹は、両親にとっては遅い子供であり、高齢出産だった。この出産当時の父親は四十七歳、母親は四十三歳だった。

最近では時々、高齢出産を耳にすることがあるが、当時は珍しかったに違いない。

まあそれでも、

「やって見せ、言って聞かさて、させてみて、褒めてやらねば人は動かじ」

の名言を残した山本五十六の例もある。

山本五十六が産まれた時の父親は、五十六歳であり、母親は四十五歳だったという。

笠岡の叔父の家に養子に入ってからの弘幸の生活は、

「養子に行く」と言ったことを、十二分に後悔させる、辛くて大変なものがあった。

我慢と涙の繰り返しであったのだ。

叔父は、父親と同じ神主で、近くの道通神社に勤めており、生活費の収入は、この神社から得ていた。

叔父の家の周りには畑を借りていて、暇な時は農業の真似をしており、叔父の妻と一緒にわずかばかりの野菜作りもしていた。

叔父の性格は穏やかで優しい人物だった。

弘幸は、この家を出ることになるまで、そう思っていた。

義母である叔父の妻は、外面が良く、近所の人達からは、しっかりした家族思いの人物だと思われていた。

確かに、しっかりした人物ではあったが、弘幸に対しては、かなり厳しい躾《しつけ》やきつい言動で、今でいう虐待に近いものがあった。

しかし、叔父の前では良い母親を演じていたので、叔父は、その虐待に近い言動がある事実に気付くことは無かった。

弘幸は、そうした義母の言動に対して、辛い思いはしたものの、なかなか音を上げることは無かったし、しょげかえることも無かった。結構、我慢強かった。

叔父の弘幸に対する気配りや優しさが、そうさせなかったのかもしれない。元々、弘幸は、あまり深刻に考える性格ではなく、いつまでも引きずることも無かった。いわば楽天家であったのかもしれない。

もちろん、子供であるので、辛くて涙を流したことも時折あったが、それは一瞬の事で、すぐに忘れてしまう性格であった。

これが義母には気に入らなかったし、面白くなかった。

叱って一瞬しょげかえることがあっても、すぐに元の態度に戻るので、義母の言うことを聞かない、叱っても効き目の無い、生意気な子供と映ったに違いない。

義母は、弘幸を自転車に乗せて、少し離れた所にある畑や、買い物に出かけることがたびたびあった。そんな時、出くわした周りの人たちが、弘幸に向かって、

「お母さんとお父さんと、どっちが好きなん？　どっちが優しいん？」

と、よく尋ねてきた。

弘幸は、すぐ傍に義母がいても、何も考えること無く、

「そりゃあ、もちろん、お父さんじゃ」

と、即答していた。

義母は、これも気に入らなかった。

義母の弘幸に対する躾《しつけ》、言動には目に余るものがあった。

学校の宿題もやらず、近所の友達と遊んでいると、家に呼び戻し、

「遊ぶ前に、宿題を済ませなさい！」

と叱りながら、裸にして尻を叩いた。

そして、裸のまま、二階の窓から、一階との境にある屋根瓦の上に引っ張り出す。

義母の叱る声を面白がって、家の前に集まった子供たちに弘幸を晒すのだ。

集まった子供たちは、家の前に体育座りをして見学していて、弘幸には、なかなか辛いものがあった。

この叔父の家には義理の祖母もいた。

弘幸は、義母から、尾頭付きの魚の話を聞かされたことがある。

「尾頭付きは、偉い人、大事な人、年上の人に譲り、半分になっている時は、頭の方を譲るのが礼

儀なので、心得ておくように！」

ある日、一匹の魚を半分ずつにして煮つけた物がちゃぶ台に並べられていた時、弘幸は、義母に、

「気が利かない弘幸だ！」

と、言われないように先読みをして、半分ずつ皿に盛られた煮つけの魚を、お婆ちゃんと叔父の席には頭の方を、義母と弘幸自身の席には、尻尾の方を置いた。

これを見た義母が言った。

「何をしとるんな！　年寄りに骨の多い頭の方を食べさせてどうするんな！　のどに骨が引っ掛かったらどうするんな！」

と叱った。

「ごめん！」

と、一言、言えば済むものを、弘幸は、

「へえでもお母ちゃん、魚の頭の方は、大事な人や年上の人にだすんや、言うたじゃあねえ！」

これが義母には、口答えする生意気な子供と映り、さらに気に入らなかった。

ゴツンと一発、頭にゲンコツが落ちた。いまだに、頭の付いた魚と尾の付いた魚で半分ずつあった時、どうすれば良いのか分かっていない。まあ、一匹ずつ出てくれれば問題無いのだが、貧乏家庭では、そうとばかりにはいかないのが現実だ。

ご飯を食べている時、お腹が痛くなって便所に行きたくなったことがある。

「ウンコが出そうなんで便所！」

と、そう言って、便所へ駆け込んだ。

スッキリして食卓へ戻ってくると義母が、

「行儀の悪い！　ご飯の途中で便所なんかへ行くもんがあるか！　少しぐらい我慢せぇ！」

と、言う。

だが今度の弘幸は、言い返さなかった。

頭の中では仕返しを考えていたからだ。

後日、また同じように、お腹が痛くて便意をもよおしてきた。弘幸は我慢した。

しかし、我慢しきれなかった。

パンツの中では、ごくごく小さな音と少し多めの臭いウンコが出た。

暫くすると、鼻の良い義母が、

「ん？　何か臭くないか？」

と言いながら、良く利く自分の鼻を、弘幸の下半身辺りに寄せてきた。続けて、

「弘幸！　お前、ウンコしてねえか？」

「うん、出た。前にお母さんが言うとったように、我慢しとったけえど、我慢できんかったんじゃ！」

と、弘幸は悪びれることなく平然と答えた。

このことに頭にきた義母は、思いっきり大声で叫んだ。

「ばっかも〜ん！」

ちゃぶ台を囲んでいた、お婆ちゃんも叔父も、弘幸のこの答には、ポカーンと、口を開けたままにしていた。

後日、再び同じようなことが起きた。

朝ご飯の途中で、弘幸の肛門から、ウンコがそっと顔をのぞき始めたのだ。我慢はしていたものの、我慢しきれず、漏れたものが、肛門の周りをくすぐった。

茶碗に残っているご飯を口にかき込んで、弘幸は、

「ごちそうさま！」

そう言って、鼻の良い義母に気付かれる前に、二階へ駆け上がった。

そして、漏れたウンコを包み込んだパンツを脱いで、タンスから出した新しいパンツに履き替えた。ウンコを包み込んだパンツは、そのタンスに保管しておいた。

朝食を終えた弘幸が机に向かって学校の宿題をしていると、義母が珍しくオヤツを持って来てくれた。

「ヤバイ！」

と、弘幸が感じると同時に、鼻の良く利く母親が、

「うん？　タンスから何か匂う！」

と、言い、弘幸が、

「そりゃあ匂うわ。僕がウンコをタンスに入れとるんじゃやけえ」

と、心の中で呟いてニヤリとすると同時に、義母が、タンスを開けてその中から、ウンコを包み込んだ弘幸のパンツを見つけた。

万事休す！

こうなることは、想定内のことではあるものの、少し危険も感じた。

「なんや、これは！」

ウンコを包み込んだパンツを弘幸の鼻先に突き出した義母は、椅子に座っている弘幸の胸を突き飛ばした。

突き飛ばされた弘幸は、椅子もろとも、ひっくり返って、床に右手をついて転んだ。

この時、弘幸の右腕の肩辺りを鋭い痛みが襲ったが我慢した。

義母はさらに、今までアイロン掛けをしていたアイロンを持ってきて、弘幸が履いているズボンもろともパンツを剥ぎ取った。

弘幸は勘の鋭い子供であり、次の義母の行動を予測して、少し腰を引いたが、間に合わなかった。

「熱い！」

と、弘幸は悲鳴を上げた。予測通り、義母はそのアイロンを、肌を露わにした弘幸の尻に直接押し付けた。

「熱い！」

　と、もう一度悲鳴を上げようとした弘幸だったが、そのアイロンは、熱くは無く、暖かい程度だった。

　そのアイロンは、暫くアイロン台に置きっ放しにしてあったおかげで、温度は下がっており、火傷をするような温度ではなかったのだ。

　しかし、アイロンを尻に当てられる時の弘幸は、心臓が飛び出るほどビックリして、泣きじゃくっていた。

　その後も、義母の説教はしばらく続いた。義母は、途中止めになっていたアイロン掛けを再開し、弘幸は宿題を再開した。

　暫くすると弘幸は、義母に突き飛ばされて転んだ時の右手から右肩にかけての痛みが増していることに気付いた。痛みの我慢の限界を感じて、机にうつ伏せになって、シクシクと泣き始めた。その異変に気付いた義母は、弘幸の様子を見にきて、声を掛けた。

「どうしたん？」

「右腕が痛いよう！」

　と、義母に訴えると、義母は弘幸の右腕を取って動かしてみた。

「痛い！」

　と、更に痛がる弘幸に義母は、尋常でない事態を察して、弘幸を自転車の後ろに乗せ、近くの藤川病院に駆けこんだ。

藤川病院の医者は、レントゲン撮影を行って、弘幸の肩は骨折などではなく、右肩が脱臼していることを告げて、脱臼した肩の関節を元に戻した。続いて右肩辺りにシップを貼り、包帯を巻いて三角巾で右腕を肩に吊るしてくれた。

医者は、

「何をしていてこんなことになったの？」

と、尋ねてきたが、弘幸は怖くて、とても母親に突き飛ばされた、とは言えなく、

「椅子に座っていて、バランスを崩して転んで、床に腕をついたんだ」

と、答えるしかなかった。

病院からの帰りは、さらに恐ろしかった。

義母は、自分が弘幸を突き飛ばしたことが原因の脱臼であるにも関わらず、弘幸が転んで脱臼し、病院へ行くという、無駄な手を煩わせられたことに腹を立てており、

「そもそも、漏らしたウンコをパンツに包み込んで、そのままタンスに入れて置くなどという馬鹿げたことをした弘幸が悪いのだ！」

と愚痴り、腹の虫が収まらなかった。

義母は、海に沿って自転車を走らせていた道路上で、突然自転車を止めた。

そして、義母は自転車から下した弘幸の脇腹を抱えたまま、道路から海面上に弘幸を突き出した。

弘幸は、怖くて怖くて、泣き叫んだ。

それはそうだ。義母が手を離せば、弘幸は海の中に落ちてしまう。

その状態のまま、義母は言った。

「ウンコをパンツに包み込んで、タンスに隠すような真似を二度とするんじゃないよ！　やったら勘弁しないからね！」

それに続けて、

「今日、お母さんが突き飛ばしたことは、叱ったのでも罰を与えたのでも無いからね！　肩の脱臼のことを、お父さんや周りの人達に尋ねられたら、僕が椅子に座って勉強している時、身体を動かしてバランスを崩して転んだんだと、言うんよ」

と、言いくるめられた。

弘幸は、学校の夏と春の長い休みには、実の両親の元に行かせてもらい、楽しい時間を過ごしていた。

その時は、義母が実家の山野まで付き添って送り届け、笠岡へ帰ってくる時には、実家の誰かが弘幸に付き添って笠岡迄送り届けていた。送り届けるのは、ほとんどが実の母の役目だったが、二番目の姉が送り届けてくれることもあった。

小学校三年生の冬休みのことだった。

いつものように実の両親の元で楽しく過ごして、正月の四日には、実の母親に付き添われて笠岡に帰ってきた。

翌五日は、送り届けてくれた母親を、叔父の家から少し離れた近くの神島へ案内して、母親との最後の楽しい時間を過ごした。

この神島は、叔父の家側の渡し場から、五分程度の所要時間で運んでくれる船賃三円のフェリーで、神島の渡し場までの距離は、百mほどでしかない。秋刀魚の値段が、三～五円程度で買える時代の話だ。

当時、この安いサンマは、細長い体を包丁で二cm幅くらいに切り刻んで、切り干し大根と一緒に煮て食べていた。

子供は、この煮込んだ切り干し大根の中から、サンマの身を抜き出して食べていた。

当時の裕福でない田舎の食事はこんなものであり、こんな貨幣価値の時代だった。

魚を食べる時はほとんどそうだが、食べ残った骨を、火鉢やガスコンロで焼いて、ポリポリと食べた。内臓はほろ苦くて美味しいので、秋刀魚で残すところなんて存在しなかった、
叔父は、他の魚でも、若干魚肉のくっ付いて食べ残った骨を皿に入れて、お茶をかけてすすっていた。

この笠岡と言う地は、全国で有数のカブトガニの生息地であり、夏休みに海辺で泳いでいると、砂浜には大きいのやら小さいのやらのカブトガニが這っていた。

すぐ近くには、カブトガニ博物館もあったので、実母を博物館に連れていって見せた。

そして実母は、弘幸と楽しい時間を過ごした後、名残惜しくも、山野へ帰っていった。

その一月六日、弘幸が、学校の宿題である習字を書いているところに、義母が来た。

弘幸は、習字を早く書き終えて、遊びに行こうとして、適当に書いていた。早く遊びに行きたいので、熱心に書くはずもなかった。

この適当に書かれた習字の文字を見た義母は、言った。

「何よ、これ！　もっと丁寧に書きなさい！」

そう言った義母は、弘幸の持つ筆を奪い取って、硯の墨をたっぷり筆に含ませ、弘幸の顔に墨を塗りたくった。

「ごめんなさい。書き直すよ」

と、めずらしく弘幸は、素直にそう言って、言い訳などは一切しなかった。

弘幸はもう、完全に切れてしまっていたので、顔中に墨を塗りたくられた瞬間、ある計画を頭の中に思い描いていた。

「米ぬか三合有ったら、養子にやるな！と、言うが、僕が結婚して子供ができても、養子には出さない！　こんな辛い体験を子供にはさせたくない！　絶対、養子になんかやるものか！」

と、弘幸は誓っていた。

子供が欲しくても子供の出来ない人達は、里親という制度があるのだから、その制度を利用しても良いのだから。

◇ 我慢と勇気で、養子の解放 ◇

翌日の七日に弘幸は、昨日思い浮かべていた計画を実行に移した。

今日は、昼から義母が出掛けるというので計画実行の絶好のチャンスだ。

まず弘幸は、義母が出掛けた後、実母宛に手紙を書いた。

「お母さん！　僕は今日、学校の宿題の習字を書いていた時、こっちのお母さんは、もっと丁寧に書きなさいと怒って、僕の顔に墨を塗りたくりました。もう我慢できません。助けてください」

手紙の便箋にはそう書いて、自分が顔に墨を塗りたくられて真っ黒の顔の絵を、鉛筆で書いて同封した。

山野に住む実母の住所は、実父が叔父宛に出していた年賀状を、義父の机の引き出しの中から探し出して分かっていた。手紙を書くとすぐ、近くにある雑貨屋前にある郵便ポストに入れた。

その手紙のポスト投函時の帰り道、さらに弘幸は思い付いたことがある。

家に帰った弘幸は、毛糸の手袋を両手に差し込んで、セーターを着込み、自分の机の上に置いていた貯金箱を開け、お年玉などで貯めておいたお金を全部ズボンのポケットにねじ込んだ。

次に弘幸は、マフラーを首に巻き、歩いて十分ほどのところにある、先祖たちが眠る墓に向かった。墓の前で、弘幸は跪き、墓に向かって涙を流しながら言った。

「おじいちゃん、ごめんね。笠岡の、この家では我慢できなかった。この家の子供になれなくて、ごめんなさい」

そう言って弘幸は、笠岡駅を目指して歩き続けた。

といっても、ここから歩くのは、四十分程度のことだ。笠岡行きのバスもあるが、バスの停留所まで歩いたり、バスに乗っていたりすると知った人に遭う可能性が高くなり、計画が失敗に終わることになりかねない。

そう、弘幸は、実の父母のいる山野の実家を目指した旅に出る計画を立てていたのだ。

家出だ！　脱走だ！

バスに乗る手順などは、夏休みや冬休みごとに何度も往復しているので、しっかり頭の中に入っている。

笠岡駅には、岡山県の井原市とをつなぐ井笠鉄道があったが、鉄道の利用方法は、よく覚えていなかったので、バスを利用した。バスも鉄道と同じように、笠岡駅と井原駅とをつなぐ便がある。井原駅に着いたら、山野行きのバスに乗る。山野に向かうには、バスしかない。

この脱走時には、井原駅からバスに乗るお客が珍しく多く、井原駅から山野行きには、臨時便が出た。

臨時便というのは、山野までの道のりの途中に、佐原という場所があるのだが、そこまでは二台のバスが並走する。

佐原まで並走したバスは、お客が少なくなっているので、お客を一台のバスにまとめて井原駅に引き返す。

今では山野は過疎地で、井原市の住民も少ないので考えられない臨時バスの運行であるが、当時は、こんな臨時便が出ることが、たまにあった。

弘幸は、この臨時便のバスに乗って、臨時バスが並走する最後の停留所である佐原で降りて、前を走る本来の正規のバスに乗り換えた。

弘幸が降りるべき山野のバス停には、井原駅から約四十五分程度で着いた。

既に辺りは暗くなっていた。降りたバス停から、実の父母の住む実家までは上り坂になっている山道を、四十分程歩いた。

実家に着いた弘幸は、どう言って家に入ったらいいか分からなかった。また、寒いこともあり、五右衛門風呂の釜をたく釜戸口に行ってみた。若干の残り火があり、暖かかったので、暫くその前に座り込んだ。

かじかんだ手と、冷え切った体が少し温まり、ホッとした。二十分ほど、そこに座っていたが、釜戸の前とはいえ、真冬なのだ。寒いし、お腹がすいていた。

弘幸は、立ち上がって家族のいる居間の前の縁側に顔を伏せて、家の中にいる家族に聞こえる程度の小さな声で泣いた。

部屋の中の博也兄貴が、一番に弘幸の泣き声に気付いていてくれて、障子戸を開けて出てきてくれた。

そして、博也兄貴は、

「あっ！　どうしたん？　弘幸じゃないか！」

博也兄貴は、すぐに、弘幸だと気付いて、

「お母さん、弘幸じゃ！　弘幸がおるで！」

と、母親に声を掛け、母親が出てきた。

「どうしたんや？　寒かったろう！　まあ中へ入れ！」

そう言って、母親は弘幸を中に招き入れ、コタツに入らせてくれた。そして、おにぎりと漬物とお茶を出してくれたので、弘幸はすぐに、おにぎりにかぶりついた。

弘幸は、暖かいコタツに入ってご飯を食べて、実母と博也兄貴の暖かい言葉に包まれたので、嬉し涙が出て止まらなかった。

「帰って来た！　脱走計画成功だ！」

と、思うと、弘幸は更に涙が溢れ出てきた。

弘幸は、今日、習字をやっている時の出来事を母親に話した。

暫くすると、この時期に多い、個人宅の祭りに出掛けて、祝詞を上げ終わった父親が帰ってきた。

帰ってきた父親に、母親が、弘幸の話した内容を伝えた。

弘幸は、二度と叔父のところには行きたくないことを、しっかり両親に伝えた。

伝えなくても、両親は、家出をしてまで帰ってきた弘幸なのだから、叔父のところに帰りたくないことは充分に理解している。

疲れていた弘幸は、母親が四畳間に布団を敷いてくれたので、その布団に潜り込んだ。

布団に潜り込むとすぐ、両親の話す声が聞こえてきた。

「義夫さん（笠岡の叔父）は、かなりの癇癪持ちだから、富美子さん（笠岡の叔父の妻）は、義夫さんに、しこたま怒られとるじゃろうのお」

との、声が聞こえてきた。

弘幸は、ここで初めて知った。

あの弘幸には優しい叔父が、気に入らなかったら、怒りまくって手の付けられなくなる人だということを。

養子に行って、笠岡でのこの三年間の暮らしの中で、そんな叔父の姿は一度も見たことが無かった。叔父は、弘幸に対しては、優しくて大好きな父親だった。

実の両親は、まだ暫く話していたが、疲れて眠気に負けた弘幸は、眠ってしまった。

両親が、弘幸の気持ちを、どのように叔父や義母に話してくれたかは分からないが、本当の父親と母親なのだ。こんな寒い季節のこんな時間に、小学校三年生の子供が、たった一人で家出して帰ってきた気持ちは、全て悟ったに違いない。

翌々日、笠岡の家を脱走する直前に書いてポストに投函した手紙が、両親の手元に届いた。弘幸の前で手紙を読んだ母親は、弘幸の顔を覗き込みながら、

「そうだったんか」

と、言い、弘幸は、

「うん」

と、答えただけだった。

笠岡でのこれだけの生活に耐え、小学校三年生が、たった一人で家出して実の両親を求めて帰ってきたのだ。

弘幸は、翌日話し合った実の両親と叔父たちのやり取りは聞いていないが、笠岡の叔父達の所へ帰さないことは決まっていた。

それが証拠に、母親は翌日、弘幸を連れて地元の山野小学校へ出向き、弘幸の転校手続きを取ってくれた。

この三年間に及ぶ、弘幸の、笠岡での養子生活では、何度、Ｈ２Ｏを目から流したことだろうか。

しかし、弘幸は、嫌な事でも、いつまでも引きずる性格ではなく、それぞれ一瞬の出来事であったように振舞っていた。

また、不思議にも、これだけの苦しく辛い経験を思い出すことも無かったし、義母を恨むような気持にもならなかった。

きっと、楽天家だったからだ。

この笠岡での生活で学んだことは、苦難にも我慢しなければならないことと、意を決して戦わなければならない時もあるということだ。たとえ子供であったとしてもだ。

叔父の家では、ずっと我慢してきたからこそ、そして勇気を奮って、この寒い季節に決意した家出だったからこそ、実の両親に迎えられたし、笠岡に送り返されることも無かったのだ。

小学校の習字で学んだことがある。

それは、仕事（習字）は丁寧にやってこそ良い成果が期待できるということだ。適当に書いていると、立派な作品は生まれない。

そして、もう一つ。

思ったことや感じたことを、そのまま、誰にでも同じようにぶつけると、シッペ返しを食らう。だからといって、じっと黙って言いなりになっていると、ひどい目にあって抜けられなくなるということだ。この状態から抜け出すためには、勇気を持って反論・抵抗することも大事なのだ。

そんなことを、笠岡の養子生活では学ぶことができ、その後の人生上でも、非常に役立つこととなった。

◇　自由きままな田舎生活　◇

笠岡の入江小学校から山野小学校への転校手続きを終えてからは、もう弘幸の天下だ。思うままだった。

転校手続きを終えた弘幸は、そのまま新しいクラスへと担任の先生に連れて行かれ、クラスの仲間たちに紹介された。

弘幸は、この三年生の三学期の初日から山野小学校の生徒となった。

実は、弘幸は、小学校に上がるまでは、この地元の山野保育所へ通っており、先生に連れてこられたこの教室の中には、見覚えのある顔が何人もいた。

顔に見覚えのある者たちは、山野保育所で一緒に遊んだ友人たちだったのだ。

同じように、紹介されたクラスの中には、保育所時代の弘幸を覚えている者がおり、ヒソヒソと弘幸のことを話題にしていた。

後で知ったことだが、弘幸は戸籍上、正式に笠岡の叔父の養子にはなっていなかった。

弘幸が笠岡の叔父の家に慣れて、充分養子になれると判断できたら、二十歳になった時点で養子縁組することになっていた。

笠岡での小学校通学は徒歩で十分程度だったが、この山野小学校へは、毎日、片道五十分ほど、坂道を歩いての通学だった。

もっとも、子供のことであり、道草をくいながら歩いているので、一時間を超えることはたびたびあった。

弘幸は、楽天家で、いたずら好きなことに加えて、よくしゃべった。本人は自覚していなかったが、目立ちたがり屋でもあった。

学校の授業中でも、隣や前後のクラス仲間に話しかけて、よく先生に注意を受けた。

五年生の時だった。

明日が親を授業に招いての参観日だという日のこと。担任の先生が言った。

「明日は、お母さんやお父さんに学校へ来ていただいて、皆の普段の授業を見学してもらう参観日だが、特別に取り繕った良い態度や立派な姿を見せる必要は無い。いつもの姿、態度を見てもらえば良いのだから」

翌日の参観授業は大変だった。弘幸がではなくて、弘幸の母親と担任の先生がだ。

参観日は、弘幸の独壇場だった。

先生が算数の教科書の問題を示して、

「この問題の答えが解る人は？」

と、問いかけるとすぐ弘幸が、

「は〜い！」

と、誰よりも先に手を上げて、先生が、

「はい、弘幸くん！」

と指名した。

当時の担任の先生は名字で無く、下の名前で呼んでいた。

「はい！　分かりませ〜ん」

と、弘幸は言った。

これは、親共々、生徒に受けた。

教室の後ろで見学していた親たちは、クスクス笑い、生徒達は大笑いした。

弘幸を指名した先生は、苦虫を潰したような顔をして、何も言わず、他に手を挙げていた生徒を指名して答えを求めた。

引き続き弘幸は、先生が説明をしているにも関わらず、前後左右の生徒に声を掛けてヒソヒソ話を続け、先生の話を聞いてはいなかった。

その時、弘幸は、頭の後部にゴツンと大きな衝撃を受け、痛みを感じた。

参観していた弘幸の母親が、弘幸の態度と先生を見かねて、我慢できずに後ろから弘幸に近づいて、弘幸の頭にゲンコツをお見舞いしたのだった。

これもまた、クラス中に受けた。

先生と父母達はクスクス、そして生徒は大笑いだった。

母親も、さすがにいろいろな意味で恥ずかしかったのだろう、そそくさと、教室の後ろにさがっていった。

参観授業が終わると生徒は下校する。

その後の父母達は、順番に、担任の先生と五～六分の面談だ。

面談を終えて帰ってきた弘幸の母親のお小言が始まった。

「担任の先生から、弘幸くんは、元気で勉強もそこそこに理解しているようなので良いのですが、授業を聞く態度がいつも、今日見ていただいた通りなんですよ。周りの生徒に迷惑をかけるし、私が注意していると、授業が前に進まないんです。注意しても、素直に聞き入れず反論してきて、困ってしまいます。お母さんからも、良く言って聞かせてください。宜しくお願いします」

と、言われたと言うのだ。

「なぜおまえは、参観日の日ぐらい、大人しく真面目に授業を受けられないんじゃ！」

と怒った。弘幸は、

「へえでも、昨日、先生が、参観日はいつもの態度、姿を見てもらえばええんじゃけえ、ええ姿を取り繕う必要なんかありゃあせんと言うたんじゃけえ」

と答えた。

「馬鹿かお前は！」

と、母は言い、参観授業に続いて、弘幸の頭にゲンコツをお見舞いして立ち去った。

弘幸の学習成績は一科目だけ除いて悪くはなく、上位の方だった。

その一科目は体育だった。

とにかく弘幸の運動神経は鈍く、運動会の徒競走は特に嫌だった。

スタート時に、

「よ〜い！」

の声がかかると、心臓が飛び出すほどにドキドキして、どんなグループでも、誰と走っても弘幸が最下位だった。

借り物競争だと、借りる物がなかなか見つからなかったからとか、障害物競争だと、網が足に引っかかってとか、玉入れ競争だと、入れる玉を友達が腕に沢山抱え込んで、入れる玉が無かったからだとか、いろいろと言い訳ができる。だが、徒競走は、全ての原因が自分自身だけにあるから嫌なのだ。

「なんで、今日みたいにすがすがしく、良い天気だのに、運動会なんてするんな？　絶好の勉強日和じゃあねえか！　勉強しとる方がよっぽどええわ」

と、言って、よくクラス仲間を笑わせた。

嫌なのは徒競走だけで、他の競技はそれほど嫌ではなかった。

特に昼の弁当時間などは、母親たちが、子供の好きな美味しいものばかりを詰め込んだ弁当を持ってきてくれて嬉しかった。

現金なもんだ。

◇　中学時代の淡い思い出　◇

兄の博也と話をしていた時、兄が突然、

「わしは、次男なんじゃゃ！　だから、弘幸は三男なんじゃゃ！」

と、言ってきたことがあった。

その時までの弘幸は、博也兄が長男で、自分は、次男の末っ子だと思ってきた。

博也兄が、なぜ突然そんなことを言ったのかは分からない。

両親から言うように言われたのか、それとも、早めに言っておかないと、将来弘幸が知った時、家族不審に陥ったりしないようにとの兄の優しさだったかもしれない。そんな大人の兄には思えなかったのだが。

この時、弘幸がこの事実を知っていなかったら、大学を卒業する時まで、この事実を知ることは無かっただろう。

二人の姉は既に嫁いでしまっているし、両親はとても話してくれそうになかった。

「わしは次男なんじゃ！」

そう言った博也兄は、家族の記載がある国民健康保険証を見せてくれた。保険証には、博也兄の名前の前に、次男と記載されていた。

弘幸は、兄に言われて保険証を見せられて初めて、自分が三男の末っ子であることを、知ったのだった。

弘幸は、早速、母親に、

「あんちゃんから聞いたんじゃけえど、あんちゃんが次男なんは本当なん？」

と尋ねると、母は、

「そうじゃ。へえじゃけえど、久登と名付けた長男は、生まれて三か月くらいで死んでしもうたんじゃ」

と、教えてくれた。

その時までの弘幸は、自分が末っ子だと思っていた。

と、言うのは、弘幸の下に、妹がもう一人いたからだ。

しかし、この時点では、自分が三男だということを知っただけで、妹の存在など全く知らなかった。

弘幸が笠岡に養子に出されている間に、妹が生まれたからだったが、弘幸が末っ子でなく、本当の末っ子の妹が存在するという事実は、ずっと後の、弘幸の大学卒業時となる。

弘幸は、運動は苦手だったが、勉強はまあまあできる方で、よくしゃべり、先生などを言い負かせていたので、クラスの人気者ではあった。

意地悪や口喧嘩もよくやったが、その対象は、上級生や大人や先生であり、クラスの友達とやることはほとんど無く、クラス友達に嫌われるようなことはなかった。

男子生徒にも女子生徒にも人気者だった。

その逆に、弘幸が好きになった女の生徒は存在した。

それは、中学二年生の時のことで、周りの多くの男子からも人気のある女の子だった。

積極的で、スポーツの得意な女の子で、名前を、禿弥生と言った。勉強も、そこそこにできた。

ある時弘幸は、ノートの端を小さく切り取って、その紙切れに「キスイダ」と書き、昼の休憩時間に、こっそりと禿弥生の机の中に入れた。

この「キスイダ」は、「大好き」を反対に読んだものだ。

禿は、午後の授業が始まるとすぐに、そのメモ書きを見つけた。弘幸は、ポーカーフェイスで、じっと禿の動きを観察していた。

メモ書きを見つけた禿は、そっと持っておけば良いものを、次の休憩時間に、あろうことか、周りの友人たちに見せたのだ。

それで、この事件はあっと言う間にクラス中に広まり、そのメモ書きの犯人探しが始まった。

弘幸はもちろん、知らんぷりで、知らぬ存ぜぬを通し続けた。

だが、どうしてか分からないが、そのメモ書きの犯人は弘幸だ、とクラスの友人たちは推測したらしい。

だが、周りの友人たちが、このメモ書き犯人を弘幸だと推測していたことを、弘幸は、全く知らなかった。以降、クラスでは、この事件を「キスイダ事件」と、呼ぶようになり、中学卒業後も、そう呼ばれていた。同窓会などで、この「キスイダ事件」が話題になることがあった。

弘幸が高校に進学してからのことだったが、禿弥生に手紙を書いたことがある。まず、文通をして欲しいという内容だ。手紙を出した後、文通をＯＫしてもらえるかどうか非常に気になった。

高校に進学して下宿していた家の庭に、オレンジ色のガーベラが咲いていたのを見つけて、花占いを行うことを思いついた。ガーベラを一本、指でもぎ取って拝借し、自分の部屋に閉じ籠って、花占いを始めた。

ガーベラを拝借する時、オレンジ色のガーベラの花びらが一枚、地面に落ちていた。弘幸は拝借したガーベラのものだろうと思って拾った。

ガーベラの花びらは、奇数枚だと、なんとなく知っていた。

また、花占いをする時は、自分の得たい結果から始めると、奇数枚の最後の花びらは自分の思い通りになるのだ。

拾った花びらを、文通ＯＫから始めて、

「ダメ、ＯＫ、ダメ、ＯＫ・・・」

と、花びらをちぎっていった。

最後の一枚は、「ダメ」で終わった。

「ああ、なんと言うことか！　落ちていた花びらを拾わなければＯＫだったのに・・・」

と、後悔した。

拾っていようが、拾っていまいが、結果が変わる筈も無いのに。

花占いの結果通りに、文通は丁寧に断られた。

キスイダのメモ書きをした犯人が、周りの友人たちに弘幸だと、推測されていたことは、実に四十年後の中学の同窓会で知った。

同窓会の歓談の中で、当時、クラス委員をやっていた小正田秀哉が、弘幸に向かって、

「そう言えば、ひろさん！（友人達は、中学生時代も弘幸のことを、こう呼んでいた）中学生の時の、あのキスイダ事件の犯人は、ひろさんやろ！」

と、突然、ニヤニヤしながら言い出した。周りの奴らが数名、こちらに聞き耳を立て始めて少しうろたえたが、知らんぷりで、得意のポーカーフェイスを決め込んで、

「違う！　違う！　俺じゃあないよ！　俺は知らんで！」

と、とぼけたのであった。

小正田秀哉は、

「あっ！　そう？」

と、言ってそれ以上、追及してこなかった。周りにも禿弥生を好きだった男が複数いたことと、犯人の疑いが小正田自身に向かって来かねないと、感じたのかもしれない。

小正田は、中学時代の淡い思い出を思い出させて迷惑だった。忘れていたのに。

それに、この同窓会に当の禿弥生が出席していなかったこともあって、ホッとした。

禿が出席していたら、少し可哀そうだ。

まあ昔のままの禿であれば、そんなことで恥ずかしがるような女の子では無かったが。

そう言えば、弘幸は今まで、無欠席で同窓会に出席しているが、禿弥生は、今まで出席していたのだろうか？　禿が、同窓会に出席していたことの記憶があまり無い。禿の同窓会欠席の原因が、

弘幸の参加のせいということも無いだろうに。

このように、中学時代の弘幸はちょくちょくといろいろな話題に上る生徒ではあった。

畳の敷いてある和室で、友人と暴れて窓ガラスを割り、割れた破片が友人の尻の山に突き刺さって、医者に行ったことがあった。

また、全校生徒が体育館行事に参加している時の財布盗難事件の犯人と疑われて、先生に呼びつけられたこともあった。

だが、弘幸は無罪だ。犯人と決めつけられたとしたら、それは冤罪であり、控訴しなければならなかったが、犯人とはされなかった。

どちらかというと弘幸は、同級生や下級生たちには優しく、楽しく接する人気者で、真面目な人間だったのだが、調子に乗り過ぎてやり過ぎることが多々あった。

そんなのだから弘幸は、しょっちゅう職員室に呼ばれて、説教を食らっていた。

弘幸を、特別好きになってくれる者はいなかったが、多くの敵を作ったり、嫌われることも無かった。

ただ、優しいがゆえになのか、他人の境遇や性格に対し、知っていることや思ったことをすぐに口に出してしまうことがあった。優しさのつもりで行なった言動に、反感を買うことも、多々生じていた。

しかし、弘幸は、この「キスイダ事件」から、他人に対する言動については、かなり慎重に注意を払うようになっていた。

弘幸と同じクラスの中には、周りの者とうまくコミュニケーションの取れない生徒が、男女一人ずついた。

一人の男子生徒は、生徒間では相手が気に入った者であれば話すのだが、先生との会話は全くできず、先生が話しかけると嫌な顔をして、そっぽを向く。

もう一人の女子生徒は誰とも全く話そうとしないのだが、だからと言って、誰が話しかけても嫌な顔をしたり、そっぽを向いたりする訳でもない。「ハイ」か「イイエ」だけで答えられる質問を投げかけると、「ハイ」と答える質問には首を縦に、「イイエ」と答える質問には首を横に振るだけで、声を発することは無かった。

原因は、今で言う、発達障害だったと思える。

男子生徒の名前は、下川良一と言い、弘幸は、下川が気に入った少数の一人であった。なぜ気に入ったのかは不明だ。

ある日の授業が、すべて終わった放課後のことだった。

弘幸と下川良一の二人は、放課後のグラウンドで、軟式の柔らかいテニスボールと、下川が家から持って来た直径5センチくらいで、長さが一メートルくらいの竹の棒を、バット代わりにして、野球のまねごとをしていた。

暫くして二人は、グランドに有った木製のベンチに腰掛けて一息入れることにした。

弘幸は、下川に向かって、

「ええなあ、下川は。家の人の誰も働かんでええんじゃけえ。生活保護を受けとるんじゃろう？でも、生活保護ってなんなん？」

と、弘幸が尋ねた時、突然、下川が立ち上がって、持っていたバット代わりの竹の棒を、弘幸に向かって振り下ろした。

頭を狙ったのかもしれないが、頭を外して右肩に当たった。そこそこに、痛かった。続いてまた、バット代わりの竹の棒を頭上に振りかざしてきた。

弘幸は、素早く体を交わすことで、その竹の棒で叩かれることを避けることができたが怖かった。

下川は、頭に血が上っていると思えた。

弘幸は立ち上がり、先生の救いを求めて、職員室に向かってまっしぐらに走った。下川は、バット代わりの竹の棒を持ったまま追いかけてきている。

弘幸は職員室に駆けこんで、担任の先生を捕まえて助けを乞うた。

バット代わりの竹の棒を持った下川は、それを持ったまま、職員室まで追いかけて入ってきた。

まだ職員室に残っていた先生たちが、尋常ならぬことを察して、下川を取り押さえてバット代わりの竹の棒をもぎ取った。

弘幸の担任の先生が残っていて、弘幸と下川を並ばせて、こうなった経緯の説明を求めた。

下川は勿論、先生に話そうとしないので、弘幸がここへ来るまでの経緯を話した。

担任の先生は、下川に対して、

「平山が話したことで間違いないか？」

と尋ねた。

下川は、聞こえるか聞こえないかの小さな声だが、しぶしぶ、先生に対しては珍しく、

「うん」

とだけ言った。

続いて担任の先生は、竹の棒で殴った行為は、命を奪うかもしれないことを、とくとくと説明して、二度とこのようなことをしないように言い聞かせた。

弘幸に対して担任の先生は、弘幸が疑問に思っている生活保護について、

「生活保護は、本当に生活に困っている人に対する国の救いの制度で、当然の権利なんだが、生活保護受給者は、それを恥ずかしいことと思って、生活保護受給者であることを知られたくない人が多い」

と、説明し、さらに、

「周りの人たちも誤解して、生活保護受給者が当然の権利者であるにも関わらず、働かない怠け者と思っている人もいるんだ。だから余計に、生活保護受給者は、その事実を知られたくなくなるんだ」

とも、説明した。

「しかし、平山はなぜ、下川の生活保護のことを知り、なぜ、その生活保護の話を、下川にしたんや?」

と尋ねてきたので、平山は、

「今朝、先生が誰もいない教室で、下川と生活保護の話をしているのを偶然聞いて、生活保護って聞いたことが無く、生活保護の事を知りたいと思って、下川に尋ねてみようと思ったんです」

と、答えた。

すると、それを聞いた担任の先生は、

「分かった。でも、さっき言ったように、生活保護のことを良く思わない人もいるので、下川が生活保護受給者の家庭であることを、誰にも絶対に話してはいけんで!」

と、釘を刺した。

翌日、下川が弘幸の所に来て、

「昨日は悪かった!」

と、謝った。

「いいや、俺こそ悪かった。ごめんな」

と、弘幸も謝り返した。

それからの二人は、どうしたことか、今まで以上に一緒に行動することが多くなった。

休憩時間と言えば、卓球台のある部屋に行って卓球をしたり、校庭の地面に穴を沢山掘って、指ではじいたビー玉を早く穴に入れる遊びなどをして遊んだ。

いつぞやは、弘幸が、下川に向かって、

「俺の家の近くには、イチジクが植えてあって、沢山のイチジクがなっとるけど、いつも食いきれん」

と、言うと、下川は、

「じゃったら、わしが行って食べちゃろう」

と言って、山のてっぺんの弘幸の家まで、自転車を押しながらやって来た。

帰り道は坂を下るので楽だが、自転車を押して上がって来るのは、かなり急な坂であり押して上るのは、相当な重労働である。

下川はかなりの体力の持ち主で、腕力も強く、弘幸と違って、いつも力作業に率先して参加していた。

下川は、弘幸の家の近くに生えているイチジクの木の場所に来ると、たわわに実を付けたイチジクをもぎ取って食べながら、

「旨えのう」

と、言って満足顔だ。

さらに、沢山のイチジクをもぎ取りながら、

「うちの家の者にも食わしてやろう！」

と、言って、もぎ取ったイチジクを、カバンの中に入れて帰っていった。

弘幸自体は、あまり好きなイチジクではないが、下川がやって来て、満足顔で帰っていったので、嬉しかった。

◇ 高校生活を楽しむ ◇

弘幸は小学生の頃、なりたい職業として、いろいろのものを考えていた。農業もあったし、警察官もあったし、弁護士も裁判官もあった。宇宙飛行士も税理士もあった。ほとんどが、テレビのニュースや大人達の話からきたものだった。もちろん、先生たちの話からも影響を受けた。

高校進学先を検討する時期となった弘幸は、将来の自分がやりたい職業と絡めて、具体的に考え始めた。

何の商売が良いかは分からないのだが、何かの商売をして、金儲けをしたいと考えていて、商売人になりたいと思った。

ならば商業高校かなと思い、担任の先生との進学面談では、

「僕は、商売人になりたいと思っています。それで、具体的には、昨年、先輩が進学したと聞いている鞆商業高校を受験したいと思います」

と、弘幸は言った。

担任の先生は、他の進路指導の先生と同じように、

「普通科に進んだ方が、大学に行くにしても就職するにしても、選択肢が広がってええと思うがなあ」

と返してきて、続いて、

「お前の今の成績だったら、普通科高校で真面目に勉強しておれば、国立の二期校くらいの大学なら入れると思うがなあ」

と、言ってくれた。

両親は特に、弘幸が商業高校に進むことに反対はしなかったが、二番目の姉が、

「弘幸の行こうとしている鞆商業高校は、広島県東部では難関の普通科高校に付属していた商業科で、お前には入れりゃあせんで！」

と、言ったので、弘幸は鞆商業高校を目指して、余計に闘志を燃やすこととなった。

先生たちは、弘幸の高校卒業後の進路は、大学になると決めてかかっていたに違いない。

そんな周りの意見に逆らって弘幸は、鞆商業高等学校に行くことと決めた。

目指す福山の鞆商業高校に進学となると、この山奥の山野から毎日通学することは難しい。

しかし、弘幸の父親は、

「弘幸の思うようにすればええ。福山に行くことになれば、下宿の費用くらいは出してやるから。私立高校だと授業料が高いけど、鞆商業高校は公立で、授業料は安いから」

と、言って、弘幸の後押しをしてくれた。

だから、中学三年生では勉強した。大学までを通じて、一番勉強したのは、この中学三年生の時だった。

中学校では、放課後や夏休みに、先生達が高校進学希望者を対象に、入学試験対策用の補講をやってくれた。山野と言う、ド田舎には、塾などというしゃれた場所は無い。

この補講は、先生達の好意だった。

弘幸は、高校の入試合格と言う目標達成のため、親にねだって、過去の高校入試問題等の載った書籍を購入してもらって、家族が寝静まったころから、この書籍を中心に勉強した。

兎に角、やった。勉強した。自分を褒めてやりたいくらい集中した。

「自分を褒めてやりたい?」

どこかで聞いたような気もするが、本当に良くやったと思う。

ただ、友人からの情報で、面白いラジオの深夜番組があると聞いて、父親のトランジスタラジオを借りて聞きながらの勉強だった。

そのラジオ番組では、曜日ごとに変る気に入ったDJ宛に、投稿などもしてみた。

その投稿したハガキが三~四回読まれた。

ラジオネームは主に、六色仮面で出した。

翌日学校に行くと、この弘幸の投稿を聞いていて、話題にした友人もいた。投稿者の住所の山野も読まれたので、弘幸が出したものだと分かったからだ。

あの姉の、

「その商業高校、お前にゃあ、入れりゃあせんで！」

と、言われたことへの、良い反発で、

「絶対に合格して入学してやる！」

という気持ちを持ち続けての勉強であった。

結果、弘幸は、鞆商業高校にトップの成績で入学を果たした。この高校では、トップの成績で入学した者に、入学式での入学生代表挨拶をさせることになっており、弘幸はその大役を果たしたのだ。

「弘幸では入学は無理！」

と、言っていた姉は喜んでくれて、入学祝いに目覚まし時計をプレゼントしてくれたことが、非常に嬉しかった。

しかし本当は、姉の入学祝いよりも、姉が弘幸の合格を喜んでくれたことの方が、ずっと嬉しかった。

弘幸の入学が決まると、山野の山のてっぺんの自宅からの毎日の通学は無理なので、予定通り下宿することとなった。

父親が一時間以上もかけて、ずっと昔から愛用しているホンダのスーパーカブ九十ccに乗って、福山で下宿を探してくれた。

小高い丘のような場所に立っている鞆商業高校のすぐ下にある民家を訪ねて、弘幸の下宿を依頼してくれた。

その家のご主人は離婚しており、高校生と中学生の男の子と、ご主人の母親の四人暮らしをしていた。その家の二階はあまり利用していないことと、山奥から進学してきた生徒を支援してやろうという優しい気持ちから、二階の部屋を提供してくれることとなった。

ご主人は離婚して、男の子二人を抱えて働いているので、子供たちの世話が充分にできない。そこで、ご主人の母親を同居させて、この家族の世話を依頼していた。

このご主人の母親のことを弘幸は、ご主人の子供たちと同じように、

「お婆ちゃん」

と、呼んでいた。お婆ちゃんは、きっと七十歳はとうに超えていた。

いつも乳母車をトロトロと押しながら買い物に出かけ、買った物を、その乳母車に入れて運んでいたお婆ちゃんだった。

そのお婆ちゃんが、家族の食事の一切を引き受けていて、毎日の食事の他、弘幸が学校で食べる弁当作りまでしてくれた。衣類の洗濯も、家族の物と一緒にやってもらえた。

この家の隣には、平屋で二Kくらいの古びたご主人所有の建物があり、そこには、ご主人の弟夫婦が住んでいた。

この弟は、酒が好きで、しょっちゅう酒の匂いをさせていたが、将棋が強く、素人二段くらいの腕前だと言っていた。

この弟には、可愛い奥さんと、似ても似つかぬ可愛い息子がいる三人家族だった。

いつだったかお婆ちゃんに、山野からピーナツを持ってきて、植えてみるように言ったことがある。

その下宿の家のすぐ前には、一アール足らずの畑があり、自分達が消費する食用の野菜を、少しばかり植えて育てていた。

その少し空いている場所に、ピーナツを二列ほど植えた。収穫時には、地面に這いつくばるように育ったピーナツの葉もろとも、地中から豆を引っ張り出す。

ピーナツを育てたことの無いお婆ちゃんたちは、皆揃ってビックリしていた。ピーナツが地中に、こんなに連なってできるなんて、その家族は、誰も知らなかったのだ。

それで、皆、大変喜んでくれた。

進学した鞆商業高校は公立と言えども、授業料の他に下宿代を支払ってくれる親は、経済的に大変だったに違いない。弘幸には、毎月の小遣いも渡してくれていたのだから。

もちろん、多い金額では無いかも知れないが、長期の夏休みや冬休み、そして春休みには実家に帰って、下宿先への食事代の支払いは勘弁してもらっていた。

その長期休みに実家に帰った時、兄と顔を合わせる機会があると、兄は、

「ほらっ！」

と言って、休みの都度、二～三万円の小遣いをくれていた。

当時の普通の家庭の高校生が、お年玉で貰える金額は五千円くらいだった。そんな中で、二～三万円というと、弘幸にとっては、とても高額の小遣いである。ビックリすると共に、非常に嬉しかった。

大学生になっても、博也兄貴からの弘幸支援は続いた。兄は、とにかく弘幸には甘く、優しく、特に経済面では支援してくれた。

自動車免許を取るための自動車教習所の費用も、大学に進む時のスーツ代金も、そして、弘幸が会社を立ち上げた時の資本金の一部も、何も言わずに支援してくれた。

さて、中学卒業で別れることとなった下川良一だが、彼は、経済的に高校進学はできない境遇にあり、偶然であるが、弘幸の進学した鞆商業高校に近い宝工業という会社に就職して、製造部に所属していた。

弘幸がビックリしたのは、ある日突然に、どのようにして弘幸の下宿先を知ったのか、弘幸の下宿を訪ねて来て、一階の庭から、

「平山く～ん！」

と、呼びかけてきたことだ。

自転車に乗ってきていたが、本当に元気な男だ。特に用事があるわけでもなく、暇つぶしと、近

くにいる弘幸を訪ねてビックリさせてやろうという気持ちからなのだが、本当にビックリさせられた。まだ他にも、下川にはビックリさせられたことがあるが、後述する。

弘幸の高校生活は、毎日毎日、両親のうっとおしい小言を聞くことから解放され、自由気ままにエンジョイすることができた。

ここまで支援してくれた親に、「うっとうしいなどと言ってはバチが当たるのだが。

下宿のご主人や家族とは、良くコミュニケーションが取れており、なんと、花札を教わった。同じように、ご主人の弟さんからも、将棋も花札も教わった。

弘幸の高校生時代は、この遊びに多少はまったかもしれない。ご主人やご主人の弟さんのように、生涯はまったわけでは無い。

だが、大学に入学してから覚えた麻雀にはすっかりはまってしまった。生涯をかけて。

高校時代にできた友人には、将棋が好きな者が数人おり、その友人たちを下宿に招いて将棋を指すことがたびたびあり、併せて、下宿のご主人から教わった花札にも興じた。

花札のオイチョカブでは、実際に五十円〜百円の範囲で賭けての博打にもなった。

そんな調子で、弘幸は高校生活を謳歌しきったと言える。

遊びほうけはしたが、先生達には、真面目で優秀な生徒の弘幸だと映っていた。

高校一年生の一月には十六歳となり、オートバイ（自動二輪車）の運転免許が取れる年齢になった。

弘幸は、父親や兄がオートバイに乗っている姿を見る度に、早くオートバイの免許を取って乗り回したいと思っていた。

そこで弘幸は、オートバイの運転免許試験が実施される毎週水曜日に、学校を休んで、運転免許試験場に通った。実によく通った。当たり前だが、毎回不合格だったからだ。

教習所に通ったわけではなく、父親のホンダのスーパーカブ九十ccで、家の周りを少し乗って練習した程度なのだから、当然なかなか合格できない。指定されたコースを乗り回す実技試験があるのだ。

実技試験が行われる前には、試験官が試験場で走る順路を教えると共に、

「こういう風に走れば良い」

と、言って走る見本を見せるのだが、その走行はレーサー並みに上手い。とても真似のできるような技術ではない。

実技試験は減点方式で行われ、試験官は、高い見晴台のような所から、受験者の走行を見ている。減点の対象となる走行があれば、満点の百点から減点していく。

そして、六十点未満となった時点で、マイクで放送する。

「はい、そこ迄。オートバイから降りて、スタート地点まで押して帰りなさい」

すると不合格であり、

「また、受験料を納めにいらっしゃい！」

と、なるわけだ。

弘幸は、実技試験の走行途中で、何度、オートバイを押しながらスタート地点まで帰ってきたことだろう。

七回目の不合格を終えて下宿に帰って寝転んでいると、将棋とオイチョカブ仲間の同級生の加瀬一美が学校帰りに訪ねて来る。

「今日のオートバイの試験、どうやった?」

弘幸は報告する。

「いけんかったわ。もう七回も不合格やで」

すると、加瀬が言った。

「うちの親父が、運転免許試験場の関係者を知っていて、俺の運転免許試験も、その関係で合格できたんじゃないかと思ってる」

加瀬の父親は、国鉄職員という国家公務員であり、免許試験場の試験官も、公安委員会関係の公務員である。その関係で、加瀬は旨い汁を吸ったんだろうかと、思った。

そこで弘幸は、すかさず、

「それやったら、俺、来週の水曜日に八回目の免許試験を受けに行くから、平山と言う高校生が受験に行くからと言って、手心を加えてもらうよう頼んでみてよ!」

と、本当に効果が有るかどうか分からないが、神にもすがるような気持ちで加瀬に頼んだ。

そして、八回目の自動二輪車の免許試験結果は、なんと合格だった。嬉しかった。これで、来週から水曜日に、オートバイ免許の試験を受けに行かなくても良いのだ。肩の荷が下りてホッとした。八回目の受験で、ようやく自動二輪車免許を取得できたが、免許が取得できると、当たり前のようにオートバイに乗り回したい気持ちになる。

かと言って、弘幸は、オートバイは持っていないし、親に買って欲しいなどとはとても言えるはずがなかった。

兄や姉は、実家から高校に通学していたのに、弘幸は遠く離れて、下宿までさせてもらって高校に通っている。

そうなると、オートバイを持っている友人に借りて乗せてもらうしかない。

幸い、オートバイ免許を持つ友人たちはほとんどがオートバイを買ってもらっていて、その友人たちとも仲が良かったので、弘幸が友人のオートバイに乗らせて欲しいことを伝えると、快く承諾してくれた。

だが弘幸は、こんな親切で優しい友人たちを裏切るような、情けない行動を二度もやってしまった。それでも優しい友人達は、そんな弘幸を笑って許してくれた。

ある夜のこと、一人の友人がオートバイに乗って弘幸の下宿を訪ねて来た。訪ねて来た友人は、金田正司と言い、下宿の二階に、いつも通り大きな足音をたてて、ドタドタと上がって来た。

するとすぐ、下宿のご主人が二階に上がって来て、

「おい！　うるさいぞ、こんな夜中に！　何時やと思うとるんや！　今度、やったら、下宿を出てもらうからな！」

と、お叱りを受けた。そりゃそうだ。お叱りを受けて当然だ。

金田がドタバタ上がって来た時、

「ヤバイ！　なんで金田には、周りの迷惑を考えることができないんだ！　いつもこうだ。常識とか迷惑を掛けるという意識が全く無いんじゃから。こりゃ、ご主人に怒られるなあ」

と、思った時には既に遅かった。ご主人が上がって来たのだ。

「すいません！」

と、弘幸は金田の代わりに謝った。

お叱りを受けた後も金田は、平気な顔をしており、

「おい平山！　オートバイに乗って来たで！　乗るか？」

と、誘ってくれた。

金田の無神経な行動には閉口したが、オートバイへの誘いは嬉しかった。

弘幸は、喜んで、

「サンキュー！　もちろん乗るわ！」

と、返事をして、一階に降りて行き、オートバイにまたがった。

金田は、運転する弘幸の後部席に乗って、またがった。

走るオートバイの周りは、月の光と街灯や家の灯りで、道路は良く見える。オートバイのヘッドライトには気が回らなく、無灯火のままだった。当たり前だが、これがいけなかった。

暫く走った所で、後ろに乗っていた金田が言った。

「おい平山！　オートバイのライトが点いてないで！」

「構わん、構わん。今日は月夜で、明るいがな。ライトなんていらんで！」

そう弘幸は言って、無視して走り続けた。点灯するのが面倒だったし、走っている道路は本当に明るかった。

暫く走った所で、自転車に乗った何者かが前方に見えると、フラッ～と、道路の中央に寄って出て来た。

「危ない奴やなあ」

と、思いながら、オートバイを少し左側に寄せて走り抜けようとした。

すると、自転車で道路の中央に寄って来た奴は、自分の右手を横に出して振り上げながら大きな声で、

「お～い！　止まれ～！　無灯火だぞ～！」

と言った。

その奴は、男性警察官だった。

弘幸は、後ろに乗っている金田に言った。

「おい、頼むわ。俺には、無灯火違反の罰金がねえし、親父に怒られるし、親父にはよう言わんわ。運転席代わってくれえや」

数秒間で会話を交わし、警察官に気付かれることなく、そして、金田のＯＫの返事を聞く間も無く、運転席の弘幸と後ろに乗っていた金田は、席を入れ替わった。神業だった。

金田は、無灯火の交通違反切符を切られ、切符にサインをさせられた。

警察官は、

「無灯火なんか、今後、絶対にいけんで！　危なかろうが。事故でもしたら、どうするんな！じゃあ、気をつけてな」

と、言って去っていった。

「ホンマに平山は！」

と、金田は、笑いながらも、怒って言った。

そんな優しい奴なのだ、金田は。

いや、金田だけではない。弘幸の友達は、みんなそんな友達である。

それに引き換え、弘幸はなんて奴なのだ。

弘幸は、そんな自分を心の中で罵倒し、軽蔑していた。

その代わり、学校でいたずらをやって先生に怒られる時は、弘幸が代表して怒られるようにしたし、自分がやったいたずらでも無いのに身代わりになって怒られた時もあった。

弘幸も、本当は仲間思いではあるのだ。

授業中に居眠りをし続けて、ノートを取ってない奴がいる時は、ノートをコピーして渡してやるし、やってない友達の宿題をやってやることもあった。

要するに、金が絡まないことであれば、弘幸は、何でも引き受けるのだ。これが、弘幸流のお詫びだ。

だが、これだけでは終わらなかった。

ある日曜日のこと、弘幸は、オートバイの免許取得に関して一肌脱いでくれた可能性の強い加瀬一美と一緒に、誠実館高校の文化祭見学に行くことにした。

加瀬一美が、弘幸の下宿までオートバイで迎えに来てくれたので、二人乗りをして、文化祭をやっている誠実館高校に向かった。

オートバイの運転者は、オートバイの持ち主である加瀬一美だ。

誠実館高校に、あと少し、という距離の所に来ると、国鉄の福塩線が走っていて、踏切があった。踏切は降りては無かった。踏切が降りてなくても、踏切では一時停止が交通法規である。

加瀬は、交通法規通り、踏切前で一時停止を行い、安全確認をしようと、走行スピードを落とし始めた。

加瀬の父親は国鉄職員なのだ。こんな所で、列車との事故でも起こしたら目も当てられない。

だが、この踏切での加瀬の一時停止を察知した弘幸は、運転している加瀬に後ろから、大きく良く聞こえる声で言った。

「ええ、ええ、ええがな。左右共よう見えとるし、列車は来とらんけえ大丈夫じゃ。止まらんと行こう！　行こう！」

一時停止を止めての走行を、加瀬に促したわけだ。文化祭をやっている誠実館高校に、早く着きたかった。

加瀬は、

「ほんまやなあ、見通しはええし、列車は来とらんな」

と、一時停止を止めて、弘幸の言う通り、そのまま進んだ。

二〜三十メートル先に、人が立っているのは見えていた。男だ。その男の近くまで行くと、その男は手に何か黒い物をかざして言った。

「止まれ〜！」

私服の警察官であり、かざした黒い物は、警察手帳だった。

警察官は、オートバイの運転者である加瀬に、

「私は、警察官だ。踏切で、一時停止をせなんだなあ。危なかろうが！」

そう言って、警察官は交通違反切符を切りながら、

「お前が列車事故でも起こしたら、お父さんは泣くで！　お父さんは、どんな職業や？」

と、聞かなくても良いことを聞いた。

加瀬は、正直に、

「国鉄職員です」

と、答えた。

警察官は、少しビックリしたような顔で、

「えっ！　そりゃあ、余計いけんじゃあねえ。列車事故にでもなっていたら、お父さんは困りはてるで！」

と、言った。

翌週の月曜日、弘幸と顔を合わせた加瀬は、この踏切での一時停止違反のことを父親に話してこっぴどく叱られたことを伝えてきた。

優しい加瀬は、一時停止しなかった原因を弘幸が一時停止を止めるよう言ったことなど話しはしなかったのだ。

加瀬は、父親に叱られたことを弘幸に伝えると、無灯火事件の金田正司の時と同じように、

「ほんまに平山は！　お前がいらんことを言うけえ、いけんのじゃ！」

と、怒った。

しかし、その時の加瀬の顔も笑っていた。

そして、弘幸はまた、

「俺はなんてひどい奴なんじゃ！」

と、心の中で自分自身を罵倒し、そんな自分を軽蔑していた。

高校二年生の二学期になると、弘幸の高校では生徒会長の改選が行われ、三年生で構成されている生徒会から二年生にバトンタッチされる。

この時、弘幸は生徒会長に立候補した。もう一人の立候補者がいて、それは、一年の時に弘幸と同じクラスで仲が良く、男前で、女生徒から人気の的である杉井省三だった。

弘幸と杉井は、事前に話をしていて、お互い立候補することに決めていた。他に立候補する者は、予想通り、いなかった。

弘幸は思っていた。

「頭脳は杉井省三に勝てたとしても、この男前には勝てんな」

そうは言っても杉井省三は、この鞆商業高校に入学する前に、この近辺では優秀な生徒が集まる普通科高校に入学していた。

しかし、家庭の複雑な事情で、その普通科高校を中退して、この鞆商業高校に入学し直してきたのだ。

だから、本当は杉井だって頭は良い。弘幸と変わらないのだ。

弘幸は負けん気が強く、負けを素直に認めることはしないが、杉井も弘幸以上に負けん気が強かった。

頭髪は七・三に分け、俳優にでもなれるのではないかと思えるくらいの男前だ。それに、腕力の強い奴から絡まれても逃げはしない勇敢な男でもあった。

弘幸も杉井も、お互いに口論になれば迎え撃って論争するのだが、大体はイーブンで落ち着くこととなる。

生徒会長選挙の結果は、男前の杉井が勝利した。

その他の生徒会執行部役員は、生徒会長が指名、副会長は、生徒会長と反対の性別の者を指名することになっていた。

新生徒会長の杉井は、弘幸を生徒会役員の書記兼企画担当に指名した。生徒会長、副会長、書記兼企画担当がいわゆる三役だ。

書記兼企画担当は事前に杉井と弘幸が話し合って、生徒会長に落選した相手を指名することにしていた。

女性の副会長は、杉井と弘幸で相談して、生真面目で良く気の付く、川原雅子と言う杉井のクラスの女生徒を指名した。

その生徒会役員に指名された者の中に、田尻美千恵という女生徒がいた。

少しぽっちゃりした聡明そうで、メガネをかけた可愛い女性であった。

弘幸は、生徒会役員室で初めて会った時、瞬時に恋に落ちてしまった。

多分初恋であり、一目惚れだ。だからと言って、その気持ちを打ち明ける勇気は、弘幸は持ち合わせていなかった。

中学時代に起こした、キスイダ事件の対象であった禿弥生は、憧れの枠をはみ出ることは無かったが、今度は、憧れの枠をはみ出してしまった恋であった。

弘幸は、鞆商業高校入学の一年生の時、同じ二組で仲良くなった野球部の左門勝次に、田尻美千恵の話をすると、

「俺は、中学校でその田尻と同じクラスのこともあったので、良く知ってる。声を掛けてやるわ」

弘幸は三年二組で田尻美千恵は三年五組。左門勝次は三年三組だった。

左門は、そう言った翌日、

「田尻に、お前の話をした。今日の放課後、三時半に三年三組の教室で田尻が待っているので行ってみろ！」

と、言ってきた。

約束の時間に三年三組の教室に行くと、既に田尻美千恵は来ていた。

弘幸が、田尻美千恵の座っている席に近づいて行って、

「今日は来てくれてありがとう」

と、まず礼を言い、家族の事も含めて少しばかりの自己紹介をお互いにしあった。

田尻美千恵と多少の話が出来れば、緊張が少しはほぐれると思っていたが、弘幸は最初から緊張しっぱなしで、その緊張はなかなかほぐれなかった。

が、意を決して、直球で、

「付き合って欲しい！」

と田尻に伝えると、

「いいよ！」

と、二つ返事で了承してくれたので、びっくりすると共に、嬉しかった。

「妹が欲しい、いたらいいな」

という気持ちがあった弘幸は、それが、この田尻美千恵との関係で、実現したような気持になったのかもしれなかった。

いや、これはもう、妹や可愛い女の子のレベルでは無く、異性を思う恋なのだ。

左門は、行動力のある、友達思いの良い男だ。恋のキューピットである。

そして、弘幸と田尻との交際は始まり、高校卒業時まで続いた。

弘幸達の通う高校は、校舎からグランドへ降りるまでの間に、緩やかな斜面があって、芝生が植えられていた。よく、そこへ弘幸と田尻は二人で寝転んで、とりとめのない話に耽っていた。話の内容は何でも良いのだ。田尻美千恵と二人だけで、話せるのが嬉しくてたまらなかった。

付き合いはじめてからは、二人だけで映画を見に行ったり、福山城公園に行ってのデートを重ねた。

田尻は卓球ができると言うので、ボーリングをやった後、併設された卓球場で、卓球もやった。

田尻美千恵の母親は、ボーリングも卓球もできると言い、後日、母親を連れて来て弘幸を紹介してくれた。その後、母親を加えた三人でボーリングと卓球を楽しんだ。

楽しくて、嬉しくて仕方が無かった。

翌年同時期の秋が訪れると、生徒会長の改選と生徒会役員の交代が行われた。

この時、新役員である二年生の中に、飯塚真理と佐々山明子という可愛い女生徒がいた。

弘幸達の旧生徒会役員は、冬休みになるまで、新役員への引継ぎと指導で、頻繁に生徒会役員室へ出入りしていた。

飯塚真理と佐々山明子は、非常に可愛い女の子で、

「平山さん、平山さん」

と言って、質問や相談を投げかけてきた。弘幸には、それが慕ってくれているようで、可愛くて嬉しかった。だが、恋や憧れの対象には成り得なかった。

その両名は、

「平山さんは優しいですね」

なんて言ってくれた。事実、弘幸は優しい性格であった。特に女生徒には優しく接していて人気が有り、弘幸を慕っている女生徒は数多く存在していた。

弘幸は、女の子が好きだった。

愛ではなく、好きなのだ。可愛いのだ。自分にはいない妹のように思えるのだ。

飯塚真理も佐々山明子も、以前から、心の中で欲していた妹のような存在であり、可愛くて仕方

が無かった。

女の子と話すと言うのは、非常に心地良かった。

「こんな妹がいたら良かったのになあ」

と、何度も思った。

この頃からだった。弘幸が、同年齢以下の女性を可愛くて仕方なく、どうしても、上から目線になって可愛がる。

上から目線と言っても、可愛いと思って優しく接するだけで、指示・命令的な態度をとるわけではない。妹のように接するのだ。

従って、それらの女性たちから嫌がられることはなく、「好かれる」という程度での人気は続いた。

弘幸が鞆商業高校を卒業してからも、飯塚真理や佐々山明子との年賀状の挨拶だけは続いていた。鞆商業高校を卒業した飯塚真理は、看護学校へ進んで看護婦となり、佐々山明子は、三星銀行へ就職した。

弘幸が卒業した鞆商業高校は、少なくとも当時は優秀だった。

佐々山明子のように、高校卒業時に、有名な都市銀行である三星銀行に就職できるような生徒はなかなか存在しない。今の令和の時代では皆無ではなかろうか。

実は、鞆商業高校の生徒会長だった杉井省三もまた、高校卒業と同時に三星銀行へ就職していた。

中学時代の弘幸は、良く勉強したのだが、高校生になってからの勉強はあまりやらなかった。

しかし、商業高校特有の授業科目の中に、「簿記」という科目が有り、この授業科目にだけは、魅せられて勉強した。

弘幸が商業高校進学を決める時、商売をして金を稼ぎたいという理由があったが、簿記は、その儲けを計算する手法だ。

簿記という授業科目を学ぶまでの弘幸は、儲けというと、お金がいくら増えたかという考えしか持っていなかった。だが、「儲け」とは、そんな単純なことでは無く、その計算には、いろいろのルールがあることを知った。

中学時代には、もちろん存在しなかった科目であり、その新鮮さに興味を覚え、簿記の魔力に取りつかれたと言っても過言では無い。

そんなこんなで、実に充実した高校生活を楽しんだと言える弘幸だった。

◇就職から大学進学へ◇

高校三年生になると、卒業後の進路の話が出てきて、担任教師や進路担当の先生との面談が始まる。

弘幸の担任は、英語科目を担当する岡崎健太郎先生で、新学期が始まるとすぐ、授業終了時をとらえて、進路面談が行われた。

弘幸は、岡崎健太郎先生に、

「僕の家庭は裕福でもないし、僕自身がお金儲けをしたいという夢があって、就職を希望します。ただ、商業高校に入学して、簿記という授業に興味を持ち、税理士や公認会計士等の職業会計人になりたいという気持ちも湧いてきました。だから、働きながらでも勉強して、その職業会計人を目指そうとも思っています」

と、弘幸の考えを伝えたところ、担任の岡崎先生は、

「そんな高い目標があるなら、働きながら勉強するよりも、商業系の大学へ進学をした方がいいよ。それに、大学では金儲けなどの経営についても学ぶことになるから」

と、アドバイスしてくれた。

「でも、大学へ行くお金も無いし、商業高校で学習した数学や英語は、普通科高校と比べものにならない低い程度の内容だから、とても入学試験を、普通科高校の出身者と戦っても大学なんて合格できませんよ」

と、弘幸は思うところを言った。

すると岡崎先生は、

「お金は、育英会の奨学生制度というのがあって、特別奨学生なら、ひと月の生活費に近い金額を貸してくれる。その返済は、働きだしてからで良いし、借りた金額の半額を返せば済むんだ。ただ、

この学校から特別奨学生へ推薦できるのは一人だ。まだ、それを希望する生徒が出てきているとは聞いていない。でも、早く決める必要がある」

岡崎先生は、そう言うと、さらに、

「両親と良く相談をして、どうするかの結論を速く出して欲しい。平山なら、他の希望者がいたとしても、学校からの推薦をしてやれると思う」

と、言ってもらえた。

岡崎健太郎先生も、少年時代から裕福ではない家庭に育っている。

勉強は、良くできたようで、高校卒業後は授業料の不要な防衛大学校に進んでいる。だから、授業料の不要な制度などを良く知っていたのだ。

防衛大学校を卒業した後の岡崎健太郎先生は、幹部自衛官として自衛隊に入るつもりだったが、健康診断で内臓疾患が発見され、入隊できなかった。

それで、卒業と同時に内臓疾患の療養で入院し、その後、通信制の大学を利用して教員免許を取得した。

教員免許を取得し、高校教師の公務員試験に臨んで、英語の教師となられた。

教員生活を何年か経験された後、弘幸と形は少し違うが、カメラ店を自営する家庭の養子に入られた。学校の休みには、カメラ店を手伝われることもあったらしいが、高校の英語教師は、ずっと続けられた。

進路面談時の岡崎先生は、弘幸の意見に対してさらに、こうも言ってくれた。

「確かに普通科高校出身の生徒に、数学や理系科目では太刀打ちできないだろう。だが、それらの科目に代えて、商業高校生には簿記の科目で戦える大学があるし、英語は、読解ができればある程度なんとかなる。私が宿題を出して見てやるので大丈夫だ！」

恥ずかしく、よくやる失礼な話なのだが、この岡崎先生との進路面談が終わる頃、ずっと我慢していたオナラが、我慢の限界を迎えていた。

面談が終わって立ち上がると同時に、それは起こった。

「ブ〜」

我慢していたオナラが弘幸の肛門から堂々と姿を現した。いや姿は無く、異臭だった。

と、同時に岡崎先生が、

「ごめん！　我慢してたけど出てしもうたわ」

と、照れ笑いを浮かべて詫びられた。

幸なのか不幸なのか、弘幸と全く同じタイミングで、先生の肛門からも弘幸と同じ異臭が漏れ始めたのだ。

「これって、連れ屁って言うんだろうか？　男が並んで立ち小便をする時、連れションて言うのだから、やっぱり言うんかなあ？」

と、しょうもないことを考えながら弘幸は、胸を撫で降ろして、

「先生！　実は僕も、先生と同時にオナラが出たんです」

と、弘幸が言って、岡崎先生と弘幸は大笑いをした。

弘幸は、岡崎先生との進路面談終了後、街中へ出かけて大きな本屋を訪ねた。大学の案内書籍を調べてみるためだ。

調べてみると、国語、数学、英語の三科目を入学試験科目として実施する大学が多いのだが、数学や理系科目に代えて、簿記を選択できる大学も、確かに、そこそこに存在することが分かった。

弘幸は、商業高校で初めて学習した簿記には非常に興味を持って、熱心に且つ、積極的に学習を重ねて、自信もあった。

本屋の各大学案内書籍には、それぞれの大学の過去の入学試験問題が記載されている。

その中の簿記の試験問題を見てみたが、ほとんど解けることが分かった。

「よし、いける！」

と、弘幸は感じて、その夜、近くの公衆電話ボックスから父親に、大学進学の話と奨学金制度の話をしてみた。

「弘幸がそうしたいなら、そうすればいい。奨学金が貰えなかったら、授業料と生活費の一部は出してやるから、不足する部分は、アルバイトをやって補え！」

と、父親は言ってくれた。

こうして弘幸は、中学卒業当時から決めていた、「高校を卒業したら就職！」を、「大学に進学して経営を学ぶ！」に、変更した。

弘幸は、翌日の登校後、職員室の岡崎健太郎先生の所へ行き、父親に相談して決めた大学進学の意思と、奨学金の推薦を希望する旨を伝えた。

簿記だけではなく、弘幸の高校での学業成績は悪くなく、学年内では上の上の成績を収めていたので、高校入試のように、内申書が影響するとすれば、加算されたに違いない。

が、小学校から変わることは無く、スポーツは全く駄目だった。高校入試のように反復幅跳びなどがあると大きく足を引っ張ったであろう。

体育のバレーボールの授業で、相手の打ったサーブを受ける時、両腕を下方に並べてボールを当てるだけで良いのに、ボールを上に上げようとして肘を曲げてレシーブする。

当然のごとく、そのボールは弘幸の顔面へと向きを変えて直撃。一緒にプレーしていた生徒達は声を出して笑った。

さらにもう一人、笑った奴がいた。この体育の授業を担当していた教師で、名前を大元信二と言った。

この教師は、非常に厳しく、ダラダラした行動をとったり、指示に従わなかったりする生徒に対しては、声と共に手や足を出す。

当時、「体罰」なんて言葉は、聞いたことが無かった。

大元は、思う存分、手も足も出すのだ。この大元教師は、大学時代にはボクシング部で活躍していたらしい。

この大元の犠牲になった生徒は沢山いた。そもそもこの大元教師の笑った顔など見たことも無く、想像さえもできなかった。

その大元教師が、弘幸のこのレシーブを見て、ニタッと笑ったのだ。弘幸は確かに大元が笑う顔を見た。

また、鞆商業高校では体育祭が行われ、男子生徒は全員、先生の号令の笛の下、一斉に空中回転をする演技が予定されていた。

そのための練習が、体育祭前の体育の授業で毎回行われていた。

ほとんどの生徒は、毎回の練習の成果で、大体できるようになっていたが、弘幸はもちろん、なかなかうまくできるようにはならない。いや、うまくではなく、できないのだ。そして、非常に危なっかしくて仕方ない。

そんな弘幸を観察していたもう一人の体育教師である大橋満男は、秘策を講じた。この教師は三年生の学年主任でもあった。言葉も態度も優しく、大元とは月とスッポンの違いで、鬼の大元、仏の大橋と言われていた。

仏の大橋教師が講じた秘策とはこうだ。

弘幸には演技をやらせず、グランドにある朝礼台の上に笛を持って立たせ、笛を吹いて号令を掛ける役割にした。最高の知恵だ。

軟式野球の授業では、エラーばかりの弘幸には守らせるところが無く、キャッチャーをやらせることとなった。

しかし、ある時、ピッチャーが投げたボールをミットでうまく補給できず、メガネをかけた顔面で補給したため、メガネを割った。

目の負傷が一番心配であり、教師は、眼科に連れて行った。目に、異常は生じていなかった。

また、弘幸が走るのは極端に遅い。

体育の教育実習で来た大学生教師が、雨の日、体育館で授業を行った。

二人ずつ並んで、体育館の端から端まで走らせる。負けた方は、体育館一周のウサギ跳びをさせるという。弘幸は、誰と走っても負けるので、ずっと、うさぎ跳びを行っていた。

そんな弘幸の高校生活だったが、体育の授業以外では、いつも楽しく過ごし、嫌なことはほとんど無かった。中学生時代と同じだ。

奨学金申請者の面接試験は、暑い夏休みに行われ、その数週間後には、担任の岡崎先生から、弘幸が奨学金申請者の面接試験に合格したことを伝えられた。

奨学金は、月々一万七千円が支給される。就職後に、支給総額の半分を月々の分割払いで約十五年間、返還すれば良かった。

貸与される奨学金の額は、毎年度わずかずつ増額され、非常に助かり、ありがたかった。

弘幸は、大学進学に当たって、多くの受験生が行うように、数校の大学入学試験を受けていた。

その中の第一希望だった四国愛媛県の道後産業大学経営学部の入学試験に合格して、高校の卒業式を迎えた。

道後産業大学は地方大学で、比較的物価が安いためなのか、全国の大学の中での授業料は一番安いグループであった。

鞆商業高校の卒業式の日、弘幸の目からＨ２Ｏが湧き出す校長先生の話があった。いや、生徒も、そして参加している親たちも、そこに集まっている全員の涙をも誘ってしまった。

それは、弘幸と同級生で、隣のクラスの男子生徒であり、同じ生徒会役員でもあった松本雄二の話だった。

校長は、

「残念なことですが、本来はここにいて、皆さんと一緒に卒業証書を授与されるべき男子生徒がいたはずなのです。彼は、松本雄二君と言いました。三年生になるとすぐ、大好きなオートバイに乗っていて事故に遭遇し、十七歳と言う若い命を落としてしまいました。学校は彼に卒業証書を授与することが出来ませんでした。残念でなりません」

校長は涙声で、声を詰まらせながら報告した。

松本雄二は、さっぱりした男前で、バレー部に所属するオートバイ好きのスポーツマンだった。

生徒会役員を引き受けた翌年の春、三年生になったばかりだった。

松本雄二は、オートバイに乗って友達とのツーリング中、転倒したのだ。ヘルメットはかぶっていたが、転倒と同時にガードレールを繋ぐ、杭のような鉄の棒に頭をぶつけた。友人たちが、すぐに救急車を呼んで病院搬送されたが、打ちどころも悪かったらしく、間もなく息を引き取った。

弘幸の父親もこの卒業式に参加していた。この話を聞いて涙を流した。あの会場で涙を流さなかった者は、いなかったのではないだろうか。

弘幸が松本雄二の死亡事故の話を初めて聞いた時は信じられなかった。毎日毎日、教室や生徒会役員室で、冗談も言いながら話した仲だったのだから。

松本の葬儀には、教師と生徒会役員が、参列する中、弘幸も彼らと行動を共にした。

そして、葬儀の最初から最後まで、元気だった松本の笑顔との会話を思い出しながら、涙を流し続けた。松本が話している時の笑顔が次から次へと頭に浮かんできて、止まらなかった。

そして、とうとう葬儀の終盤になって、葬儀屋が言った。弘幸が、過去に参加した葬儀の終盤で何度も聞いた、あのセリフだ。

「松本雄二様との最後のお別れです。お花を持って、最後のお別れをしてあげてください」

と、言って、参列者を松本雄二の眠る棺に案内し始めた。

だが、目に一杯の涙を溜めて泣いていた弘幸には、可哀そうな松本の顔を見る勇気が、とても出てこなかった。

四十九日頃だった。弘幸は、都合のつく生徒会役員の同級生たちと連れ立って、スナックを経営していた松本雄二の親の住まいを訪ねて、お線香をあげた。

仏壇には、溢れんばかりの最高の笑顔で、健康そのものの十七歳の松本雄二の写真が飾られていた。

松本家を訪問した弘幸たちの生徒会役員は、その元気で最高の笑顔の写真に向かって手を合わせ、本当に最後のお別れをした。

松本雄二のその写真が飾られた部屋は、忍び泣く声とお線香の香りで、弘幸はいたたまれなくなり、いの一番にその場を立ち去り、玄関の外に向かった。

◇ 彼女との別れ ◇

四月からの弘幸は、めでたく道後産業大学経営学部の大学生となった。

今度は、高校生時代のように、個人宅の家での間借りのような下宿ではなく、大学生など若い者ばかりが住むアパートに住むこととなった。

アパート名は、春陽荘と言う名前で、家賃は、毎年少しずつ上がったが、入った当時は、四畳半一間で、月額四千五百円だった。

アパート家主の高岡春江さんの家は、その春陽荘に隣接する場所に建てられた一戸建てであり、弘幸達アパート住民の洗濯も電話もその家主の洗濯機や電話機を借りていた。

さらに家主は、五十メートルほど離れた場所で、スーパーマーケットを営んでもいて、自炊する学生たちは、そこで、食材を買うこともできた。

一方、高校で付き合い始めた彼女の田尻美千恵は、希望していた京都の大学に不合格となり、親から一年間だけの約束で浪人生活を送ることとなった。

従って、弘幸と田尻は遠距離恋愛だ。

大学に入った弘幸は、高校時代に新たに目標として掲げた経営者と職業会計人を目指すべく、経営学と会計学を学ぶこととなった。

経営と会計は切っても切れない関係であり、会計学研究会というクラブ活動に所属した。

会計は、経営上、非常に大事であり、ここから導き出された数値は、いろいろな経営判断のための指標となる。

「会計は経営の基本」

と、言っても過言ではない。

だが、二か月ほどで、その会計学研究会から離脱してしまった。クラブ活動の先輩たちの言うことは、スポーツ系ほどではないにしても絶対であり、いろいろと行動に制約を受ける。

そんなことが当たり前であることは、よく分かっていたのだが、やはり、ルールや他人に縛られるといった制約の多いクラブ活動には所属できない性格であることを再確認した結果であった。

この会計学研究会には、弘幸が卒業した鞆商業高校から道後産業大学に進学した、斎藤学と言う唯一の先輩が所属しており、心強かった。そんなこともあって、入部当初は、ずっと所属して頑張ろうと思ってはいたのだが・・・。

実は、高校時代にも弁論部に二か月ほど席を置いていたが、やはりいろいろな制約と先輩後輩の関係の制約が嫌で辞めていた。鉄のように、熱しやすく冷めやすい性格の弘幸だ。

会計学研究会は辞めたが、職業会計人の目標を捨てたわけではなかったので、授業の無い時や授業が終わってからは、大学の図書館に入って、独自に勉強をしていた。

彼女の田尻美千恵とは、文通という形で遠距離恋愛を続けていた。

大学に入学してしばらくすると、彼女の田尻美千恵から届いた手紙の中に、一度、弘幸のアパートを訪ねて松山に行ってみたいと書いてあった。

「遠方なので、最低一泊二日だな」

と、一人合点し、胸をときめかしながら楽しみに待った。夜の宿泊のことを考えると、さらに胸は高鳴った。

田尻美千恵の訪ねて来る日が知らされて数日後、その日がやってきた。

弘幸はウキウキで、彼女を国鉄松山駅まで迎えに行き、二人で伊予鉄道の路面電車に乗って弘幸のアパートに案内した。

弘幸の部屋の中では、三月に別れてからの近況を報告し合い、弘幸の通う道後産業大学の見学に誘った。大学内を案内した後は、近くの松山城に行くといったデートを演じた。

弘幸の住むアパートから大学までは歩いて五～六分であり、そこからさらに十分も歩けば松山城の登り口に着く。

松山城の登り口から天守閣に行く方法は、徒歩かロープウェイだが、田尻美千恵が松山までの旅で疲れていることも考えて、ロープウェイに乗ることとした。

ロープウェイの終点で降りてから、少し歩くとお城の庭に着くが、天守閣には上がらなかった。お城の周りを歩きながら話をする方がずっと楽しい。その中で、今夜の宿泊の話になったが、田尻は、今日中に帰るという条件で、親から旅の許しを得たと言う。

弘幸はガッカリした。彼女の宿泊用に、自分のパジャマを綺麗に洗濯して、着てもらおうと待っていたのだ。

彼女も、弘幸の部屋に泊まって一泊二日の予定で旅行したかったようだが、親からの宿泊許可が降りなかったのである。

親からすれば、当然のことだったかもしれない。

彼女の宿泊をものにできなかった弘幸は、今後、二度とこういう機会は訪れないだろうという予感が、頭の中をよぎった。

だからと言って、うぶな弘幸は、彼女とはキスも手を繋ぐことさえもできなかった。

そして、二度とこういう機会は訪れないだろうという予感は的中し、彼女との仲は遠のいていった。

高校卒業以来、ずっと続けていた田尻との文通も、途切れ途切れとなり、彼女からの「別れ」の手紙を受け取ることとなった。

「遠距離恋愛と言うのは難しい」

と、言うことを、身をもって体験することとなってしまった。

その後、彼女が昨年涙を飲んだ、京都の大学に無事合格したことを、噂で聞いた。

そんな中、弘幸のアパートを、思わぬ客が訪ねて来た。中学時代に、バット代わりの竹の棒で弘幸をたたいた下川良一だった。

鞆商業高校時代に下宿していた弘幸を、自転車で訪ねて来た時と同じように、本当に突然の出来事だった。

驚いた、驚いた。広島県の東端の福山から海を渡って、愛媛県の松山までやって来たのだから。

聞いてみると、今日も、高校時代の時も、弘幸の住所は、弘幸の親から聞いたそうだ。

しかし、親だからと言って、そんなに簡単に子供の住所を教えて良いわけは無いのだが・・・。

弘幸が女の子だったとしたら、同級生と言われただけでは、異性の下川に教えはしなかっただろう。危ない！　危ない！

親には、

「今後、どんな人物に尋ねられても、住所を教えたらいけんで。まず、問い合わせのあったことを、俺に教えて欲しい」

と、強く言っておいた。

親はきっと、

「中学時代からの友達で・・・」

と、自己紹介した下川良一を、かなり親しい友達だと勝手に判断したのだろう。それに、下川がいくらなんでも、福山から松山まで訪ねて行くとは思わなかったに違いない。

それにしても、下川も、広島県の東端である福山から四国愛媛の松山までやって来ることを、よく考えついたものだ。時間も旅費も沢山必要だったろうに。

まあ、下川は弘幸と違って働いており、自由になるお金は、弘幸よりたっぷり持ってはいただろうが。

それにしてもだ。そんなに弘幸のことに興味が有ったのだろうか？　いや、下川は会社の寮に入っての独身生活だ。コミュニケーションの苦手なあの下川の性格で、気の置ける友人もあまりできていなかったのだろう。それで、暇で寂しかった下川は、

「気晴らしに、どこか旅行にでも出かけようかな」

と思って、たまたま、中学時代に喧嘩をしたり、イチジクを食べに行った、山のてっぺんに住む弘幸のことを思い出したのだ。

「そうだ！　あの弘幸の所に行ってみよう。暇で退屈なのだから。しかし平山は今、どこに住んでいるんだろうか？」

と、弘幸の親に住所を尋ねたのだろう。その住所が、愛媛県の松山という遠方であることを知り、

「松山は遠方で行ったことも無いし、充分な暇潰しになり、もってこいだ」

そう考えたに違いないのだ。

その後、下川良一と再会することは一度も無かったが、弘幸は、何年か後の夏休みに帰省した時、ビックリした。

父親のオートバイを借りて、地元のさらに山奥で、景色が美しい県立自然公園を訪ねてみることにした。その途中の山野川の向こう側には、昔から、下川の家があることを知っていた。その家はオートバイが、県立自然公園に向かって走る道路の途中から良く見える。

弘幸はオートバイに乗ったまま、その家の方向に目を向けた。二階建てで瓦葺の新しい家が見え、弘幸はオートバイを止めた。

中学生時代に見えていたその場所の家は、綺麗で立派だと言える家では決してなかった。実に失礼な言い方ではあるが、生活保護を受給している家庭であり、藁ぶきの、そして、みすぼらしいと言っても過言では無いような家だった。

そんな家が、こんなに立派に変わった。弘幸は、心の中で、盛大な拍手を下川とその家に送った。

あの藁ぶき屋根の家に住み、中学を卒業と同時に工場で働き始め、こんな立派な家を建てて住んでいる下川良一なのだから。なかなか他人とコミュニケーションを取ることができない、あの下川良一を思い浮かべ、その頑張りを心で称えていると、思わず涙が溢れ出てきた。

「良く頑張ったなあ。俺は、まだ自分の家を持ってないぞ！」

と、弘幸は、心から賞賛した。

◇ 大学で麻雀を学ぶ ◇

弘幸は、高校時代の充実した生活に、さらに輪をかけて、充実した大学生活を謳歌した。

弘幸は、中学生時代に、漫画で人気のあった「イジワル婆さん」を、後に参議院議員となった俳優の青島幸男が主演でやっていたテレビドラマを見ていた。イジワル婆さんの家の二階では、大学生の「万年さん」と、いう男性に下宿をさせていた。

万年さんが大学へ通うような場面は無く、ろくに勉強もアルバイトもせず、麻雀ばかりやっている大学生だ、と弘幸は思っていた。従って、大学生という者は、必ず麻雀をやるものだ、絶対とは言わないまでも大学生は、麻雀を知っておかなければならないものだ、と心底思っていた。そう信じていた。

しかし、真面目に職業会計人を目指して勉強している弘幸に、麻雀をやる余裕もチャンスも生まれることは無かったはずだ。

が、しかし、時間というものは、世の中も人生も、その姿を大きく変えてしまうことがある。自分が思うようにいかないのが現実であり、それを避けて通るのは難しいものだ、

ある日のこと、弘幸の住むアパートの隣部屋で、愉快そうに話をしながら麻雀牌を混ぜる音がし

ていた。その住民は、さらに隣の住民と同じく、弘幸が二か月ほどお世話になった会計学研究会の先輩で三回生だった。その二人のことを知ってはいたが、麻雀をする人だとは知らなかった。

「やっぱり大学生は皆、イジワル婆さんというテレビ番組の万年さんのように、麻雀をするものなんだ」

と、弘幸は納得して、確信した。

弘幸と、その先輩たちの住むアパートには、弘幸と同じ大学の同級生が三人いた。その同級生の一人に、友納正晴と言う山口県出身の男がいた。その友納正晴に、麻雀をしていた隣人の話をしながら、

「俺も、麻雀を覚えたいけど、誰か教えてくれる奴、いないかなあ」

と、言うと、友納は、

「俺、麻雀は知っているよ。教えようか?」

と、言った。

「えっ！　こんな近くに麻雀のできる奴がいたのか？　渡りに船だ」

そう思った弘幸は、早速、その友納に麻雀の教えを乞うこととした。

大学生生活では、色んなことを学んだ。その学んだ量と内容から言えば、一番は何と言っても麻雀だった。既にあの世に行った弘幸の両親には聞かせたくないことである。

ある休日の日、友納正晴から麻雀の基本的なルールと点数計算等を教わった。

麻雀には、ポーカーや花札のように、麻雀牌の組み合わせの形によった「役」というものがある。この役ができた時点で、ゲーム終了を宣言しても良いし、終了宣言を行わず、さらに点数の高い大きな役を追及しても良い。

このゲーム終了宣言のことを「和了（ほうら）」と言うが、一般的には「アガル」と言うことが多い。

他人が捨てた牌でアガル場合は「ロン」、自分が引いて来た牌でアガル時は「ツモ」と宣言する。

点数は、役の大きさと、役の数によって違い、役の数が多ければ多いほど、点数が高くなる。

また、セブンブリッジのように、ポンとかチーもできる。

一番大きな役をまとめて「役満」と言う。「大三元」と言うのは、その役満の内の一つである。

麻雀を知らない人でも、この「大三元」と言う言葉を聞いた人は多いのではないだろうか。

ゲーム終了の宣言時に、間違えて宣言することを、「錯和（チョンボ）」と言うが、この言葉も、多くの人が知っているだろう。

日常会話でもよく聞くが、ミス（間違い）をやらかすことをチョンボと言っているのをよく耳にする。これは、麻雀から出てきた用語である。

さて、麻雀の説明をしても仕方がない。

弘幸は、友納正晴から教わった麻雀に関する内容のうち、点数計算の方法に納得がいかなかった。

友納曰く、

「麻雀の点数は基本点数が千点であり、役が重なっていくと、倍、倍となるんだ。六つの役が重なる（例えば、メン、タン、ピン、サンショク、イイペイコウ、ドラ、ドラ）と、千点から始まって、二千点、四千点、八千点、一万六千点、三万二千点、六万四千点となるんだ」

と、言うのだ。

しかし、一人の持っている点棒（人生ゲームのお金のような物）は、二万五千点程度であることが多いが、この計算方法だと、点棒は、すぐに無くなってしまう。

「これは、どう考えてもおかしい」

と疑問を持った勉強好きな弘幸は、本屋へと直行し、麻雀の本を購入して学んだ。弘幸は勉強好きなのだ。

友納の言う、点数計算方法は、やはり間違っていた。点数計算の基本は正しいのだが、役が四つ重なると八千点、六つ重なると一万二千点、と言うように、役が大きくなると、点数に上限が有る。最高点は、大三元のような役満であり、三万二千点となる。

ただ、いずれの点数も、親はその一・五倍になって有利だ。だが、負けて支払う時も、一・五倍の点数だ。

それ以上に、麻雀の点数計算には細かくて面倒な計算ルールがたくさん存在する。勉強熱心な弘幸は、そんなこと、もろともせず、購入してきた麻雀本を、その日のうちに夜を徹して隅から隅まで読んで、点数計算の方法を完全にマスターした。たった一晩で。

これはスゴイことなのだ。

麻雀はやるが、点数計算ができない、という人は多すぎるくらい、非常に多い。

点数計算をマスターした弘幸の麻雀の学習は、昼夜を問わず、次々と行われた。

その後友納は、麻雀のできる友人を紹介してもくれた。すると、その友人たちが、さらに麻雀のできる友人を教えてくれたり、連れてきたりする。

「類は友を呼ぶ」

正にその通りであり、麻雀仲間がどんどん増えていった。

そして、残念なことに、弘幸の麻雀の勉強は、会計の勉強を疎かにさせることとなってしまった。

麻雀にうつつを抜かし、一日中麻雀をやっていることもたびたびあった。

例えば、弘幸が昼飯前の十一時頃に起きた頃には麻雀仲間が訪ねて来て、弘幸の部屋の戸をドンドンと叩く。そして、言う。

「おい平山！　昼飯食いに行こう！」

昼飯を食べる時の話題は、いつも今までの麻雀の反省会だ。勉強の話でも無く、女の話でも無く、麻雀の話だ。

昼飯が終わって昼飯を食べた麻雀仲間とアパートに帰ってみると、他の麻雀仲間が来ていて、既に麻雀を始めている。

弘幸の留守中に麻雀仲間が訪ねて来ても、部屋に入れるように、入り口の上にある電気メーターの上に部屋の鍵を置いているから、出入り自由だ。

そして始めた麻雀は、翌々日の朝まで続くことがしばしばある。まる二日間、太陽を見ないことは、幾度となくあった。

そんな中、アパートの家主は頭にきて、ついに、下宿の階段を上がりきった壁に、張り紙をした。

「午後十時以降の麻雀は禁止！　周りの部屋の人達の迷惑になります！」

そもそも、ここのアパートの家主さんは優しく、他人に注意をしたり、口論は苦手な人だった。家主の高岡春江さんは、弘幸の卒業時、手編みの毛糸のチョッキをプレゼントしてくれた。そんな人だった。

こんな性格の家主が、こういう張り紙をするということは、よほどのことである。

家主の高岡さんは、弘幸たちの麻雀をやる時間や、頻度、声などをかなり我慢されていたのだろう。そして、とうとうアパートの住人からクレームが出てきて、張り紙をやらざるを得なかったのだ。家主の性格上、直接、口頭で言う勇気は無かったに違いない。

事実、弘幸たちの麻雀のひどさに耐えきれず、アパートを出て行ったという住人を、残っている他の住人から、聞かされた。

弘幸の大学入学時に知り合った、弘幸と同じ職業会計人を目指す友人がいた。岡山県笠岡市に有った富岡商業高校を卒業して、日本でも有数の製薬会社に就職したものの、職業会計人を目指すがために、その製薬会社を辞めてまで、道後産業大学に入学してきた友人である。

その友人は、亀田良樹と言い、その製薬会社に二年間在職していた。職業会計人を目指そうと一念発起した亀田は、退職後、一年間の浪人生活を送って、この道後産業大学に入学してきた。

亀田良樹は、道後産業大学入学後、弘幸と同じ会計学研究会に所属していたが、弘幸とほぼ同時期に会計学研究会を辞めていた。会計学研究会の先輩たちとの折り合いが悪かったようだ。自分より年下の者が先輩なのだからやりづらかったのだ。

弘幸は、この会計学研究会で、亀田良樹と知りあった。出身が、弘幸の広島県福山市のお隣である岡山県笠岡市であり、同じように商業高校卒業と言うのもお互いに親しみを感じた。亀田は既に、社会人経験の有る人物なので、大学での同級生とは言えるものの、弘幸より三歳上の人生の先輩であった。

亀田は、さっぱりとした、酒好きの男だった。よく一緒に、汚い赤ちょうちんを探して飲みに行った。安いからに他ならない。

その亀田は、弘幸が亀田と同じように職業会計人を目指して勉強していたにも関わらず、麻雀狂いになっていることを、辞めた会計学研究会の友人から情報を得ていた。

そして、弘幸の麻雀狂いを辞めさせて会計の勉強に戻そうと、弘幸のアパートへと刺客を送った。実は、その刺客も会計学研究会に所属していたが、弘幸や亀田と同時期に辞めていた。その刺客は、金谷泰春と言って、一年間の浪人を経て入学してきた、酒も賭け事も好きで、女性にもてる男前だった。賭け事の中では、何より麻雀が好きで強かった。

亀田は、弘幸が金谷と麻雀をして、コテンパンに負ければ心を入れ替えて、会計学の学習にカムバックするだろうと簡単に考えたのである。だが、そうは、ならなかった。

ある日、亀田が、弘幸を捕まえて、

「麻雀の強い男を知っているので、紹介するわ。教えてもろうたらええがな。お前のアパートへ連れて行ってもええか？」

と、話しかけてきた。

弘幸の方は、勿論二つ返事でＯＫだ。

そして亀田は、金谷泰春なる刺客を、弘幸のアパートに連れてきた。

あくまでも亀田は、弘幸の麻雀狂いを止めさせる目的であり、本当に麻雀仲間を紹介する気持ちなど、さらさら無かった。

しかし、世の中、そうそう、うまく行けば誰も苦労はしない。人生とは、ままならないものなのだ。

弘幸は、亀田から今日の来訪の日時を事前に聞いていたので、既に麻雀メンバーを揃えて待っていた。

亀田と金谷が弘幸のアパートに来ると、亀田が簡単に弘幸と金谷を紹介し、既に弘幸が揃えていた麻雀仲間との戦闘開始となった。

麻雀終了後、弘幸と金谷泰春は、ひどく打ち解けて仲良くなり、大学生活の間中、なくてはならない雀友となってしまった。

弘幸が金谷泰春に親しみを感じたのは、金谷の出身が、弘幸の出身地である広島県福山市のお隣である広島県尾道市であり、周りをはばかることなく、方言丸出しで話すことにあった。

金谷は、麻雀のセオリーや技術を教えるばかりでなく、イカサマも教えてくれた。

また、雀荘には四人で連れ立って行かなくても、一人で行って、知らない人とゲームを楽しむスタイルがあることも教えてくれた。いわゆるフリー麻雀、他流試合だ。

一人で雀荘を訪ねての他流試合であれば、知らない人達と打つので、力試しになるし、いろいろな人達の麻雀の打ち方を知ることができて、勉強になる。

もちろん、このフリー麻雀は、賭け麻雀であり、いくら負けるか分かったものではない。イカサマにでもあえば、お金がいくら有っても足りないだろう。負け分を払えなければ、何をされるか分からない。命の危険だってあるだろう。最近流行っている健康麻雀なんて、その当時は存在しなかった。

だが、弘幸は、他流試合の麻雀に非常に興味を持った。

そこで弘幸は、他流試合ができる麻雀の解説をしている本を購入して読んでみた。そこには、知らない人達と打っても、負ける限度が一定で、弘幸でもやれそうな「ブー麻雀」という種類の麻雀の存在を知った。

「ブー麻雀」は、賭博性が強く、ゲームの進行が極めて速い。一ゲーム終わると、いつでも止めることが出来て抜けられる特殊なルールの麻雀だ。

一人一人の最初の持ち点が非常に少なく、誰かの持ち点が無くなるか、誰かが最初の持ち点の倍以上になるとゲーム終了だ。弘幸が松山で始めたブー麻雀の最初の持ち点は、二千点だったが、店によっても地域によっても違う。従って、ゲーム終了がめっぽう早い。早い場合は、通常の麻雀の一ゲームが一時間程度かかるのに対し、一ゲーム五~六分くらいで終わる。

弘幸は、とにかく勉強熱心だった。この特殊なルールの麻雀を一晩で覚えて、翌日には金谷泰春から教わったブー麻雀をやっている雀荘に出向いた。雀荘の名前は、春夏秋冬荘と言う名前だった。弘幸には、点数計算能力があるので、そんなに怖いとは思わなかったが、店に入ってビックリした。

雀荘の客が、おっさんばかりなのは良いのだが、白いシャツを着て、シャツが透けて見える背中には、龍や鯉や弁天さんの美しい色の絵がはっきりと見えているのだ。そんな輩が沢山いる。ヤクザ屋さんの入れ墨だ。

マネージャーと呼ばれていたこの雀荘の店主は、石田博昭と言う男性で、この店主のいでたちも凄かった。

黒いワイシャツ、黒いズボン、そして黒いネクタイで、黒づくめである。

こういう入れ墨だらけの客を相手にすることから、客になめられると収拾がつかなくなり、雀荘の経営が成り立たなくなる。この服装は、なめられないためのものであったろう。

さらに、この石田博昭マネージャーの顔もいかつかった。

石田マネージャーは、入れ墨だらけの客に対して、へつらうことは無く、丁寧ではあるがドスの聞いた声で堂々と対応している。

きっと、ヤクザ屋さんと、何がしかの関係の有る人だろう。そうでなければ、この雀荘のマネージャーをこなしてはいけない。

こういうマネージャーがいるので、一般の素人も安心して、遊べるのだ。弘幸も、この石田マネージャーがいることで、妙に安心して、春夏秋冬荘に足を運ぶようになった。

弘幸が、何度かこの春夏秋冬荘に通っていると、石田博昭マネージャーから声を掛けられた。

「君は、学生さん?」

「はい、そうです」

と、弘幸が正直に答えると、

「授業があまり無いから、ここへ来てるんだろうけど、そうであるなら、この雀荘でアルバイトをしてみない? もちろん、授業の無い時だけで良いけど。実は、あなたと同じ大学生が、つい最近まで、アルバイトで手伝ってくれてたんだけど、卒業で辞めてしまったんだ」

と、石田マネージャーが誘ってきた。

弘幸は、授業もあまり無いし、アルバイトもほとんどやったことが無く、今現在もアルバイトはやっていない。

金にもなるし、さまざまな麻雀の打ち方を覚えられるし、多くの人達と麻雀を打つことで度胸も着いて技量を磨くことができる。

これはチャンスだと、瞬時に判断した弘幸は、二つ返事で了承した。

「ハイ、やります」

と即答したのだ。

思い立ったが吉日だ。早速、次の日からこの雀荘のアルバイトを開始した。

仕事としては、お客にお茶を出したり、手垢で汚れた麻雀牌を磨くこと、そして、お客がトイレや電話で抜ける時などのメンバーに不足が生じた時に、その卓へ入って、抜けた人の代わりにゲームに参加する。

あるいは、お客が三人になった時などは、その卓に入って打つのだ。

ただこの場合、この店では、ゲームに勝っても負けても自己負担なのだ。勝てば、アルバイト代以上に儲かるのだが、負けると、自分のアルバイト代が減少する。

こんな雀荘に通う人たちは、そこそこに社会人で麻雀を経験している。なかなか勝たしてもらえることは無かった。下手をすると、アルバイト代が無くなってしまう。

「アルバイトをすれば、技量も磨けるし、お金にもなるし・・・」

との思いは、全く違っていた。

そして、事実そうなってしまった。

従って、このアルバイトは、あまり続かなかった。

だからと言って、ブー麻雀を止めるようなやわな弘幸ではない。アルバイトを辞めてからも、この春夏秋冬荘や、他にブー麻雀をやっている雀荘を見つけて通った。ブー麻雀を止めることは無かった。

暑い夏などは、昼前頃から暑さしのぎにクーラーの良く効いた雀荘に入り、夜の閉店近くまで麻雀を打つ。冬は冬で暖房が効いていて、雀荘は最高の住まいである。

麻雀を終えて、アパートに帰ると、弘幸の部屋は、たいていの場合、雀友たちによって雀荘と化していた。

当然のごとく、その仲間たちに加わって、夜明け頃まで、仲間達の時間が許せば昼頃まで、あるいは夜まで麻雀に付き合うのだ。

そんなわけで、弘幸を麻雀から引きずり降ろそうとしてくれた亀田良樹の目論見は完全に失敗であった。金谷と言うミイラ取りは、完全にミイラになってしまった。

ただ、金谷は、亀田が弘幸を麻雀の世界から引きずり降ろす目的で、弘幸を紹介したことは知らない。

従って、弘幸と金谷は、さらに仲良くなり、どんどんと麻雀の世界へ、のめり込んでいった。

弘幸は、こんなことばかりやっていたのかと言うと、そうなのだ。こんなことばかりやっていて、授業などほとんど出席していない。

しかし、若干の例外があった。

大学卒業に必要な、必須科目として、三回生、四回生と二年間に亘って、ゼミと言う講義がある。

ゼミは、通常の授業と違って、希望の担当教授を選んだ少人数の学生たちが、担当となった教授の決めたテーマに沿った指導を仰ぎながら専門的な学習をしていくと言うものだ。

卒業に当たっては、このゼミのテーマに沿った卒業論文を作成し、ゼミ教授に認定される必要がある。認定されれば、ゼミの単位が取得できる。

二回生の後期になると、三回生から必須科目となるゼミの担当教授を選んで決める必要がある。

弘幸は、高校時代から職業会計人の目標を持っていたので、会計のゼミを選択することを決めていた。

しかし、会計のゼミには、五人の担当教授のものがあり、その中から選択して事務局に届け出る必要がある。希望しても、必ずそのゼミに入れるわけでは無い。選択されて、入れない場合もあるが、大体は希望通りに入れる。

弘幸は、大学へ入学した当時から、道後産業大学でのゼミは、神谷茂ゼミか原岡満ゼミに入りたいと思っていた。

どちらかと言うと、その当時は神谷茂ゼミ希望であった。

神谷茂教授は、道後産業大学の前身である四国経済専門学校を卒業された公認会計士であった。

また、職業会計人を目指す人達のための月間専門誌である「税税セミナー」と言う、税理士試験対策用講座の簿記論や財務諸表論の執筆を担当しておられた。会計分野では、全国的にも知られた教授であり、広島会計学院の学院長も兼任しておられた四十五歳くらいの教授であった。

一方、原岡満教授は、日本三大国家資格である弁護士や公認会計士の輩出で有名な関東法科大学に在籍され、学生時代に、公認会計士試験に現役合格されている。それを弘幸が知ったのは、「税税セミナー」という専門誌と同じような、「会計人達」という月刊誌が存在し、その中で、公認会計士試験の合格体験記を執筆されていたのを読んだからだ。原岡満教授はまだ若く、三十歳過ぎであった。

また、弘幸が大学を卒業した随分後の話であるが、原岡満教授は、公認会計士の試験委員も務められている。試験委員を終えられた数年後には、原岡ゼミでお世話になった時のゼミ生数人で、原岡教授を招いて酒を酌み交わす場を設定した。そこでは原岡教授から、公認会計士試験委員の依頼があった時の様子から、試験問題の作成や答案用紙の採点までの大変さなどを話して頂いた。

と言うように、入学当時に神谷ゼミを希望していた弘幸は、最終的には原岡ゼミを希望した。もし麻雀にのめり込んでいなければ、神谷ゼミを希望していたであろう。

以前から、神谷教授は鬼の神谷と言われ、非常に厳しいことで知られていた。神谷教授が学生に出題する簿記論の試験問題は、他の会計担当教授でも解くのが難しいとの噂も有ったほどだ。

弘幸が、麻雀にのめり込んでさえいなければ、そんな厳しいけれども、信頼に値する神谷教授の指導を、

「望むところだ！　お願いします！」

と言って、迷うことなく神谷ゼミの門を叩いたに違いなかった。

職業会計人目標の夢を捨ててはいなかったが、当時の職業会計人に関わる学習頻度に比べると、麻雀の学習頻度の方が遥に上回っていた。

さらにもう一つ、原岡ゼミを選んだ大きな理由が有った。

原岡教授は、外国へ留学中であり、ゼミの授業開始は、九月の後期からだと言う。従って八月まては、ゼミ授業が無いわけである。

麻雀にすっかりはまっていた弘幸には、ゼミの授業が無く、自由な時間が増えるということが、非常に魅力だった。

原岡ゼミ受講生は、女性の数が多かったのだが、麻雀ばかりやっている弘幸に、浮いた話は生まれなかった。

その原田ゼミの女生受講生の中に、岡山県出身の内谷弥栄と香川県出身の井筒紀子と言う女生徒がいた。二人とも美人グループに属する女性で、内谷弥栄は、高校生時代にミス何とかに選ばれたことがあるらしい。

二人ともハキハキとしゃべる女性で、気持ちの良い女性でもあった。

その二人の女性が、ある暑い夏の日の夜、揃って弘幸のアパートを訪ねてきた。

その時の弘幸は、いつもの雀友達との戦闘中であり、いつものように、ステテコに腹巻姿であった。全くもって、どこかのおっさんの姿と変わることはなかった。

その時点で既に二人の女性は、弘幸がよく麻雀をやっていることは知っていたので、麻雀をやっていること自体には驚かなかったが、ステテコに腹巻という姿にはビックリしたことだろう。

せっかく訪ねてきた二人の女性を追い返すわけにはいかない弘幸は、麻雀の続きは友人達に任せて、大学生がよく集まるエポックという近くの喫茶店に、二人を誘導した。

訪ねて来た、内谷弥栄と井筒紀子の二人の女性の目的は、原岡教授が留学中のゼミの授業時間を利用して、ゼミ生が集まって友好を深めよう！と、いう誘いだった。

麻雀で忙しい弘幸には、賛成できる提案では無かった。二人はさらにこんなことを付け加えた。

「その友好を深めるための、ゼミ時間利用の立ち上げの発起人を、平山君にやって欲しい」

と、言うのだ。

「なぜ俺なの？」

と、尋ねると、

「一番真面目そうだし、一番いろいろな経験があって貫禄がありそう。平山君が言えば、全員が従うような気がするし」

と、二人は答えた。

「何で俺が真面目？　職業会計人を目標としていることは話したけど、さっき見てもらったように、麻雀に明け暮れていることも話した筈だけど」

とは、思ったが、元々、頼まれて嫌とは言えない性格だ。ましてや、女性から頼まれたものを断ることは、男としてできなかった。

結局、了承するしか無く、友好深め会の発起人となった。

翌日、大学事務室の許可を得て、学内掲示板に、張り紙を行った。

「原岡ゼミ生へ！　次回水曜日午後のゼミは開催しますので、ゼミ教室へ集まること！」

と、同時に、大学事務室には、ゼミ事前学習をやりたいためという理由で、ゼミ生集合の教室確保を了承してもらった。

この発起人を引き受けたことがきっかけとなり、内谷と井筒二人の女性とは仲良くなったが、麻雀にのめり込んでいる弘幸との恋愛に発展することは当然ながら無かった。

しかし、卒業後の今でも、年賀状での付き合いだけは続いている。利害関係の無い学生時代の友人は長続きするものである。

仲良くなった後、弘幸は二人の女性に、

「ゼミ生友好深め会結成の時、本当はなぜ、俺を発起人に選んだの？」

と、尋ねてみたところ、

「平山君が一番の年長者に見え、平山君がやろうと言えば、職業会計人を目指している真面目な人でも有るので、他のゼミ生達は、必ず賛成すると思ったの」

だった。

理解できた。つまり、弘幸が、何年も社会人を経験している、老けた年長者に見えたからなのだ。それ以外の理由は無いだろうと、弘幸なりの答を出した。

とにかく弘幸は、昔から若く見られることは無かった。いつも、実際の年齢よりも、ずっと上に見られてしまう。実際より年上に見られることは、若く見られて、なめられるよりはずっと良い。実際の年齢より上に見られて、損や嫌な思いをしたことは無かった。

内谷弥栄と井筒紀子の発案と、平山の呼びかけで、原岡ゼミ生の友好深め会は無事成立した。ソフトボールをやったり、ゼミ教室にコーヒーなどの飲み物を持ち込んでの、だべリング、コンパと称して居酒屋でのゼミ生友好深め会などを行い、良い思い出となっている。原岡ゼミ生全員から原稿を集めて、同人誌を作成したこともあった。

卒業後、内谷弥栄は税理士となって、会計系の専門学校での講師を兼務しているし、井筒紀子は、短期大学で、会計担当の講師をやっている。

原岡ゼミの中での弘幸は、落ちこぼれ組に属していたと言っても間違いは無いが、他の者は、この二人の女生徒を含め、優秀な学生が多かった。

岡山県の高校を卒業して道後産業大学に入学し、原岡ゼミに属している藤野敏孝という男がいた。この男は、形式的なゼミ所属生徒でしかなかった。出席可能な時だけ、ゼミやイベントに参加するという許可を、原岡教授から得ていた。従って、ゼミの単位を得ることはできない。

と、言うのも藤野は、二回生の夏から職業会計人である税理士の資格取得を目指して、大学に在籍したまま税理士になるためだけの勉強をする、東京の専門学校へ入学したからだ。

税理士資格を得るためには、会計科目二科目と税法科目三科目、計五科目を、何年かけても良いので合格する必要がある。

ところが、なんと、藤野敏孝は、四回生の夏の税理士試験で目標を達成した。税理士資格を取得したのだ。二年間で合格し、大学卒業時には、税理士資格を有していた。

大学時代の弘幸と藤野敏孝に深い関係は無かった。藤野の下宿を訪ねた時、囲碁をやったことが何回かあっただけだ。

藤野が高校生の時は野球部であり、ゼミの友好深め会のソフトボールでは華麗なボールさばきを見せていた。

その後は、年賀状の付き合いだけだが、藤野は大学生時代に弘幸とやった囲碁の話を書いてきたことがあるので、平山＝囲碁とでも思っていたのかもしれない。

他にも、原岡ゼミ卒業生の中には、大分で税理士をやっている者、岡山の商業高校で簿記の教師をやっている者など、弘幸を除けば原岡ゼミには優秀な学生がたくさん存在した。

商業高校で簿記の教師をやっているという者は、岡山の普通科高校を卒業し、一浪の末に、道後産業大学に入学して来た田次弘昌という男だ。彼は、大学卒業後、岡山県下での教員を希望したが空きが無く、兵庫県の蛸で有名な明石にある商業高校に就職した。

一度、その商業高校を訪ねてみたことがある。

商業高校に女生徒が多いことは、どこでもあまり例外は無い。弘幸の卒業した鞆商業高校も女生徒の割合は約九割だった。

明石の商業高校も、廊下を歩いていてすれ違うのは、ほとんどが女生徒だ。

田次弘昌は優しい性格からか、生徒には人気が有るようで、学校の廊下を一緒に歩いていると、女生徒が、

「あっ！　先生！　こんにちは。こちらは先生のお客様ですか？」

と、気軽に笑顔で声を掛けてくる。

田次が、

「そうだよ。大学生時代の友人で、平山さんだ」

と言うと、女生徒は、

「そうですか。平山さん、こんにちは」

と挨拶してくる。

「こんにちは」

と、弘幸は挨拶を返す。

来校者への挨拶指導がしっかり行き届いているようで、気持ちが良い。

翌々年に田次は、岡山県の商業高校教師の空きができて、希望していた岡山県の商業高校教師となることができた。

さて、大学生である弘幸の麻雀をやる頻度は、ますます、度を越えて増していった。そうすると、どこからか弘幸達の麻雀仲間の話を聞いて、仲間に入れて欲しいという輩が増えていった。

その中に、麻雀のめっぽう強くて上手い、恒松清貴という男が居た。いつも、勝ち逃げをするのだ。と、言っても、強くて負けないのだから仕方がない。それにしても、兎に角負けない。そうかといって、イカサマ等で勝っているわけではないから、文句は言えない。本当はイカサマをやっているのかどうかは分からないが、イカサマを見抜けないのだから、やっていないと考えるしかない。

そこで弘幸は一計を案じた。

それは、サインだ。「通し」と言う不正行為が主だ。ずっと長い間一緒にやってきた、元々の弘幸グループの中でサインを決めた。

恒松が正々堂々と戦っているのに対して、弘幸達がインチキをやろうというのだから質が悪い。

人数が溢れてメンバーに入らなかった弘幸の仲間が、恒松清貴の横や後ろに座って見学しながら、恒松が上がりそうな時とか、必要としている牌、危険な牌などを、戦闘中のメンバーに教えるのだ。メンバーとして戦闘中の者同士では、自分が必要としている牌を教え合ったりもする。

声を出しては言えないので、知らせる方法は、野球で監督が出すサインと同じように、手を、額や鼻に触った時は何を意味するかを決めておく。

さらに、恒松の情報は右手で行い、仲間内の情報は左手で知らせるなども事前に決めておき、動作は極力自然に行う。

これが、「通し」と言うイカサマだ。この通しと言うイカサマは結構効果があり、その後も、知らないメンバーが入ってきた時などには使っていた。

話す内容によって知らせる方法もやっていた。天候に関すること（例えば、雨がふりそうやなあ）を言えば、聴牌（テンパイ＝上がれる状態）していることを表すとかだ。

だが、結局恒松は、負ける事無しで来なくなった。どうも卒業していったようだった。

仲間内の麻雀では、口三味線が多く、その口三味線に、見事に引っかかる者もいたが、怒る者はなく、みんな笑って済ませた。

誰もが、口三味線をやるからだ。

白（ハク）、発（ハツ）とポンをしている者がいると、例えば、

「中（チュン）」

といって、東（トン）を捨てる。

白、発、中がそれぞれ三枚ずつ揃うと、大三元という役満になり、高得点となるので、白、発とポンをしている者は、中が欲しくてたまらない。そこで、中（チュン）と言われると、よく確認もせずに、思わずポンとかロンと言ってしまう輩がいる。

これは、雀荘などでは禁止されている口三味線に該当する。弘幸達のメンバーの中で、こんな口三味線に引っかかる者はいない。こんなのは日常茶飯事であり、皆、慣れっこになっているからだ。

人の言うことを簡単に信じてはいけないのだ。

「人を見たら、泥棒と思え！」

納得のいく諺だ。

弘幸は、そんな大学生活を送りながらも、最後まで残ったドイツ語の単位を、追試験で合格して、なんとか大学を卒業した。

弘幸は、この大学生活でいろいろなことを学んだ。もちろん、その筆頭は麻雀なのだが、もう一つ、忘れられない経験と共に学んだのが、大学を卒業するために必要な、各授業科目の単位を取得する特殊な方法だ。まっとうに勉強して、試験に合格すれば、それで良いわけではあるのだが・・・。

次に紹介する方法によると、比較的簡単・確実に単位を取得することができる。ただ、気が小さかったり、真面目一方の方にはお勧めできない。心臓を悪くしたり、卒業が一年ほど遅れるかもしれないという危険を孕んでいるからだ。勇気も必要である。

ただ、以下の方法を利用する大学生達は、既に「大学で目的を持って勉強しよう」という志を失っている。

〈大学での単位取得必勝法その一〉

―毎年同じような試験問題を出す教授の科目を選択するべし―

授業への出席数が足りないと、その科目の受験資格が得られず、試験そのものが受けられないという科目もあるが、毎年、同じような問題しか出さない教授やノートの持ち込みが可能な試験科目も結構存在する。

そんな科目は、出席だけ行い先輩達や友人を頼って、昨年の問題を教えてもらったり、ノートのコピーをさせてもらったりする。これで楽勝だ。

昨夜から徹夜麻雀を続けていた弘幸は、試験時間十五分ほどの直前まで、麻雀をやっており、そこからは、友達に麻雀を代わってもらい、大学へ受験に行く。

単位は充分取得できる。弘幸には実績があるのだから間違いない。

〈大学での単位取得必勝法その二〉

―試験終了後、酒と、尤もらしい理由を携えて、平身低頭お願いするべし―

試験が終わって、単位取得が難しいと判断した時は、まず酒屋に行って酒を買う。

そして、担当教授の研究室へ、買った酒を持って、

「先生！　僕は今年の夏、税理士試験を受けたいのですが、この科目を落とすと、税理士の受験資格に必要な一般教養科目の単位が不足します。どうか、単位を与えてください」

そう言って、酒を差し出し、

「これをどうぞ、お召し上がりください」

で、単位は結構、取得できる。

こんな事件もあった。

〈大学での単位取得必勝法その三〉

―一か八か、教授に対して、少しきつめのお願いをするべし―

水嶋教授と言う基本統計学担当の先生がいた。

水嶋教授は、あろうことか（?）、自分のゼミ生が受けた基本統計学の試験に『不可』の評価点を付けた。まあ、本人の勉強不足などで不可となったわけだから、自己責任であり、誰をも恨むことはできないという考え方も存在はするのだが・・・。

道後産業大学の試験の成績は、高得点から順に、優、良、可、不可の四段階の評価を行う。不可は、単位取得できないという、落第点である。

理屈がどうであれ、とにかく、基本統計学を受験して不可となった水嶋ゼミの生徒は怒った。

「ゼミ生を不可にするとは何事だ！」

との言い分だ。

水嶋教授は、大学から少し離れたマンションに住んでいて、通勤は徒歩で、二十分くらいの距離であった。その通勤途中には温品池と言う池が有る。

基本統計学の試験で不可をいただいた生徒は、仲間を集めて、家路を急ぐ水嶋教授の後をつけた。

そして、水嶋教授が温品池に来た時、後ろをつけてきた生徒達は、一斉に水嶋教授に走り寄って水嶋教授を抱え上げ、温品池に投げ込んだという。

これは「温品池ドボン事件」と呼ばれるようになり、噂では、その事件の後、基本統計学の単位は、簡単に取得できる第一順位の科目となった。

しかし、これは犯罪になる可能性があるので、充分、気を付けられたい。いや、間違いなく犯罪である。

実際に生じた事件かどうか分からないが、この「温品池ドボン事件」は、温品池に投げ込んだと豪語する生徒達の話を聞くと、実際に投げ込んだ者でなければ知りえない事実をいろいろと教えてくれたという。

さらに、この「温品池ドボン事件」は、半世紀も経過した現在でも、学生達に語り継がれているという。

続いて、「科目交換身代わり受験」という方法も有るのだが、その前に紹介しておきたい人物が一人いる。

弘幸は、外国語が苦手であるが、会計科目は得意中の得意である。

英語は必須の外国語科目であるが、他にも自分で選択する第二外国語という必須科目も存在する。ドイツ語、フランス語、中国語などが用意されている。

弘幸は、ドイツ語が英語に近く、やさしいとの情報を得て、ドイツ語を第二外国語として選択した。

英語もドイツ語も同じように、第一回目の授業で、担当教授がそれぞれに、

「授業一回の出席につき、試験の得点に一点加算するので、真面目に出席して勉強するように！」

というお言葉が有った。そこでこの二科目には、大好きな麻雀を我慢してすべて出席した弘幸だった。

授業回数は、全部で三十回。従って、全ての授業に参加すれば三十点の加点だ。単位取得のための得点は、百点満点中、五十点で最低評価の可である。

しかし、弘幸は共に、その五十点を獲得できずに不可となり、翌年度には再度受講する羽目となった。必須科目なので仕方がない。

そして、再受講の第一回目の授業に出席した時、出席したにも関わらず、名前を呼んでくれなかったような気がした。

授業終了後、教授のところに行って、

「出席していましたが、名前を呼んでもらえなかったように思うのですが」

と、クレームを言うと、

「再受講生は、出席は得点加算されませんので名前は呼びません。成績は試験だけで判定します」

と、弘幸の最も関心のある、出席点加算のことまで含めての回答を、悲しくも教授は、返してきた。

「じゃあ、もう授業には出席しない」

と、固く誓ったのだが、そうでなくても苦手な外国語の単位取得が難しいのは当たり前なのだ。二度も受験した英語の試験の結果は、当然、不可であった。

この時、岡山の普通科高校出身で、会計学がさっぱり理解できていない、元中稔と言う人物が登場する。

元中は、最初に麻雀を教えてくれた友納正晴の友人で、学食で昼食をとっている時に紹介されて知り合った。元中の下宿が、弘幸のアパートの近くであり、ちょくちょく顔を会わせているうちに、よく連れ立って歩くようになった。元中は麻雀はやらなかったが、弘幸と気が合った。近くの田んぼの周りに植えてある立派な豆を蓄えた鞘の空豆や、家の垣根から、たわわに実をつけたビワの枝を、二人がかりで採って、一緒に食べた。明らかに、窃盗罪であるが、当時、そんなことは一切気にしない二人であった。

そのままでは食べられない空豆は、アパートに備え付けられた共同の小さな炊事場があった。そこには、プロパンのガスコンロが備えられていたので、持っていた鍋を使って、煮て食べた。

そして、

〈大学での単位取得必勝法その四〉

―苦手な科目は、得意な生徒に受験してもらうべし―

必須の会計学概論を二年連続で不可とした元中稔に、弘幸が二年連続で英語の単位を落とした話をすると、

「英語なんか、成績評価が最低の可で良いなら誰でも取れるわ」

と、弘幸を馬鹿にするように言った。

弘幸は、この発言に対し、

「へえなら、俺が会計学を受験して単位を取得してやるから、元中は英語を受験して単位を取得してくれ〜や」

と、替玉交換受験を持ちかける。

と、元中が言う。

「じゃけえど、そりゃあ、できんじゃろう。だって、受験には写真が貼付された学生証を机の上に出しとかにゃあいけんがな」

「なんでえな、下を向いて一生懸命問題を解いときゃあ、わかりゃあせんわ。名前は学生証で確認するじゃろうけど、顔までは見りゃあせんわ」

と、弘幸は言って、交換受験交渉は成立だ。

当たり前ではあるが、弘幸も元中稔も共に替玉交換受験は緊張しっぱなしで、ヒヤ汗もんだった。

そりゃあ当たり前だ。ばれれば、この試験期間の今までの受験科目は全て不可になり、今後の受験はできなくなる。悪ければ、退学が有りえたかも知れない。

だが、この替玉交換受験自体は、ばれずに成功し、二人には、この経験で、悪い度胸がついてしまった。

しかし、お互いの単位取得という目的は、達成することができなかった。試験の結果は弘幸にとっては悲惨だったのだ。

元中稔の名前で受験した平井弘幸の会計学概論は、最高評価の優であったが、平井弘幸の名前で受験した元中稔受験の英語は、不可で、単位取得はならなかったのである。

弘幸は、また四回目の英語の単位取得に向けた生活を始めなければならなかった。

（教訓）替玉交換受験は、確実に単位取得できる者を選別しなければならない！

〈大学での単位取得必勝法その五〉

―卒業のかかった試験時には、就職を決めておくべし―

さらに弘幸には、ドイツ語の単位取得という難題が残っていた。外国語に熱心な弘幸は、一般の学生が一年間学ぶドイツ語を、四年間も受講した。

さぞドイツ語が得意だろうと弘幸に訪ねてみると、意に相違して、ドイツ語は苦手だが、中国語（麻雀のことを良く、そう言った）は得意だ！と胸を張ったのだった。

四年目のドイツ語試験では、後輩でドイツ語を受講する雀友の藤山寛次から、テキスト中の出題範囲情報を取得したが、藤山寛次からもその友人からも、試験に重要な翻訳ノートを入手することができなかった。

本屋に出かけて、翻訳本を探したが見つけることもできなかったので、また、不可。

藤山寛次も、出席点を稼ぐために授業への出席だけはしていたのだが、中国語に熱心であり、授業中はほとんど寝ていたという。

ドイツ語クラスでの親しい友人もできなかったらしい。よって、当然不可。

実は、この藤山寛次は、弘幸と同じ鞆商業高校出身で、弘幸の一つ下の学年で、生徒会役員をやっていた男だった。藤山寛次には、あと一年間の大学生活があるが、弘幸には、もう来年が無い。今年が最後の大学生活だ。

もちろん、留年すれば来年があるが、学費やらで親に迷惑をかけるわけにはいかないし、留年すると、もう奨学金も出なくなる。さらに弘幸は、四月からの京都にある紳士服製造卸を営む会社の経理課への就職が決まっていた。

この会社は㈱関和商事と言い、バレーボールでオリンピック選手も輩出している紡績会社の子会社であった。

京都には、繊維製品の大きな会社は育たないと言われていたが、有名な下着メーカーと共に、この㈱関和商事が育っていた。

大学で留年することは、この㈱関和商事への就職も無くなってしまうことになる。

ところが、道後産業大学には、卒業単位が一科目分だけ足りない者に限っての、救済措置が存在した。その一科目に限って、追試験を受けることができるのである。

弘幸は、アパートを引き払って、一旦実家に戻り、この追試験に望みをかけた。

本屋を探して、授業で使用していたドイツ語テキストの和訳本を見つけて、必死で勉強した。

前回行われたドイツ語の試験範囲は、もう出題されないであろうと考え、その個所を除いて、しゃにむに勉強した。どの箇所が出題されても、少なくても及第点は取れると自信満々で、追試験に臨んだ。

しかし、追試験の範囲は、前回の通常の試験と同じで、ほとんど解答できなかった。試験が終わるや否や、弘幸は、学校内の公衆電話ボックスを見つけて、ドイツ語担当教授に電話した。

「先生、先ほどのドイツ語の追試験ですが」

と、言ったところで、その教授は、弘幸の次の言葉を聞くことなく、

「あっ、あれは合格です」

と、即答した。

弘幸は、

「今日出題された範囲以外は、どこを出題されても解答できるように勉強しています。もう一度だけ、再度の追試験を受けさせてください」

と、お願いするつもりで電話したのだ。

ドイツ語担当教授は、追試験受験者の就職状況を事前に把握していたに違いない。そして追試受験者の中で、就職が決まっている者には、試験さえ受ければ、無条件で単位を与えることにしていたのだ。そうでなければ、採点をする時間も無いはずのあのタイミングで、合格の即答ができる筈がないのだ。本当に嬉しかった。これで大学を卒業できる。

弘幸の場合は、こんなチャランポランな大学生活だったが、学生達全員がこんなだらしない生活

を送っていたわけではない。当たり前だ。

道後産業大学と言えば、大正時代から存在する道後経済専門学校が前身であり、当時は東の東大（東京帝国大学）、西の経専（道後経専）と言われたことがあったとか無かったとか・・・。名門校ではあった。

就職でも、道一つ隔てたお隣の、国立大学を遥かに凌駕していたと言われる。

オロオロナインという薬を開発して成長した、小塚山製薬の経理マンの七割は、道後産業大学出身者であった。また、中国・四国地方の銀行における頭取の多くも、道後産業大学卒業生であった。

昭和四十年代前半までは、名門校がゆえに、入学生は全国から集まってきて、道後産業大学生の七割くらいは県外出身者であり、地元高校生が道後産業大学に入学しようとしても、学力がおぼつかなかったようだ。

道後産業大学の入試合格者宛の、合格通知文の中には、

「当学には、推薦入学等はありません。あなたの当学への入学は、あなたの実力によるものです。堂々と胸を張って、ご入学いただき、しっかり勉学に励んでください」

と、そんな内容文が付されていたことを弘幸は覚えていた。

道後産業大学の卒業生の中には、お笑い芸人やアナウンサーの他、野球部には、元プロ野球チームの太洋ホエールズ（随分昔の話で知らない人が多いかもしれないが）に入った選手がいる。オリンピック選手も送り込んでいる。スノーボード出場の男性選手やマラソンの女性選手がいた。

それが今、ネットでこの大学を検索してみると、外部の評価はなんたることか！　惨憺たるものだ。

道後産業大学の学生の七割が、県外出身者であったものが、完全に逆転。七割が県内出身者になっているという。

そう言えば、弘幸がこの道後産業大学の生活の中で初めて体験したことが、麻雀の他にもあった。深夜の麻雀の途中で、お腹がすいた時、何か夜食を食べようと近くのコンビニ（当時、そう言ったかどうか定かでは無い）に、おにぎりと飲み物を買いに行く。

義務教育時代は、ド田舎で過ごしている弘幸なので、自販機など見たことは無く、自販機を見たのは高校に入ってからだった。

高校の売店に、瓶に入った飲み物の自販機が有り、料金を投入して、見えているジュース類の中から、希望の商品の現物を手で引っ張り出した。その横には、瓶の蓋（王冠）を取る金具が付いており、そこで蓋を取って飲んだものだ。

この飲み物の自販機では、それほど感動した記憶が無いが、深夜の麻雀の途中で買い物に出かけた時のコンビニでは、うどん専用の自販機があった。お金を投入してボタンを押すと、三分ぐらいで暖かいうどんがプラスチック容器に入って出て来る。これには感動せざるを得なかった。

◇ 妹の存在 ◇

昭和五十一年四月から、弘幸は、既に内定通知を貰っていた京都の㈱関和商事と言う紳士服製造・卸の事業を行う会社の経理課に所属した。

その入社に当たって求められた会社への提出書類に、住民票があった。

弘幸は、住民票を請求しようと市役所を訪ねた際、住民票や印鑑証明の請求用紙の傍に戸籍謄本という請求用紙を発見した。戸籍謄本という書類の内容は、いくらかは知っていたが、実際に見たことは未だ無かった。

何にでもすぐ興味を示す弘幸であり、戸籍謄本って、どんなものなのかの興味をそそられて戸籍謄本と言う物を見てみたくなった。

思い立ったら、あまり考えることなく、即、行動に移す弘幸であり、戸籍謄本請求用紙に署名して請求した。

弘幸の脳みその中には、

「急がば回れ！」

なんて言葉は存在しない。

常に、

「善（前）は急げ！」

であり、この性格で多くの失敗を繰り返してきてもいる。繰り返し続けて、この性格は直ることなく、今でも続いている。

弘幸は、受け取った戸籍謄本の中に、全く知らない名前を発見した。

生存していない長男の兄がいたことについては、中学生時代に、博也兄貴から聞いていたので、その記録があることに驚きはしなかった。その長男の名前の横には、大きな×印が加えられて、死亡日が記載されていた。

長男の記載から五番目には、弘幸の出生内容の記載があり、さらにその後には、昭和三十六年十月二十五日に、八重子という名前の女性が記載されていた。

そして、まだ首が座るどころか、生後ひと月も経っていない状態の同年十一月二十三日には、岡山県苫田郡鏡野町の山城家に養女として転出していた。その八重子という名前の横には、×印が付されていた。

「そうなのか、あれほど欲しいと思っていた妹は、八重子と言う名前で、実際に存在していたんだ」

と、弘幸はしみじみと、感慨に浸っていた。

八重子の生年月日を見てみると、父親の年齢が四十八歳、母親の年齢が四十四歳の時である。両親にとっては遅い子供であり、母親の高齢出産だった。最近では時折、高齢出産を耳にするが、当時は珍しかっただろう。

その後の弘幸の頭の中には、ずっと八重子という名前が消えたり、現れたりしていた。完全に消え去ることは無かった。

ただ、その妹を探し出そうとまでは考えなかった。探して見つけたとしても、どうなるものでもない。

両親や兄弟姉妹が、八重子の出生のことに一切触れなかったということは、八重子本人だって、福山市の山野という所で生まれて、岡山県苫田郡鏡野町の山城家に養女として迎えられたことを知らないかも分からない。

この事実を知ることは、八重子にとって、非常にショックを受ける可能性が有る。

仮に、八重子が既に、山城家に養女として迎えられていることを知っていたとすれば、何もわざわざ知らせる必要も無い。弘幸が知らせることは、弘幸の自己満足に過ぎない。

「寝た子を起こすような真似をやってはならない」

弘幸は、そう考えて、山城八重子に接するような行動は起こさなかった。

◇ 就職と労働組合 ◇

四月から、㈱関和商事に入社した弘幸は独身寮に入り、大学生時代からの希望であった経理課への配属となった。

公認会計士や税理士のような大きな資格での職業会計人では無いが、経理課員と言う会計に携わる社会人なのだから、職業会計人と言っても、まあ良いだろうと、自分を慰めると共に、自己満足もしていたが、入社してからの数か月後には、いろいろの出来事があった。

仕事については、簿記の知識が有ったので、それほど戸惑うようなことは無かった。

仕事の中で一番面白かったのは、銀行通いと、手形・小切手の扱いだった。

簿記の学習では、手形・小切手の記帳処理の方法は学習したが、実際にそれらを扱うことの経験はできない。

小切手は、簿記学習上現金扱いするが、それは帳簿上の話だけであって、日常生活で、現金と同じようには扱われない。昼ご飯を食べたその代金として、現金と同じように、小切手で支払いに充てられる訳では無い。例外は有るが・・・。

小切手で代金決済をする場合は、受け取った小切手を、自分（自社）の預金口座に入れて、銀行に取り立て（現金化）してもらって、無事決済されて初めて、現金と同じ扱いとなる。無事決済されなければ、不渡りとなって紙切れと化す。また、小切手には、簿記の学習と違い、先日付小切手とか、銀行振出小切手とか保証小切手とか言った実務上で扱いの違う、幾種類かの小切手が存在する。

と、言っても、まだまだ沢山の約束事や法的ルールが有り、ここで説明するには、沢山のページを割かなければならないので止めておく。

小切手に少し似たものに手形がある。小切手が原則、呈示払いであるのに対し、手形には、現金を支払う年月日が記載されていて、その日にならないと現金化されないという違いがある。

また、手形には、支払い期日を先に延ばす手形のジャンプとか、支払期日までが長い（百八十日超の）台風手形なんていう、実務上の名称も存在する。手形の支払期日よりも前に現金化する方法として、手形の割引というものも存在して、なかなか面白い。

だが、小切手と同じく、まだまだたくさんの約束事や法的ルールが有り、ここで説明するには、沢山のページを割かなければならないので、同じように止めておくこととする。

経験さえすれば、すぐ分かるようになるのだから・・・。

弘幸は、経理課に所属して、このような実務上の扱いを知ることが新鮮で、面白くてたまらなかったのだが、入社したその年の七月に突然、九月には大阪の布施市にある青服商事㈱と合併すると言う情報が入ってきた。会社の住所も、京都から大阪市北区に移転すると知らされた。

青服商事㈱は、㈱関和商事と同じく、紳士服の製造・卸を事業とする会社だ。

叔母や従姉の住む京都の地で、落ち着いた生活をしてみようと思っていた弘幸には、晴天のへきれきであった。

この事実を既に知っていた㈱関和商事の従業員は居ただろうが、多くの人達にとって晴天のへきれきだった。

㈱関和商事の生産工場は、山形と島根に有り、青服商事㈱の生産工場は、九州の直方に有った。

両社の合併で、会社規模としては、そこそこの大きさとなったが、その内情には悲惨なものがあった。

京都や滋賀に住む従業員は、差し当たって住まいの移動という問題が生じるし、場合によっては、会社を辞めなければならないという問題も生じてくる。

弘幸は経理課所属で、試算表作成などで大まかな会社経営上の数字は知ってはいたが、まだ入社して四か月だ。決算も組んだことが無く、会社の内情を詳しく分かろうはずも無い。

合併しなければならない事情は、合併後に少しずつ分かってきた。簡単に言ってしまえば、両社は共に、赤字会社であり、なかなか浮上の見通しが立たないということでの合併だった。

合併後の会社は、大阪市北区の豊崎という場所に有るビルの一角にフロアを借りて本社を置いた。山形、島根、直方に有る三つの工場はそのまま生産を継続することとなり、新会社の名前は、トースカマン紳士服㈱と、称することとなった。

豊崎の地に借りた本社ビルの同じフロアには、鶏ラーメンで世間を驚かせて有名になった鶏食品の本社が有った。鶏食品本社はその後、西中島南方近くに、大きく立派な本社ビルを建設して引っ越していった。

合併で新しくなったトースカマン紳士服㈱の三工場で出来上がった紳士服製品は、大阪府の北部に位置する、箕面市の繊維団地に倉庫を借りて保管することとなった。

弘幸は詳しく知る由も無かったが、本社も工場も共に、管理職等を中心とした、多くの人員整理が行われたようだった。

青服商事㈱に組織されていた労働組合は、組合員全員の雇用継続を条件に解散したので一般従業員で解雇された者はいなかった。

㈱関和商事には、組合が存在しなかった。

弘幸は、合併前の経理係長だった沢村さんと共に、車で銀行出張に、よく出掛けた。その車の中で沢村係長から、金融機関との折衝のイロハを教えてもらったが、ある時、

「青服商事には労働組合が有るが、関和商事には存在しないんだ」

と沢村係長が言った。

「なぜですか？」

労働組合は、ほとんどの会社で組織されているものとばかり思っていた弘幸が訪ねると、

「関和商事は、家族的で暖かい会社であり、労働組合存在の必要が無いからなんだ」

と、沢村係長は答えた。

日本の労働組合の組織率が十五％くらいであることは随分後で知ったのだが、

「労働組合は、沢村係長が言うようなもんじゃあない。従業員たちが会社と助け合いながら、会社の発展と従業員のさらなる幸福を求めて活動していくものなんだ」

と、労働組合の存在意義を弘幸は、そのようにとらえていた。

なぜか、高校時代から弘幸は、労働組合というものに興味を持っていた。労働組合が存在するで

あろう青服商事との合併には、大いに期待していたのだが、はかなくもその夢は破れ去った。

しかし、弘幸の労働組合加入の夢は捨てきれず、

「労働組合を解散したのなら、新たに結成すれば良いじゃないか」

と、そう思い続けていた。

会社の合併後、元、青服商事の職員との会話が弾むようになってから、合併前の労働組合委員長は、営業部の日向真一という男性であることを知った。

日向真一は独身であり、杉本寮という会社の独身寮に住んでいた。杉本寮は、青服商事の建物であったもので、国鉄阪和線の杉本町駅から徒歩十分程度の場所に有った。

弘幸は、元労働組合委員長の日向真一に、労働組合結成の相談を持ち掛けたかったのだが、日向は営業部で出張が多く、会社内ではなかなか顔を合わせる機会が無かった。

周りの従業員達にも、あまり聞かれたくない話だったので、同じ独身寮に住む山本明之に、

「杉本町の独身寮で、日向真一さんに労働組合のことで相談したいことが有るのですが、会えるように調整をお願いできませんか」

と、依頼した。

結果、翌々日の朝、山本明之から、

「日向真一が、次の日曜日の午後、独身寮に来るようにと言ってた」

との返事を貰った。

約束の日曜日、弘幸は杉本町の元青服商事独身寮、杉本寮の日向真一を訪ねた。

そして、日向に言った。

「なぜ、新会社において労働組合を立ち上げないのですか？　私は、労働組合の意義を知っているつもりだし、必要な存在だと思うのですが」

と、自分の労働組合に対する考えを伝えたところ、日向は、

「実は、今回の青服商事と関和商事の合併に際し、青服商事労働組合は、一人の組合員も解雇しないことを条件に解散したんだ。だから、少なくとも元青服商事の従業員側から組合を立ち上げることは、やりにくい。関和商事の従業員側から、立ち上げの声を上げるのは構わないのだが」

と教えてくれた。

ここで初めて弘幸は、青服商事の労働組合が、組合員を一切解雇しないことを条件に、解散したことを知ったのだ。

弘幸は、さらに尋ねた。

「私はまだ入社二年目の若造です。私が、労働組合の意義を理解していると言っても、私が先頭に立って組合結成の音頭を取るのは、周りの従業員は気に食わないでしょう。どうするのが良いと思いますか？」

すると、

「まず、元関和商事の管理職でない、少し古株の者に、音頭をとってもらうように依頼するのが賢

明だ。元青服商事の従業員の方は、元関和商事での組合結成話が進むようであれば、水面下で私が動くので心配ない」

と、日向は答えてくれた。

弘幸は早速、組合結成に向けてスタートを切った。

まず、入社歴十年程度で、あっさりした性格で非常に話しやすい大東司と言う、営業部主任の男性従業員を捕まえて言った。

「私は、この新会社のトースカマン紳士服で、労働組合を結成したいと思っています。既に、元青服商事の労働組合委員長をしていた日向真一さんには、私の思いを話していて、協力してもらえる返事をいただいています。労働組合を結成すべく、音頭を取ってもらえませんか」

「分かった、元関和商事従業員の何人かに話をしてみて、賛同者を集めてみよう。但し、労働組合が結成されるまで、平山が元青服商事従業員達との橋渡し、調整役の中心になって欲しい」

と、大東は言って、引き受けてくれた。

この大東に話がやり易かったのは、麻雀ができる人材で、既に何回もの麻雀を一緒にやった経験が有ったからだ。

話は、トントン拍子で進んで、トースカマン紳士服労働組合が結成されるべく、下準備が整っていった。労働組合結成に際して、弘幸は組合書記長を引き受けて欲しいとの依頼を受けて二つ返事で了承した。望むところである。

数か月後、会社側に、労働組合結成の意思を伝え、組合大会開催に際して、業務終了後に開催する組合大会の場所として、会社の会議室を貸して欲しい旨を伝えて了承を得た。

合わせて、労働組合事務所として、数人が収容出来る小さな部屋と、一台の机セットを借用したい旨も申し出て、了承を得た。

数日後、組合規約や執行部役員候補者などの案を作成して、労働組合結成のための第一回組合大会を開催した。

多くの場合、弘幸のように、会社の経理的内情等に携わる経理課の人間は執行部に加えないのだが、平社員でもあるので構わないだろうということになった。

そして、予定していた労働組合結成のための第一回組合大会を、業務終了後の午後六時から、会社の会議室を拝借して、開催した。

この組合結成大会での目的は、執行部役員の選出と組合規約の承認である。

執行部役員の立候補を募ったが、立候補が無かった。そこで事前に用意していた、元青服商事労働組合委員長の日向真一が委員長、大東司が副委員長、弘幸が書記長、他に執行部役員二名の案が満場一致で了承された。

合わせて準備していた組合規約も満場一致で承認された。

翌日、会社側に、組合大会で承認された執行部役員の報告をした。

元青服商事の日向真一が組合委員長であることは、組合結成の声が、元関和商事従業員達から上がったからであろう、会社からのクレーム等が発せられることは無かった。

トースカマン紳士服の販売方法は、百貨店で販売スペースを借りて、売れた商品だけを百貨店に買い取ってもらうという方式だったので、百貨店で実際に販売するのは、トースカマン紳士服の従業員である。

百貨店に並んでいる商品の販売は、ほとんどがこの形式をとっていて、同じフロアの同じスペースに数社の紳士服販売会社が自社製品を並べており、競争で自社製品の販売合戦を繰り広げる。

慣れてしまえば、どうということは無いのだが、この場所で初めての販売を行う新入り等は大変だ。入って来るお客さんは、全て百貨店の商品だと思っているので、数社の紳士服製品から気に入った商品を、近くにいる販売員の所に持ってきては商品の質問をしたり、

「これが欲しい」

と、言ったりする。

しかし、各メーカーの売り手側としては、自社製品を売らなければならない。

「これが欲しい！」

と、言ってきたからと言って、そのまま他社製品を販売しようものなら、先輩や上司からこっぴどく叱られる。

だから、こんなお客には、持って来た商品にいろいろと難癖をつけて自社製品の場所に誘導しては、自社製品の販売にこぎつけるのだ。

百貨店では、年末年始や決算時に大量販売を目指したセールを行うことがある。

こんな時、会社の内勤として採用されている生産や事務に携わっている従業員に対しても、百貨店で販売をする応援依頼が来る。百貨店に出向いて、他の営業マンの中に入って、同じように自社製品の販売を手伝うのだ。

弘幸は、自分には営業センスが無く、絶対に営業などはできやしない、と思っていたので、入社直後から回ってくる、この販売応援依頼は、ことごとく断っていた。

しかし、労働組合の執行部に属して以来、

「組合は、会社の発展と社員の生活向上のために存在するんだ。協力し合って・・・」

と、言っている立場からすると、どうも断りにくくなり、引き受けるようになった。

先輩営業マンが、丁寧にトーク術や、商品説明方法を教えてくれて、思っていたほど大変ではなかった。何度か、販売応援を経験すると、他社の製品を持ってきて、

「これが欲しい」

と、言うお客があっても、自社製品エリアへ導いて、自社製品を販売することにも慣れてくるものだ。

いつぞやは、泉北百貨店での販売応援の依頼を受けたことがあり、そこでは、トースカマン紳士服製品だけを扱う販売応援だった。

自社製品しか並んでないこともあり、先輩達から教わった販売トークを駆使しながら販売したと

ころ、どんどん売れるのだ。休んでいる時間も無いくらいで、一日で三十数本の紳士服を販売できた。

この頃から、営業への抵抗感はなくなっていったが、積極的に営業をやろうとまでは思わなかった。

そんな百貨店での販売応援を行っている時だった。レジ方面に目を向けた時、商品代金を支払って帰ろうとする二人連れの男女を見つけた。その内の男性は、道後産業大学の会計学研究会でお世話になった、弘幸の卒業した鞆商業高校の唯一の先輩である斎藤学さんであった。

斎藤さんは、造船所が有る広島県沼隈郡という地域で生まれ育ち、中学校卒業後、鞆商業高校に進学された。続いて遠方の道後産業大学に進まれていた。

斎藤さん以外で、鞆商業高校から道後産業大学に進まれた人がいるような話を聞いたことは無く、鞆商業高校から道後産業大学に進まれた、たった一人の先輩だった。さらに道後産業大学の会計学研究会で出会い、大学卒業後五年くらい経過したところで、互いに縁もゆかりも無い大阪で再開した。

生まれ育った広島県でも無く、道後産業大学の有る愛媛県でも無い大阪のたくさんの人が集まる百貨店の紳士服売り場で出会うことがあるのだ。こんな確率の少ない偶然もあるのかと、ビックリした。

弘幸が、紳士服メーカーの関和商事に就職しなかったら、あるいは労働組合を立ち上げてなかったら、遭遇することは無かった。

人生は、どこで、どんな偶然に出くわすか分からない。

悪いことはできないのだ。弘幸が何か悪いことをやっていたわけでは無いのだが。

斎藤学さんと一緒に居た女性は、大学時代から付き合っていたとのことで、今は結婚しているという。立ったままで、十分程度の大学時代の思い出話をして別れた。

その後、労働組合執行部役員は、委員長の福岡支店への転勤などでいろいろな交代劇が繰り広げられたが、弘幸のその時点での一番大きな変化は、弘幸自身がトースカマン紳士服㈱を退職したことだ。昭和五十七年七月、弘幸は退職した。

◇プログラミング◇

労働組合結成体験の他にも、弘幸にはトースカマン紳士服という会社の中で、もう一つ非常に楽しく充実感を味わったことがある。

それは、会社が運用するコンピュータのプログラミングだ。

トースカマン紳士服での売上高の集計や商品の在庫管理は、日本電電公社のコンピュータを利用していた。そのコンピュータの担当者は、六十六歳の男性で、山岡正則と言う、顧問と言う立場の人であった。電電公社との交渉や取次を行っていた。

データの入出力は、商品管理課の職員が行っていたが、コンピュータの仕組みやプログラミングができる人間は存在しない。

六十六歳の山岡正則顧問は、その年齢からしても、コンピュータのハードにしてもソフトにしても扱えるような人ではなかった。だからと言って、当時の中小企業でコンピュータに真剣に取り組もうとするような人物は存在しない。全て、山田正則顧問を介しての電電公社任せだった。

そんな時、親会社である紡績会社から、紡績会社のコンピュータとトースカマン紳士服のコンピュータの一部を結合した処理を行い、電電公社とのコンピュータ処理を発展的に解消する話が持ち上がった。

そこで、実際にコンピュータを運用するトースカマン紳士服の中にも、コンピュータをシステム的に扱える人材の存在を求められた。その人材として、若い弘幸に白羽の矢が立った。

そして弘幸は、新しいコンピュータの購入先である岡東情報処理機器という会社に、缶詰五日間のプログラミング研修に通った。

そこには、弘幸を入れて五人の研修生がいた。いずれも、岡東情報処理機器からコンピュータを購入する企業からだ。

研修は、コンピュータの基本である二進数から教えられた。テキストが用意されて、それに沿って講義が進行していく。だが、最初の三日間というものは、何をやっているのかさっぱり分からなかった。英語と思える外国語がしばしば登場するし、説明はあるものの専門用語もたくさん出てきた。

四日目の午後、コンピュータのプログラミングとは、コンピュータと人間が共に分かる言葉を使って、コンピュータに作業をさせるための命令文（プログラム）を作成することだということが分かった。このプログラムによって、コンピュータは、人が求めるものを作り上げていくのだ。

当初弘幸は、プログラミングとは、例えば、加算とは、どういう作業をコンピュータにさせるのか等を組み立てるようなことかと思っていた。分かりにくい説明であるが、命令語をコンピュータに教えるものと考えていた。

しかし、全く違った。

コンピュータに加算の作業をさせるには、既にそれを行わせるために「ＡＤＤ」と言う命令語が用意されているのだ。コンピュータ画面に、計算結果等を表示させるなら「ＰＲＩＮＴ」と言う命令語が用意されている。

これらの命令語を駆使して、順序良く組み立てて、人間の思い通りにコンピュータを作動させる命令文を作成するということだ。なんとなく理解できたような気がした。

そして五日目の最終日の朝、講師から、練習問題が出されて、プログラミングを行うこととなった。

出題内容は、コンピュータの画面上で、まず販売商品コードを入力して、この商品コードから商品名に変換させて表示させる。続いて各商品の販売単価と数量を入力して販売額を計算させて請求書を作成させる。販売商品は、五種類有り、この作業を五回繰り返して、最後に総売上高を計算して画面上に表示させるというものだった。入力作業と画面表示ができると、最後に、このコンピュータ画面と同じものを、用意されたプリンターの用紙に印刷させるというものだ。

弘幸は、講師からアドバイスを貰いながらではあるが、体裁は悪いものの、目的に沿ったプログラムを完成させた。

しかし、これで終わりではない。これだけでは、コンピュータは作動しない。

次に、このプログラムを、コンピュータにしか理解できない機械語というものに変換させる必要がある。これをコンパイルと言い、コンパイラーというソフトを使って自動的に機械語に変換を行う。機械語への変換は、全てコンピュータが勝手にやってくれる。

コンパイル中に、作成したプロブラムの中に間違い等（バグと言う）が存在すれば、コンパイラーが指摘してくれるので、プログラマーは修正を加えて、再度コンパイラーに託すこととなる。

弘幸は、練習問題の回答を一応完成して、バグも無くなったプログラムを、実際に作動させてみた。

すると、どうだ。体裁こそ悪いが、コンピュータの画面表示も、請求書の印刷もできたではないか。涙が出るほど嬉しかった。コンピュータの「コ」の字も知らない、右も左も分からない弘幸が、たった五日間の研修でコンピュータを作動させることが出来たのだ。

快挙と言わざるを得ないではないか！　今日から弘幸はプログラマーの仲間入りなのだ。弘幸は一人で悦に入っていた。

研修を終えて会社に戻った弘幸は、会社のコンピュータを使って、いろいろなプログラミングに挑戦した。

会社の通常業務である日々の経理取引や商品売買に関わる在庫管理や請求書発行などは、間違いがあってはならない。このような重要な処理プログラミングは、親会社である紡績会社のシステム部に所属する宮田さんと小山さんという二人の男性が担当してくれる。

弘幸は、それらの処理で蓄積されたデータ等を使い、自分自身でテーマを作ってのプログラミング練習に打ち込んだ。給与明細書、資金繰り実績表、販売商品の値札等を作成してみた。本当に面白くて仕方なく、プログラミングにはまってしまった。

コンピュータのソフトが理解できて、多少の修正ができるのは、会社の中で弘幸たった一人なのだ。鼻高々で気持ちが良い。

コンピュータのトラブル等が発生すれば、

「平山さん！　平山さん！」

と、トラブル解消の救いを求めて、声を掛けてくる。加えて、新しいプログラム作成や修正の依頼もやってくる。これが嬉しくてたまらない。

昼の時間帯は各職員が日常業務にコンピュータを使用しているので、依頼を受けたプログラムの作成等は、昼の休憩時間とか、業務終了後となる。

業務終了後の作業は、残業となるわけで、ひどい時は熱中して時間を忘れ、夜中の十二時を回ったこともしばしばあった。それでも、一切、負担を感じないし、疲れも感じない。

そのうち、男性の峰岡先輩から、こんな、よからぬ相談がやってきた。

全国高等学校野球大会が、甲子園球場で開催される時期のことだった。

「各人が、強いと思う高校から順番に点数を付けて、勝った高校に付けた点数が、その人の点数となる。各人が最初に付けた点数は、その高校が勝つたびに加算され、その合計得点を争うゲームなんだ。一セット応募の代金が千円だ。これで集めた金額を、高得点者から三位くらいまでに配分する」

「ん？　ゲーム？　千円？　配分？　それって、トトカルチョじゃないの？　博打だ！」

と、弘幸は察して嫌な予感がしたが、峰岡先輩はさらに説明を続けた。

「一番高い点数は、参加高校の数で、五十校の参加なら、一番強いと思う高校に五十点、一番弱いと思う高校に一点を付ける。どう？　コンピュータで計算させられない？」

去年までは、これを手計算していたんだが結果の出るのが遅いし、間違いもけっこう生じると言う。そりゃあそうだろう、人間がやるんだから。

「そんなプログラムができれば、これらの問題が解消できるだろうし、毎日でも途中経過が出せると思うんだけど」

と、付け加えてきた。

いわゆるトトカルチョの計算をコンピュータにやらせることはできないか？という峰岡先輩の相談、いやな依頼なのだ。

「トトカルチョと言えども、先輩の依頼は絶対だしなあ」

と、弘幸は先輩の依頼に屈しそうになり、気の弱い弘幸は、威圧感のある先輩の依頼に屈した。

いや、本当は先輩の依頼云々はどうでも良く、このプログラム作成に挑戦してみたいだけだった。

この依頼内容を聞いて、頭の中でプログラムをざっくりと組み立ててみた時、

「これはなかなか込み入ったプログラムになりそうだが、プログラミングの練習には持ってこいだな」

と、弘幸は感じて、

「やってみましょう！」

と、答えた。

今までは、このトトカルチョを手計算でやっており、本来の仕事がお留守になってしまうので、業務終了後や休みの日を使って計算していたそうだ。もちろん途中結果を報告することも出来なかった。

また、計算を間違えたとしても、間違えられた者が、自分の得点計算ミスは指摘できるだろうが、他の人の計算が正しく行われているかどうかまでは分からない。

これがコンピュータでできれば、勝ったチームさえ入力すれば、瞬時に各人の得点が計算できて、

得点の多い順に並べることができるので、いつでも途中経過を発表できる。

これが、コンピュータの威力だ。入力さえ間違えなければ、計算が早くて間違いが無いのだ。

ただ、内容がトトカルチョだけに、大っぴらな作業や発表はできない。どうしても集計作業は、昼の休憩時間とか、業務終了後になってしまう。それでも弘幸は、身を粉にして、このプログラムを完成させた。この完成は、トトカルチョ参加者達に大いに喜ばれ、同時にその参加者は、瞬時の途中経過発表に驚いてもいた。

弘幸自身も、このプログラム完成で、かなりの自信が付くと同時に、周りの人達の弘幸に対する株が上がった。

◇ 教育産業へ ◇

合併した新会社の業績は、それほど好調ではなかった。いや、むしろ、だんだんと悪化していた。合併後暫くした頃、新会社発足後、第一回目のリストラが計画され、労働組合にその内容が呈示された。合併による新会社発足後、まだ三年程度しか経過していない。

会社側から呈示されたリストラ案の一つ目は、箕面市の繊維団地に倉庫として借りている五階建てビルに本社をも移転するという。

二つ目は、山形、島根、直方に有る三工場の従業員をはじめ、本社や東京支店、福岡支店の従業員をも解雇すると言うものだ。

工場は、新会社発足時に別会社となっていたので、弘幸達の労働組合には直接の関係は無く、関わることは無かった。

だが、取締役達の退任に加えて、労働組合員三名の解雇が打診された。

この頃の弘幸は、日々の取引処理に加え、銀行との融資取引、決算書の処理、税務署への申告・納税等に深く関わっていたので、今後の会社が生き伸びていくために必要なリストラであることは、充分理解できていた。

しかし、会社のリストラの必要性が理解できていることと、解雇される組合員の今後の生活等を考えた時の気持ちは別物である。

この人材リストラに労働組合として対峙しなければならないことは、辛くて仕方なかった。

遠方から通って来ている人や年長者の中からの解雇が提案された。

解雇通告や解雇に当たっての退職者の再就職支援は、全て会社が行うので了承して欲しいという。了承するしかなかった。

解雇者の内の一人は西中さんと言い、京都から通う六十歳を過ぎた男性で、身体が細くて小柄な人だった。商品管理課に所属し、工場から入ってきた紳士服を倉庫に抱きかかえて運んでいた。逆に、取引先の百貨店や専門店に卸すための紳士服を倉庫から抱きかかえて持ち出し、荷受け場で待っているトラックへ運んで積み込む。スーツなどの紳士服は重く、結構な重労働である。

弘幸はなぜか、この西中さんと、くだらないことも含めて、よく話をしていた。西中さんは弘幸のような若造を相手にしていても、偉ぶることも無いし、上から目線で話すことも無く、

「平山さん、平山さん！」

と、何かにつけ、良く声をかけてくれていたものだ。

西中さんの前職歴には、バスの運転手があり、二種免許を持っている。車の運転は好きで、お手のものだという。

会社の商品管理課は、得意先からの急な商品注文に応じて、重い商品の紳士服を取引先に納品しなければならないことも生じる。

西中さんは、持っている運転技術を活かそうと、合併前の関和商事へ入社したとのことだった。

子供はいなく、奥様との二人暮らしだが、奥様は仕事をしているわけではなく、収入源は夫である西中さんがトースカマン紳士服から得る給与だけである。会社が今後の仕事探しを行うといえども、慣れた職場を離れて今後、どのように生活していかれるのだろうか。

こんなことを考えている時は、本当に辛くて仕方がなかった。優しくて涙もろい弘幸には、どうしても涙が出てきた。

西中さんが辞めていかれる最後の日、

「平山さん、お世話になりました。お元気で活躍されてくださいね」

と、弘幸に挨拶に来られた。

「活躍されてくださいね」

とは、何を意味していたのか正確には分からないが、きっと、

「労働組合執行部役員として、二度とこんな悲しいことが起こらないように、労働組合を導き、会社も良くしていってください」

の、意味だったような気がする。

弘幸は、商業高校の授業の中にある商業法規と言う法律の授業の中で、担当教諭の岩下先生が、労働基準法と言う法律と、労働組合について話してくれたことがあった。その頃から既に、労働組合については非常に興味を持っていた。

労働組合は、会社経営者達から嫌われるかもしれない。しかし、従業員は必ず組合を組織して、組合員達の手で組合員達の生活を守らなければいけないのだ、と弘幸は、そう理解していた。そして、常々、

「労働組合は、会社と対立するのが目的ではなく、堂々と従業員の主張をして、会社の発展と共に、従業員の生活向上を図らなければいけないのだ」

と、真剣に考えていた。

この商業高校の生徒であった頃、先生達は、教職員組合を組織しており、五月一日のメーデーデモに参加して、午前中の授業が自習となったことがあった。

こんな環境の高校で学んできた弘幸は、

「もし、自分が就職した会社に労働組合が存在しないなら、自分が中心になってでも、必ず組織しよう」

とまで、思っていた。

その思いは大学に入学してからも続き、労働法の授業には、履修届を出していない科目まで参加していた。麻雀を覚えるまでは。

西中さんが解雇の憂き目にあったこの頃、弘幸は、

「二度とこんな事態には遭遇したくないが、斜陽産業である繊維産業に属する紳士服業界だ。このような事態は再度、必ず発生するはずだ」

と、こんなことも考えていた。

そして、この頃の弘幸には、コンピュータのプログラミングに、かなりの自信が付いており、

「コンピュータのソフト（プログラム）会社を立ち上げることはできないだろうか」

と、そんなことまで考えていた。

弘幸は若かった。両親は、遠くの福山におり、自分は未婚で家庭も持っていない。怖いものなど何も存在しないのだ。

いや、怖いものが、どこに潜んでいるのか知らないし、考えようともしない世間知らずの若造である。若いが故の強みである。

そして、弘幸はある時、とんでもないことを思いついて、あまり深く考えること無く、会社に退

職届を提出した。

その時、経理の直接の上司である永山正雄課長が、退職理由を聞いてきた。弘幸の退職意思を知った他の人も尋ねてきた。

弘幸は、大学時代の麻雀生活から救い出そうとしてくれた亀田良樹のことを思い出した。亀田は、大阪に有る社会人を対象とした無認可の経理学校に在籍していた。弘幸は、この亀田のことを思い浮かべながら、

「私は、簿記を多少知っているので、友人の勤務している経理の専門学校へ行って講師をやろうと思っています」

と、退職理由を聞いて来た人達には、作り話をした。

亀田良樹とは、大学卒業以降も年賀状の付き合いは続いていたので、現況だけは知っていた。周りの人達には、そんな退職理由の作り話をしておいて、大阪市北区の天神橋商店街にあるビルの一室を借りて、コンピュータのソフト会社を立ち上げた。

社名は、総合事務処理サービスとし、医療事務のソフトを開発して、これを中心とした事務処理のコンピュータ化を商売にしようと考えていた。他にも、トースカマン紳士服で行っていた法人税申告のソフト化も考えていた。

しかし、現実は甘くは無かった。営業にならなかった。一年で会社は畳んでしまった。

◇ 転身と宝物 ◇

こんな収入の無い弘幸でも、トースカマン紳士服で知り合って交際していた奥山克枝と、翌年六月十日に結婚式を挙げた。

彼女は、小柄でガリガリに痩せていたが、面白い時には、

「キャハハハハ」

と、周りにはばかることなく大声で笑う、陽気な女性で社内では有名であった。

そして、事務や整理整頓で困っている者を見つけると、すぐに、

「何か手伝えることはありませんか？」

と、積極的に声を掛けたり、人の嫌がることでも、自分から進んで行い、周りの人達には重宝がられる人物であった。

彼女の干支はイノシシであり、本当に猪突猛進で、考えるよりも行動が先であった。

弘幸と奥山克枝が結婚したのは、弘幸が二十九歳で、奥山は二十三歳だった。

結婚をしたいとは思っていた弘幸だが、

「俺が女性を好きになっても、俺を好きになってくれる女性なんか現れる筈がない。万が一にでも、そんな女性が現れれば、すぐにでも結婚したい」

と、考えていた。

だから、結婚相手となってくれた奥山克枝は、弘幸の人生における最初の、そして最高の財産で宝物だった。

だが、収入の無い弘幸には、奥山と二人だけの結婚式を挙げるしかなかった。披露宴を行うようなお金は、とても無かったが、二人だけで行う結婚式の費用は安かった。それでも、奥山克枝も、その両親も結婚を認めてくれた。二人だけの結婚式を挙げる時、奥山克枝の母親だけは結婚式場についてきてくれて二人を見守ってくれた。父親は、自営する印刷業から手が離せなかった。

将来子供が出来て、結婚について尋ねられた時に備えて、二人の結婚の写真だけは撮影しておいた。昭和五十八年、当時の写真撮影付き二人だけの結婚式費用は、五万円くらいだった。

後日、奥山克枝の父親が大阪で、弘幸の兄が福山で、それぞれの両親と、ごく近い兄弟姉妹等を集めた披露宴をやってくれた。

もう、こうしてはおれない。食べていかなければならない。奥山克枝の父親は、

「贅沢をさせろとは言わないが、うどんくらいは毎日食べさせてやって欲しい」

と、言った。

毎日、最低うどんを食べさせることを条件に、結婚を許してもらったようなものだ。

だが、ガリガリに痩せていた妻は、結婚一年後くらいからどんどんと体に肉を付け、太っていると言わざるを得ない体型になった。

その頃になると、周りの人達に、結婚当時の妻、奥山克枝の体型を話しても信じる者は誰一人い

なかった。

そこで、結婚当時の、ガリガリの妻の写真を見せると、

「えっ！　これが奥さん？」

と、驚くばかりであった。数年後に授かった長男までもが、

「えっ！　これがお母さん？」

と、言っていた。妻自身も、

「チビ、ブス、デブの三拍子揃ってるのは、私ぐらいよ」

と言って、周りを笑わせていた。

そんなある日のこと、弘幸は、㈱高市資格支援学院で職員を募集している新聞記事を見つけた。

実は、この㈱高市資格支援学院は、弘幸の大学生時代に、麻雀にうつつを抜かす弘幸を、その世界から引っ張り出そうとしてくれた亀田良樹が簿記の講師として勤務していた。

大学卒業直後の亀田は、郵政省公務員試験に合格して、郵便局での配達員を二～三年やった後、社会人対象の経理学校に勤務していることを知っていた。

大学卒業以来、亀田への年賀状を欠かしたことは無く、経理学校で簿記を教えていることは知っていたが、勤務する経理学校の正式な名称までは知らなかった。

それでも、亀田の電話番号は知っていたので、電話した。

「新聞で、㈱高市資格支援学院という会社が、職員募集をしているけど、亀田の勤めている会社な

の?」

と、尋ねてみると、

「そうだよ」

と、亀田は答えた。続いて弘幸は、尋ねた。

「俺は現在、職を探しているんだ。亀田の会社の人事関係の人で、良く知っている偉い人はいない?」

すると亀田は、言った。

「俺は現在、その松山校に居るんやけど、よう知っとるよ。梨田という男性が、人事の責任者をやっとるよ」

弘幸は、

「俺は、その求人に応募しようと思うので、口利きをして欲しいんやけど」

と、弘幸は図々しい依頼を行った。

亀田は、

「分かった。じゃあ、明日にでも電話してみるわ。それから、結果を電話するから」

と、二つ返事でOKしてくれた。

学生時代の友人は有難い。可能な限り、年賀状だけでも良いから、付き合いを止めては駄目だと、つくづく思った。

翌日の夕方、早速亀田から電話があった。

好結果を期待して、その電話に出た。

「まだ、大阪の㈱高市資格支援学院への電話はしてないんや。けど、お前、松山校へ来えへんか？松山は大学生活で慣れた所だし、お前さえ良ければ、仕事は、お前が見た大阪の高市資格支援学院の求人と同じなんじゃけえ」

と、言った後に、こう付け加えた。

「ただ、講義は朝・昼・夜とあるので、勤務は朝九時から夜九時までや。それに、労働組合は無い。お前は、労働組合で随分活躍していたようだが、労働組合結成はご法度だぜ」

と、約束させられた。

亀田には、弘幸が、以前勤務していた会社で労働組合を組織して、書記長をやっていたことを話していたからだ。

亀田は、㈱高市資格支援学院中四国エリアのナンバー3の存在となっており、経営者的立場では、煩わしいことに巻き込まれるのは、面倒であったからだ。

しかし、今の弘幸には、そんなことはどうでも良いことであり、まずは収入を得る為の働き口が欲しかった。

亀田は、平山を㈱高市資格支援学院中四国エリアの責任者である中屋伸吾に紹介するにあたって、簿記の知識に加えて経理の実務経験が有ることと、これからの時代に必要なコンピュータが扱えることを伝えてくれていた。

弘幸は、妻の克枝に相談することも無く、八月からの勤務で承知した。

妻には、相談があると言って、

「八月から高市資格支援学院の松山校へ勤務しても良いかなあ？　以前話していた、大学生時代の友人の亀田がそこに勤めていて、誘ってくれてるんやけど」

と、相談を投げかけたが、本当は、相談も何もありはしない。もう亀田には、ＯＫの返事をしているのだから。妻から断られることなど、全く考えていなかった。

妻の克枝は、

「あなたがそうしたいなら、それで良いんじゃない？」

と、言ってくれた。

しかし、妻は、住み慣れた大阪や親達と遠く離れ、全く知らない土地で生活することは、不安だったに違いない。

七月下旬、妻と一緒に松山へ移動した。

結局、㈱高市資格支援学院への入社は、履歴書の提出だけでパスした。面接も無く、亀田の推薦だけでの入社だった。

学生時代の友人は、ほとんどの場合、利害関係も無く、有り難いものだ。

この㈱高市資格支援学院は、税理士試験に五科目一括合格を果たした大瀬健治という男性が創立した。

大阪市北区の天満という場所にマンションの一室を借りて、経理職などへの転職を目指す社会人対象の経理学校だった。

先にも記述したが、税理士になるには、会計と税法の計、五科目の試験に合格する必要がある。一科目ずつ合格しても良く、何年かかっても五科目に合格すれば良い。

勤務しながら税理士に挑戦する人で継続力のある人は、毎年一～二科目の試験に挑戦して、五～六年かけて税理士資格を取得するが、長丁場なので途中で諦める人が大半だ。

そんな環境の中で、大瀬健治は、一度に五科目の試験に挑戦して全科目合格を果たして税理士になった。

一度に、五科目合格する人は、全国で一年に一人居るか居ないかという難易度である。

この難易度に加えて大瀬健治は、学生時代大学運動に奔走していて、大学を中退していた。すると、税理士の受験資格が無いので、商工会議所が主催する簿記一級の試験に合格して、受験資格を取得していた。この商工会議所主催の簿記一級試験がまた、難易度がめっぽう高く、その合格率は七～八％くらいである。

簿記を全く知らない大瀬が、簿記の学習を始めてから約一年半で税理士資格を取得したのは、快挙であった。

そんな話を亀田から聞かされた弘幸は、その社長の大瀬健治にぜひ会ってみたいという気持ちも手伝って、入社を決意した。

弘幸にとって、この高市資格支援学院での長時間勤務は何ともなかったが、妻の克枝の方は辛かった。まだ二十三歳の若い娘だ。

妻は、土地勘も何も無い、初めての四国松山の地で、朝八時過ぎに出掛けていった夫の弘幸が、夜十時頃に帰ってくるまで、たった一人で待つのだ。

松山での住まいは、亀田の知り合いの税理士を通じて、紹介してもらった、平屋の賃貸住宅であり、そこで、ただじっと待つ。

弘幸が、知り合いの一人もいない妻のことを思い、休みの日に、亀田邸に、妻を連れ立って訪ねてみた。

妻には、亀田の奥様との面識はできたが、家は随分離れており、隣近所の人々と井戸端会議をするような調子にはいかない。結局、亀田の奥様以外には親しい知り合いはできなかった。

昼間、買い物に行ったり、自転車でブラブラしてもあまり時間つぶしにはならない。

そんな中で弘幸が困ったのは、寂しい思いをしている妻が、会社の弘幸宛に、用事も無いのに寂しさを紛らせるために、たびたび電話をかけてくることだ。これには参った。職場の同僚達も、この度重なる電話にはビックリしていた。

弘幸は、妻が働くことを望んでいたわけでは無いが、この度重なる電話の解消策として、パートでかまわないから仕事を探すように、少し強めに提案したところ、うどん屋での接客の仕事を見つけてきてくれた。

　加えて、弘幸の得意な簿記とソロバンの検定試験への挑戦を勧めてみると、スッと乗ってきた。ソロバンのやり方は、妻自身が知っていたので練習を重ねるだけだ。簿記は、本屋からテキストと問題集を購入して学習を始めた。

　簿記もソロバンも、妻のセンスはなかなか良くて、共に日本商工会議所主催の二級を取得した。

　だが、簿記とソロバンの学習で、弘幸の職場へ電話してくる回数が少しは減ったが、妻の寂しさを紛らすには、充分ではなかった。

　弘幸が、広島へ出張しての会議が長引き、急遽広島で宿泊となった時、妻は、松山校へ電話して、なぜ夫を、急に宿泊なんかさせるのかとクレームの電話を入れたのだ。

　弘幸夫婦の子作り作業は、嫌いではなかったし、子供も欲しかったので、さぼること無く継続していた。したがって子供でもできれば、妻は子育ての方に気持ちが向いて、寂しい気持ちも紛れるのではないかとも考えたが、妊娠の兆候は全く来なかった。

　ある日妻が、お腹が少し痛いと言うので、松山市民病院に診察に行くよう勧めた。

　内科を受診した妻は、診察を受けた医師から、産婦人科への受診を勧められたという。

　産婦人科では、医者から子宮内膜症と診断され、子供が出来難いことを宣告された。

　その後も、妻から職場への寂しさを紛らすための電話は続いた。今度は、その対策として弘幸はある日、会社から妻に電話した。

「今夜、仕事が終わってからなので遅くなるけど、職場のスタッフを家に連れて行こうと思うんだけどかまわん？」

と尋ねると、妻は明るく、

「うん、かまわんよ、ご飯炊いて、何か鍋でも用意しとくわ」

と、言ってくれた。

酒の大好きな弘幸の家なので、酒を切らすことは、まずありえなく、酒は大丈夫だ。

弘幸の職場の人間ではあるが、少しでも知人が増えれば、妻の寂しい気持ちが和らぐのではないかと考えた。

職場のスタッフを三～四人連れて帰り、用意してくれていた鍋物をつつきながら、酒を酌み交わしたが、妻は一滴も飲めない。

弘幸は日本酒が大好きで、大学生時代から亀田ともよく赤ちょうちんやら屋台を訪問していた。一人でも、ちょっと一杯！と、よく飲みに出掛けていた。

大学入学時の新入生歓迎会に参加した時の弘幸は酔いつぶれて、先輩にアパートまで連れ帰ってもらったことがある。

その時は、先輩が弘幸をタクシーで送り届けようと思ってタクシーに向かって手を挙げても、酔いつぶれた者の同伴に気付いたタクシー運転手は、止まってくれない。この様子を見つけたパトカーが近寄ってきて、

「こんなになるまで飲ませちゃあ駄目じゃあないか！」

と、説教をしながらも、タクシーを止めてくれた。おかげで、先輩は、弘幸のアパートまで連れ帰ることができた。

そんな酒好きな弘幸は、どこかに出掛ける予定さえ無ければ、朝からでも飲んでいた。

妻が、弘幸に言ったことがある。

「私の父親は印刷屋をやっていて、毎日、朝から一合瓶の日本酒を二〜三本買ってきて飲んでいた。これがすごく嫌で、あなたと結婚すれば、酒好きの男と離れられて嬉しいと思っていたのに、全く変わらんかったわ」

そうは、問屋が卸さなかったのだ。

一日の仕事を終えて夜遅く、弘幸の家を訪問した会社のスタッフのうち、二人は横になって寝てしまったので泊めた。

翌朝は、泊まった二人の会社スタッフと朝食を済ませて、一緒に職場に向かった。

ここで弘幸は、

「今回の、職場のスタッフを家に連れてきた作戦は、大成功だ。職場スタッフとも良くしゃべっていたので、寂しい気持ちが少しは和らいだことだろう」

と、思った。

だが、この弘幸の思いは、妻とは全く違っていた。

妻は、弘幸達が揃って職場に向かって出掛けた後、大阪の母親に電話していた。

「初めての松山に来て、知った人は全くいないし、旦那は朝早くから出掛けて、夜遅く帰ってくる。ゆっくり話を聞いてもらえる時間など全く無くて、寂しくてたまらない。昨日なんか、夜遅くに職場の人を連れてきて泊まっていった人もいたんよ。夜は、旦那にいろいろと話を聞いてもらいたいのに・・・」

するると、母親に、

「だったら平山さんに、松山には知り合いがいなくて、あなたも朝早くから夜遅くまでの仕事なので、寂しい。いろいろ聞いて欲しい話もあるんだけど、と言ってみなさい。そして、一度大阪へ帰らせてもらいなさいよ」

と、言われたらしい。

どこの母親でも言いそうなことだ。

でも妻は、大阪へ帰ることとの選択はしなかった。

そんなこんなで、松山での生活が一年を迎えようとしていた時、亀田から、

「平井よう！　岡山へ行ってみるつもりはないか？　岡山校の責任者が、地元の広島へ移るので、その後を引き継いで、責任者をやって欲しいんだけど」

と、言われた。

まだ入社してたった一年の者が、岡山校の責任者だという。ビックリした。

だが、㈱高市資格支援学院は、そういう組織だった。

社歴は十年足らずで浅く、その従業員達も若者だらけで、長く勤めていたり、年齢を重ねている者など存在しないからだ。

㈱高市資格支援学院中四国エリアの責任者である中屋伸吾は三十五歳、その上の㈱高市資格支援学院創設者の大瀬健治だって、四十一歳でしかなかった。

そんな若い組織の中で、㈱高市資格支援学院中四国エリアのスタッフは五十人ほどいたが、弘幸は年齢で、上から四番目だった。

したがって、社会経験七年でしかないのに、経理の実務経験があると言うだけの弘幸は、まだ入社歴が一年しか無くとも、周りの者は、人の上に立ったり、まとめていくことのできる人間として見ていた。

岡山の責任者で、広島へ移るという男は、三武司と言う。ユニークな男であり、なかなか珍しい特技を持っていた。

講義中に眠ることができるのだ。

教育産業で講師をやっている訳なのだからもちろん、受講生の立場で、ではなく、講師の立場での話だ。講師の立場で、講義中に眠る。

講義中に使用しているテキストの中身を一通り説明すると、テキストに載っている練習問題を、受講生に解いてもらう。受講生が、練習問題を解いている間に、今しがた自分が板書した黒板に片手で体を支えたまま、眠るのだ。

三武がなかなか講義を開始せず、眠っていると悟ったある受講生は、眠っている三武の所まで歩いていく。そして、肩をトントンと叩いて、教室の受講生全員に聞こえるくらいの大きな声で、

「起きろ！」

と言って、教室中の受講生を笑わせた。

ところが、こんな講師の三武に対するクレームは発生することなく、これで済むのだ。

これが凄いことだ。三武司は、非常にユニークで、講義中も休憩時間も受講生とのコミュニケーションを取るのがうまく、人気者なのである。

この受講生から呼びかけられた時も、

「エへへ、すいません。昨夜は久しぶりに遅くまで妻と一戦交えたんですよ。ハハハ」

と言って笑わせて済ませてしまう。

その数年後、三武司は、㈱高市資格支援学院を退職して、生まれ故郷の尾道に帰り、竹で作った炭を販売する商売をやっている。

岡山校への転勤の打診を受けた弘幸は、

「分かった、行く」

と、また、即答した。妻に相談はしていない。

「大丈夫か？　即答で返事して。奥さんとの相談は？」

と亀田が心配して言ってくれたが、

「うん、大丈夫だ！」

と、答えた。

弘幸には、この転勤に、妻が了承してくれる自信があった。

妻は、松山での生活を未だ快く思ってない筈だが、岡山転勤となれば、生まれ育った大阪に近くなるではないか。必ずＯＫする筈だ。

その夜、家に帰った弘幸は、妻に話しかけてみた。

「ちょっと相談があるんやけど」

いや相談も何もない。もう既に、亀田には転勤ＯＫの返事をしているのだから。

さらに続けて言う。

「岡山校の責任者として、この八月から転勤できないかとの打診があったんだけど、どう思う？大阪には近くなるし、ええと思うんやけど。明日返事することになってるんや」

「あなたがええんやったら、それでええよ」

と、妻は言ってくれた。予想通りだ。

この転勤は、暑い盛りの七月下旬で、岡山市の西崎という場所に、アパートを借りて移り住んだ。

通勤は、西崎のアパートから、ＪＲ吉備線の三門駅までを十分ほど歩いて、さらに十分ほど電車に乗る。

赴任当時の岡山校スタッフは五人で、弘幸が加わって六人になった。六人全員が講師であり、営業マンだ。ここで初めて記すが、本社以外の高市資格支援学院のスタッフは、全員講師であり、営業マンだ。

随分後に、パートの事務員も置いたが、その事務員の仕事内容は、開講している講座の説明を行う電話対応、回収した受講料を銀行に預けたり、本社へ送金を行う現金預金管理、若干の事務用品調達だったので、講師陣だけでも充分行える。従って、事務員を配置するまでは、講師が行っていた。講師は、営業マンと事務員を兼務するわけだ。

講師陣が、なぜ営業マンなのかと言うと、講師は講義を担当しつつ、受講生を次の上級講座や、他の講座に誘って受講料収益を獲得していく必要があるからだ。私的なことも含めて、受講生のことを一番良く知っている担当講師が次の講座等を誘うのだから、効果は大きい。授業や休憩時間の中で、世間話も行いながら、親しみを込めて親切に次の講座を案内するのだ。

このように、受講生に次の講座を案内することを「進級を掛ける」と言った。進級を掛けた結果、どの程度の進級受講料を獲得したかの営業成績を講師間で競うのだ。

休憩時間だからと言って、講師は誰も休憩などしない。必死で、言いたいわけでも無い冗談を言いながら、受講生とコンタクトを取って、情報を収集する。得たその情報を最大限に活用して、次の講座申し込みをしてもらうためにやるわけだ。

弘幸の進級案内はうまく、進級成績は良かったし、部下への進級指導も上手かった。

そもそも、岡山校のスタッフは全員、進級がうまく、弘幸を助けてくれた。そのおかげで岡山校の収益が上昇する中で、弘幸は、経理関係の講座に加えて、新しい講座の開設を行った。一番大きな収益となったのは、大学生を中心とした公務員講座だった。ドル箱だった。

他にも、大学や高校、銀行などの企業を訪問して、いろいろな講座の出張講義を売り歩く担当者も活躍してくれた。交渉相手には下手に出て、とにかく粘っこく講座の商品を売るのだが、これがめっぽう上手い長野誠という男性スタッフが、弘幸の右腕がごとく助けてくれた。

弘幸の赴任当時、三百万校といって月間三百万円の収益を稼いでいた岡山校を、四年後には、月間一千万円を稼ぐ一千万校に仕立て上げた。弘幸の赴任直後は六人だった岡山校スタッフは、その四年後には二十人を越えていた。

弘幸が岡山校に転勤した数年後、高市資格支援学院の中四国エリアは、大阪の本社から独立して、中四国高市資格支援学院㈱として法人化した。

さらに、その二年後、弘幸には取締役への就任命令が出て、取締役岡山支店長となった。

この時点で、中四国高市資格支援学院㈱の取締役は五人となった。

代表取締役社長には、法人化する前の㈱高市資格支援学院中四国エリア責任者だった中屋伸吾が就任した。

㈱高市資格支援学院が中四国エリア進出を目指して開校した広島校で、中屋伸吾が初めて採用した職員第一号の砂山純一が取締役人事部長に就任した。

大阪で採用され、中屋伸吾と共に広島に来てすぐ、四国進出を目指して松山校を開校し、弘幸の㈱高市資格支援学院中四国エリアへの入社に尽力してくれた亀田良樹は、取締役四国統括本部長に就任した。

さらに、広島で採用され、営業と共に広報宣伝活動で力を発揮した澤田修司が、取締役営業本部長に就任した。

だが、澤田営業本部長が取締役に就任した数か月後、病気でやむなく、取締役を退任することとなった。

この澤田取締役の退任時で、面白い状況が生まれた。

弘幸は、血液型診断等を信じる気持ちは無かったが、血液型による性格診断等を書籍で読んだり、テレビなどのバラエティ番組で聞いたりしていると実に面白い。職員同士や受講生達との話題にはもってこいで、たいていの場合、話が弾むことになる。

その中に出て来るB型に関する診断は、ほとんどの場合、良いことは記されていない。

澤田取締役の血液型はA型であり、澤田取締役退任後の社長を含む四人の取締役は、全員そのB型だった。

さらに加えると、㈱高市資格支援学院創始者の大瀬健治の血液型もB型であり、弘幸の妻である克枝もB型であった。実は、弘幸の両親も共にB型であった。

このB型取締役の構成を知る従業員達は、

「この会社は、B型でないと取締役になれないらしいぞ」

と、冗談を言う輩が現れもした。

ただ、澤田取締役退任の数か月後、後任として、二名の取締役が就任し、全員B型の構成は崩れることとなった。

新たに、原霜道夫が取締役営業本部長として就任し、生命保険会社の営業から転職してきた高山龍一郎が営業対象を企業とする取締役学外経営局長として就任した。彼ら二人の血液型は共にO型であった。

弘幸の人生の中で、最も就業経験が長かったのは、本社が大阪にあった時代を含めて、四半世紀の間勤務したこの中四国高市資格支援学院㈱であった。従って、この中四国高市資格支援学院㈱での話題が最も多い。

取締役に就任した者の中で、最もユニークな存在は、なんといっても人事部長の砂山純一だった。麻雀と競馬が大好きで、これが為に、入学した芝山川工業大学では留年を繰り返して六年間通った。せっかく大学まで行かせてくれた親も、さすがに大学五年目からの学費や生活費は出してくれなかった。

留年以降、大学卒業直前二年間の学費や生活費は、競馬で稼いだという。その競馬の軍資金は、麻雀をやって稼いだという強者だ。

そんな麻雀好きと、弘幸が仲良くならぬはずが無い。

人事部長の砂山は既に、学生時代からの弘幸のことを良く知っていた。学生時代から友人であった取締役四国統括本部長の亀田から弘幸の麻雀好きを聞いていたのだ。顔を合わせる度に、麻雀の話をしてきた。

砂山はまた、冗談が好きで、話がうまい。さらに、工業大学出身だけあって、理数系に強い頭脳明晰な男でもあった。

大阪の高市資格支援学院時代から、合宿と言っては、六月と十二月の年間二度、一か所に全職員を泊まり込みで集めて、今まで六か月間の成果や反省と、今後六か月間の展望・抱負について発表する機会を設けていた。

この時の発表者の中でも、砂山純一の話は実に上手かった。十分くらいの発表時間内で、聴衆の従業員を十回くらいは笑わせる。

したがって、いつものことだが砂山の発表時には、演台に顔を出しただけで、従業員達はクスクスと笑い出す。演台に上がった直後の何秒間かしゃべらなくても、笑いを我慢したような笑顔で会場を見渡すと、それだけで従業員達は笑い始める。まるで売れた芸人だ。

冗談を言うのが大好きで、人を笑わせるのが大好きなのだ。止められないらしい。

そして砂山は、いつもメモ帳を持ち歩いている。仕事に関わる事項は、別にちゃんと手帳を持っている。このメモ帳には、面白い出来事に出くわしたり思いついたりすると、忘れないうちにと、すぐその場で、メモ帳に記録しておくためだ。会議の場や、講義中、あるいは商談の中でも、遠慮なくそれを披露、連発してくる。

弘幸は、この麻雀が好きでユニークな砂山純一が大好きだった。

弘幸の生まれは広島県の福山市で、砂山純一の生まれは、林芙美子の放浪記と「文学の小道」で有名な、お隣の広島県尾道市であった。また、方言が大変に似通っていることもあり、気が合った。体格も小太りで、弘幸と、よく似ていた。

◇ 二つ目の宝物 ◇

弘幸の転勤に伴って岡山に移転してきた妻の克枝は、小さな電気工事店の事務という就職口を見つけて、事務と留守番を任せられていた。結構楽しくやっていたようで、寂しいが故の弘幸の職場への電話は、めっきり減っていた。この妻の就職では、松山で取得した簿記とソロバンの二級が非常に役立ったと喜んでいたので、弘幸も一安心だった。

岡山への転勤後、非常に嬉しい出来事に出くわすことができた。

それは、子供のでき難い体だと言われていた妻が妊娠したのだ。嬉しかった。

長期休暇で両親や兄弟姉妹等の親戚などを訪問するたびに、

「子供は？」

「子供はまだ？」

と、言われ続けてきた。

弘幸は、そう言われることが嫌だった。

「妻は、子供ができ難い体なのだ」

と言うのも、妻のことを考えるとはばかられるし、周りの人達に、余計な心配を与えかねないので言い出せなかった。

妻の方は、特に、嫌だったに違いない。

だから、弘幸夫婦は、新婚者等と出会った時は特に注意していた。

「子供は、まだ？」

という、弘幸夫婦が尋ねて欲しくなかった、嫌で辛い質問はしないことに決めていた。

妻が妊娠した翌年の春を迎える頃、二件の悲しい出来事が立て続けに起こった。

冗談が好きでユニークな砂山取締役の奥様が亡くなられた。近くのスーパーに買い物に行こうとした昼過ぎ、二台のエレベーターのうち一台が点検中だったため、もう一台のエレベーターを呼んで待つよりも、十階ではあるが歩いた方が早いと考えて階段を下り始めた。

奥様は、ふと、財布の中身が気になって、マンションの非常階段で外側を向いたまま、ポケットから財布を出して中身を確認しようと、財布に手を入れた。中身の札を数えようとした時、風に吹かれて一枚の千円札が、手を離れて、空中に吹き飛ばされた。とっさにその千円札を掴もうと、階段の囲いから身を乗り出した時、足が浮いてその低めの囲いを体が乗り越えてしまった。

「ドスン！」

と大きな音がしたのだが、周りで気付く人は誰もいなかった。

落下して地上に横たわっている奥様が、マンションの人に発見されたのは、もう夕暮れ時だった。

発見者は、横たわっている奥様に近寄り、

「どうしましたか？　大丈夫ですか？」

と声を掛けたが返事は無く、息もしていないようで、すぐに救急車を呼んだ。

運ばれた病院から連絡を受けた夫の砂山純一は、急いで病院に駆けつけたが、医者からは、奥様の死が宣告されただけだった。

夫と、五歳の娘を残しての、奥様の悲しい出来事であった。

奥様は、たいそう子供好きで、一人っ子である我が娘の成長する姿を夢見ながら、夫の砂山純一と共に、楽しみにしていた。

さぞ、辛く悔しかったに違いない。奥様も砂山純一も。

砂山は、その後再婚するでも無く、家政婦を雇いながらも、娘の咲子を、男手一つで育てた。

砂山の奥様が亡くなった約二か月後、会社の仕事を終えて家に帰ろうとしている夜九時頃、弘幸宛に、妻からの電話が入った。

「おとう・・・・が、しん・・」

「何？　よう分からん！　落ち着いて、ゆっくり話せよ！」

と、弘幸が言うと、
涙声で、はっきりとは聞き取れなかったが、

「お父さん！　死んだよ！　徳恵が死んだよ！　妹が死んだんだよ！」

と言っていたのだ。

翌日、妻と子供を連れて、妻の妹が住む大阪に向かった。住まいは、妻の父母が住む吹田市に隣接する茨木市だった。

妻の両親達に聞いてみると、風の強い日にマンションの屋上の端っこの方で洗濯物を干そうとしていた時、風に吹かれて、吹き飛びそうになった洗濯物を掴もうとして、囲いから身を乗り出して落下したという。ここの屋上の囲いは少し低く、気を付けるようにとは言われていたそうだが、こういう事故が起きてからではどうにもならない。

この時、妻の妹の徳恵には、四歳の男の子と、一歳の女の子がいた。

二人は異父兄妹であり、四歳の男の子は、再婚した徳恵の連れ子で、血のつながった父親は居なかった。

弘幸の妻は、残された妹の徳恵の子供達の将来を両親と話し合っていた。母親を失った兄妹をどういう環境に置くのが一番良いのかをだ。徳恵の子供達を誰が育てるのかということだった。

弘幸の妻は両親に向かって、

「血のつながった親のいなくなった四歳の男の子は非常に可哀そうだが、どうするのが一番良いか

教えて欲しい。良い案が見つからなければ、私達夫婦が預かって育てる！」

と力強く言った。弘幸に向かっても、

「それで、いいよね！」

と言って、同意を求めて来た。

弘幸は、妻に対して、

「よく言った！」

と感心しながら、

「勿論、それでいいよ！」

と同意した。

しかし、妻の克枝は結構厳しい物言いをするので、男の子の方は、妻を好いてはいなかった。したがって、弘幸達と一緒に暮らしていくことは断るだろうと思った。

その後の経緯は分からないが、全く血の繋がらない四歳の男の子は、妻の両親が育てることとなった。男の子にとっては、祖父と祖母になる。一歳の女の子は、血の繋がった父親が、男手一つで育てることとなった。

ところで、福山市に住み、兄の博也が面倒を見ていた寝たきりの父親は、昭和六十年の十月に、七十一歳の人生に幕を閉じた。

あの東京羽田空港発、大阪伊丹空港行き日航機百二十三便が、群馬の山中に激突して多くの犠牲者を出した、あの年だ。五百二十四名の乗客のうち、歌手の坂本九を含めた五百二十名の死者を出した。

この事故の中で、奇跡的に四名の生存者が居たニュースを見た寝たきりの父親が、

「運の良い人もおるんじゃのお」

「いつまでもあると思うな親と金、無いと思うな運と不運とは、よく言うたもんじゃ」

と言ったのが耳に残っている。

弘幸が、お盆の墓参りに、兄の家を訪ねた時に聞いた、生前の父親の最後の言葉だった。

続いて妻の妊娠が判明したのは、この父親の死亡の翌年、昭和六十一年の春だった。

中四国高市資格支援学院では、各地の責任者と役員が集まって、毎月、月初めに定例会議を行なっている。

その定例会議が、この年の九月に松山校で開催されたが、いつものように長引いた。

したがって、いつも利用する、四国と本州を結ぶ所要時間約一時間の水中翼船の最終便は、既に出港していた。二時間半ほどの所要時間のフェリーに乗って帰るほか無くなった。

そのフェリーの中で、ビールを飲みながら砂山純一と二人で世間話等をしていた弘幸は、子供ができた嬉しさを黙っていることができなかった。砂山に向かって
「まだ、誰にも話していないんですが実は」

と、話しかけると、オーム返しに砂山が、

「できたか？　子供でも」

と、言った。頭が良いだけではなく、勘も実に鋭い砂山純一である。砂山とは、年齢が三つ下の弘幸だったが、プライベートでも、割と気軽に話せる間柄になっていた。

この年の十二月下旬、妻の妊娠の体の調子があまり良くなく、大事をとって岡山共済会病院に入院することとなった。

この妻の入院で弘幸は、思わぬ体験をすることとなった。

妻が、

「私のパンツを買ってきて欲しい」

と、言うのだ。

「えっ！　女性下着を俺が？」

と、弘幸は思ったものの、他にお願いできる者がいるわけでもなく、意を決して近くのスーパーへ駆け込んで、女性下着売り場を物色した。女性下着売り場を見つけはしたものの、こんな場所は一刻も早く抜け出したいとの思いで、心拍音は、パクパクと高鳴って、心拍数が極度に増加している。

それでも弘幸は、一枚くらいは予備があった方が良いだろうと思ったのが、大きな間違いだった。予備にと思って取った物を含めて、二枚の女性用パンツを持って、レジへ並んだ。

レジに並んでいた他の女性も、レジ担当の女性従業員も、二枚の女性用パンツを持つ弘幸を、ジロジロと見ている。

弘幸の順番が来た。

「恥ずかしいから、早くしてくれよ！」

と、心で叫んでいると、レジ担当者は弘幸の購入した二枚の女性用パンツを手にして、手を止めた。そして、

「お客様、この商品は現在セール中で、三枚購入されると割安になるのですが、二枚でよろしいですか？」

と、尋ねてきた。

「そんなことは知らないよ。売り場に書いてあったかもしれないが、そんな物、見てはいないよ！どうでも良いから、とにかく早く清算してくれ！」

心の中で叫んだが、相手に聞こえる訳も無く、

「いいです、いいです。この二枚のままで」

と、答えて代金の支払いを終え、あわてて店の外に出た。

男が女性下着を買うには、相当な勇気と根性が必要だ、ということを、身をもって学んだ一日であった。

病院の妻の所へ戻って、購入を依頼された女性用パンツを妻に渡しながら、スーパーで恥ずかしい思いをした、この女性用パンツ購入事件を伝えると、

「キャハハハハ」

と、あのかん高い特徴ある声で妻は笑った。

妻が本気で笑う時は、「キャハハハ」であり、元気な証拠だ。少しは調子が良いんだなと安心しながら、

「ひと事だと思って！」

と、言ってやると、妻はさらに笑い転げた。

まあ、いいか、これだけ元気なんだから、と思うことにした。

そして、昭和六十二年一月の中頃、産婦人科医に呼ばれて、妻と二人で話を聞いた。

「奥さんに陣痛が来るまでには、もう少し日数が必要ですが、このまま赤ちゃんをお母さんのお腹の中に置いていても、これ以上育つようなことは無く、メリットも有りません。逆に、赤ちゃんに悪影響を及ぼす可能性もありますので、帝王切開での出産を考えているのですが、いかがでしょうか？　赤ちゃんは既に、充分育っていますが？」

と、尋ねてきた。

そう言われても弘幸と妻の二人に判断基準があろうはずも無く、医者が言うなら、それに従うしかない。

判断基準は、医者の意見だけだ。

二人は、帝王切開による出産に同意して、帝王切開出産は一月二十九日と決まった。

一月二十八日の午後、弘幸夫婦は再度、医者に呼ばれて、翌日行われる帝王切開の説明を受けた。

「手術は、明日二十九日の午後四時に開始しますので、四時半頃には、赤ちゃんの誕生となります。帝王切開の場合、通常、大事をとって、生まれてきた赤ちゃんは、すぐに保育器に入ってもらいます」

と、産婦人科医の説明が終わると、続いて看護婦が、言った。

「したがって、生まれてすぐの赤ちゃんの顔をお父さんが見ることのできるのは、ほんの一瞬です。手術室から保育器のあるベビー室に移す途中の、ナースセンターの前になります。必ずナースセンターの前で待機しておいてください。声を掛けますので。この機会を逃すとその後は、ベビー室の外からガラス窓越しに保育器の赤ちゃんを眺めることしかできませんので」

翌、一月二十九日の帝王切開の日、弘幸は言われた通り、午後四時頃からナースセンターの前で待った。待って待って、待ち続けて、午後五時半を過ぎた。

あまりにも遅いように思って不安になり、すぐ後ろのナースセンターの看護婦の一人に声を掛けた。

「帝王切開で生まれた私の赤ちゃんを保育器に入れる前に一瞬ですが、ナースセンターの前で生まれたばかりの赤ちゃんと面会していただきます。声を掛けるので、必ず待機しておくように、と言われて午後四時頃から待っているのですが、誰も声を掛けてくれません。何かあったのでしょうか?」

「お名前は？」

と、看護婦が尋ねるので、

「私は平山と言い、出産する妻は平山克枝と言います」

と、言うと、看護師は、

「少しお待ちください。確認して参ります」

と言って、姿を消した。

暫くして帰って来た看護師は、

「すいません。平山さんの赤ちゃんは既にお生まれになり、保育器に入っておられます。担当看護師が平山さんに声を掛けるのを忘れたようです。申し訳ありません」

と、説明した。

「いや、私はここで、ず～っと待っていたんですが・・・。俺が悪いの？」

と言って暴れてやろうかと思ったが止めた。

これから退院するまで妻は、この病院の医者や看護師の世話にならなければならない。

「我慢しよう！」

と、弘幸は心の怒りを鎮める事に注力した。

ここで印象を悪くして、妻が病院内で辛い扱いでも受けたら大変だ。我慢したのだ。

そう言えば、四時半ごろ、腕に赤ん坊らしきものを抱えて、早足で駆け抜けていった看護師がい

た。だが、何も分からない弘幸の方から突然、

「それ、私の赤ん坊じゃないですか？」

なんて、言えやしない。まだ、赤ん坊の顔を見たことが無いんだから、弘幸の子供だなんて分かろう筈が無い。

一週間後の退院時には、大阪から克枝の母親が応援に来てくれていた。

弘幸夫婦の子供には、正しく健やかに育て！との願いを込めて、正健と名付けた。

弘幸には、財産と言えるものは、たった一つしかなかった。妻の克枝だけだ。これからもきっと、財産を得られるようなことは無いだろう。

そんな弘幸にとって、この正健の誕生は、今までの人生の中の結婚で得た、妻の克枝に加えて二つ目の大きな財産だった。大事な、大事な二つ目の宝物なのだ。

そして、この息子の誕生でつくづく思ったことがある。

「女性は凄い、女性は偉い！」

と、言うことだ。男には、子供をお腹の中で育てて、出産することはできやしない。

よく女性蔑視とか言って話題になることがあるが、世の男どもは何を考えているのだろうか？

男達に向かって言いたい！　弘幸は常々、そう思っていた。

「お前達男に、お腹の中で子供を育てることができるのか？　お前達男は楽しみながら、種付けをしただけではないか！　お前達男に、あの痛い目をして、子供を産めるのか？　せいぜい横で、頑

張れ！と口先だけで言うだけではないか！」

昔の女性であれば、妻は家にいて、掃除、洗濯、炊事、舅や姑がいれば、その世話も必要になる。子育てをやりながらだ。

「そんなことがお前達男にできるのか？　どんなに辛くて大変なものか、やってみろよ！」

声を大きくして言いたいのだ。

「何？　男と女と、どっちが偉いかって？　そんなもの、女性に決まってるさ！」

戦争で召集された兵隊が、死に際に、天皇陛下万歳ではなく、お父さ～ん！でもなく、「お母さ～ん！」と言ったということで、その理由が分かるであろう。

それは、第二次世界大戦の時の話だ。弘幸が生まれた山野からも、兵隊に招集された特攻隊航空兵は、今から敵の軍艦や基地に突っ込む飛行機で戦場に飛び立つ時、生まれ故郷山野の上空を旋回しながら、

「お母さん！　行って参ります」

と言って、戦地に向かったという。

母親は偉いのだ！　女性は偉いのだ！　女性が男の何倍も偉いのだ！　それが正しいのだ。

女性が偉いのは、子供を産んで、子孫を守り育てることができることと、子供達に優しく接して、心の支えとなることができるからなのだ。

「だから俺は、ずっと女性の味方なのだ！」

弘幸は、よくそう言っていた。

そんな弘幸の「女性が偉い論」から言うと、人はまず結婚するべきだ。結婚できないことは仕方無いことかも知れないが、最初から結婚しないことを宣言するのは駄目だ。

結婚したら女性を大切に扱い、赤ちゃんをもうけて大切に育てていかなければならない。人類を滅亡させてはならないのだから。「自分一人ぐらいが・・・」と言う考えは、人類を滅亡に導くと考える必要がある。

子供ができないのは仕方ないが、結婚はするが、子供はもうけないなんて言うのは、大罪だと考える弘幸だ。

人間を含むすべての動物は、結婚をして子作り作業を行い、子供をもうけて育てなければならない。そういう義務がある。そうでなければ、生命を未来永劫、繋いでいけなくなるではないか。

「結婚してもしなくても自由だ、子を産もうが産むまいが自由だ」

という意見は、弘幸には、少し違うような気がしていた。私も、そう思っている。

間違っているのだろうか?

そんな考えの弘幸に子供が出来たのだ。

岡山で初めての住まいは、二階建てのアパートの二階だったが、弘幸は二階で歩く音が下に響くことはあまり分からなかったし、気にもしていなかった。

ある日の夜、弘幸が会社から帰って、アパートの一階から二階に上がって、一番奥の弘幸の部屋

まで歩いている時、一階から、

「うるさい！」

と、男の大きな声が飛んできた。

すぐに弘幸は、

「すいません！」

と返したものの、子供が生まれたばかりで、まだ今は小さいといえ、大きく育つにつれ、泣き声も大きくなるだろう。歩き始めでもしたら、下の階の人にまた、迷惑がかかると考えて、ここを引っ越すことを考えた。

翌日、妻が買ってきてくれたお菓子を持って、下の住人にお詫びを言ったが、お詫びだけで終わるのではなく、もうここを出ていくことを、弘幸の胸の内では決めていた。

この住まいを出ていくことの妻の了承を得て、新しい住まいを探した。

そして、日本三大名園として有名な後楽園や岡山城が近い、原尾島という場所に、二階建ての一軒家を見つけて移り住んだ。

家から後楽園まで歩いて十五分くらいの所で、休日には子供をバギーに乗せて、散歩がてらよく訪れていた。

移り住んだ一軒家は、同じような一軒家が三軒並んでおり、その真ん中の家であった。

そして、ここに移り住んでから二つの事件が勃発した。

その一つが、「子供の階段転落事件」だ。

子供の正健が、満一歳を超えて、つかまり立ちも卒業して少しずつだが、歩き始めていた頃だった。二階への階段は、手をついてハイハイをするような形で、よく登っていた。

が、ある日、正健は、親がわずかの間、目を離した時を狙って、二階から一階へ降りることに挑戦していた。

ほんの少し目を離した時だった。ほんの、ほんの一瞬の出来事だった。

「ダダダダダッ！　ドーン！」

と、いう音がした。

二階にいて音に気付いた弘幸は、すぐに階段を覗き、正健が階段を音を立てながら転がり落ちているのを見つけた。すぐに追いかけたが、追いつける筈がなかった。アッと言う間に正健は、一階まで転がり落ちてしまったのだ。

当たり前だが正健は、

「ワ〜ン」

と、大声で泣いたが、弘幸には、なんとすることもできはしない。

額にたんこぶを作った正健は、さらに泣きじゃくった。これを聞きつけた隣の奥さんも駆けつけて来てくれて、

「どうしたん？　何事があったん？」

と聞いてきたので、状況を説明した。

たんこぶ辺りに若干の血がにじんではいたが、念のため医者に連れて行こうかと考えた。

だが以前、医者が、

「子供の体はゴムマリのようなもので、こけたり、落ちたりしても大して心配するようなことは無く、安心だ。まず大事に至ることは無いから」

と、言っていたことを思い出して、近くの小児科医院に電話だけしてみた。電話で、医者に状況を説明すると共に、子供の現状を話したところ、

「子供の体はゴムマリのようなもので、それくらいなら大したことはありませんよ。安心してください。しばらく様子をみて、どうしてもおかしいようなら、連れて来てください」

と、以前の医者が言ってたのと同じようなことを言った。

医者は、子供がゴムマリのような体で、大した怪我になることはないことに、絶対の自信を持っているような口ぶりであった。

子供の体を診察することも無く、弘幸の状況説明だけで、そう言いきるのだからと、様子を見ることにした。

しばらくして子供は泣きやんで遊び始め、結局は医者の言った通りで、特に気にするような変化は何も起きなかった。

もう一つの事件は、妻が、世界宗教統一望協会へ入会したことだ。弘幸は、妻の入会に全く気付

かなかった。

妻が世界宗教統一望協会に入会したことは、岡山支店から広島本社へ転勤した、そのずっと後に知ることとなった。その世界宗教統一望協会入会による被害が判明したのは、再度、岡山支店へ転勤してからのことで、この時から十数年も後のことだ。

この世界宗教統一望協会入会は、この原尾島へ転居した頃から始まっていた。それよりも前からだとすると、いつ頃から始まったのか弘幸には全く分からない。

妻が、

「隣の奥さん達と、週に何度か、家に集まって、井戸端会議的なことをしたいんだけどいいやろか？」

と、弘幸に投げかけてきたことがあった。これが、この世界宗教統一望協会入会の入り口だったのだ。

この時の弘幸は、これが、妻の寂しがり屋を癒してくれることになるし、妻が出掛ける時には、子供を預かってもらえることもできる、と妻が言うのでいいと思っていた。

逆に、子供を預かることもあると言うが、それはお互いさまで、親しい友人ができて大変良いことだと思い、

「それは良いことじゃん。いいよ、いいよ。やったらいいよ」

と、弘幸は言って、積極的に賛成した。

◇ 広島本社へ ◇

昭和六十三年の春、広島本社の砂山人事部長から弘幸に、こんな打診があった。

「この八月から広島本社に転勤して、会社の経理・財務を責任者として見て欲しい。実務経験の有る平山に、是非見て欲しいと、社長が言っているが、どうか？」

と、投げかけてきた。

今回は、子供がいるし、二回目の転勤でもあるので、

「少し待って欲しい。妻に相談してみたいので」

と、即答を避けたが、弘幸本人としては、広島本社への転勤は、ぜひ実現したかった。会社全体の状況を把握できるチャンスを逃したくは無かった。

しかし、今度は大阪の妻の実家からも遠くなるし、妻には、結婚してから初めて友人らしき人物が岡山にはできていたので、妻の反対は有りうると考えていた。

家に帰って、砂山人事部長から打診された広島本社への転勤を妻に相談した。

妻は、

「相談と言っても、どうせお父さんは、その話を受けるつもりでいるんでしょう。お父さんがそうしたいなら、そうしたらいいよ」

と言ってくれた。

その年八月、弘幸家族は広島へ移った。

この時も出産退院の時と同じように、妻の母親である奥山巴が、引越しの手伝いに来てくれた。旅行も兼ねてだろうが、吹田で夫の奥山登と二人きりで、自営の印刷作業をするよりも、引越しの手伝いの方が、ずっと良かった。

夫の登も、妻を気晴らしに家から離れさせてやろうと考えた。

だが、夫の奥山登自身は、こんな時、いつだって顔を出すことは無い。当たり前だ。

奥山登は、「ノゾミ印刷」という商号を使って、夫婦で印刷屋を自営していた。従って、職場から離れて、お客と距離を取ることは、直接、収入が無くなることに繋がることだと考えていたからだ。

広島での弘幸は、取締役岡山支店長から、取締役財務部長となり、財務分野と経理分野の責任者として就任した。主に金融機関や行政との折衝等に関わった。具体的には、銀行、証券会社、保険会社等や、税務署や職業安定所との交渉を担当した。

会社の決算や税務申告も税理士等を依頼することなく、弘幸が担当した。

社長もそうであるが、授業の講師も同時にやるのだ。これは変わらない。週に何度かの講師をやりながら、対外との折衝や事務に関わる判断・決済も行わなければならないので結構忙しかった。

広島では、広島市安佐南区のマンションに賃貸で住んだ。

雨の日などはバス通勤で二十五分ほどなのだが、通勤に使うそのバス路線のバスの数はビックリするほど多かった。国道の停留所で待っていると、次から次へと二〜三分おきにバスが来るのだ。この路線で弘幸が利用するバス停には、五社くらいのバス会社が通っているからで、バスが来るのを待つという感覚は全く無かった。

しかし、弘幸は七十五ccのスーパーカブを購入して通勤した。父親がスーパーカブに乗っていたということもあり、愛着があったのかもしれない。七十五ccのスーパーカブは原付免許で乗ることはできない。自動二輪の免許が必要であるのだが、弘幸には、高校生時代に、免許試験場に八回も通って取得した自動二輪の免許があった。

会社へ向かう時は、家から五分くらい歩いてバス停まで行くのだが、帰りは、バスセンターまで十分くらい歩くのが面倒であることと、この教育産業の夜の勤務が遅いことにあった。

夜の十時を回ると、バスの便数も少なくなり、オートバイの方がずっと便利が良い。だがオートバイには、危険が伴うのは当たり前だ。

あるオートバイでの出勤の朝、車両の多い交差点で右折しようとした時、交差点中央に寄ると、対向車線から来て右折しようとする女性の乗る原付オートバイがやってきて、ご対面となった。

この女性は若くて、しかもミニスカートを履いて乗っているのだ。

「オートバイに乗るのに、なぜ、あんな短いスカートを履くのか理解できないわ」

と、思いながらも、弘幸の目は、その短いスカートの裾にいった。

すぐに視線をはずせば良いものだが、弘幸にそんな清純さなど存在しなかった。弘幸も、普通の若い男の部類だった。

　信号が黄色に変わって、正面から来る車が無くなったので、弘幸は右折を始めたのだが、視線が女性のスカートの裾からすぐには離れなかった。

　そして、弘幸が右折した目前には、乗用車が止まっており、その乗用車の後ろバンパーに、弘幸のオートバイの前輪タイヤが当たって急ブレーキを踏んだ。

「ドスン！」

　とまで、大きな音ではなかったが、車の運転手は、オートバイが後ろバンパーに当たった若干の衝撃を感じていた。

　その運転手は窓から顔を出して、

「道路の左端に寄って止まれ！」

　と言う。

　逃げる勇気も無いので、乗用車の運転手の指示通り、道路の左側に寄って止まった。

　同じく道路の左端に寄って止まった乗用車は黒色のベンツだった。その運転手は降りて来て、自分の車のバンパー辺りを見終わって、弘幸のオートバイまで近寄ってきた。

「俺の車は、どうもなって無いようじゃな。じゃあ、お互い気を付けて運転しような！」

　と言ったかと思うと、自分の車に乗って去って行った。弘幸は、胸を撫でおろした。

　家に帰って、報告する必要も無いのに、妻に向かって、この話を、女性の履いていたミニスカートのところから話した。

「阿保か！　お前は！」

と一蹴された。

そこで止めておけば良いものを、

「これって、ミニスカートの女性が悪いの？　それとも、悪いのは俺？」

と、付け加えた。

「阿保か！　お前は！」

と、妻の二重奏であった。

実は、妻のこの、

「阿保か！　お前は！」

は、妻の十八番であり、何か失敗談や、とぼけた話をした時には必ず出てくる。

父親と口喧嘩をする時も、妻は遠慮なくこれをぶちかます。妻と父親との仲は、あまり良いとは言えなかった。

「阿保か！　お前は！」という妻のセリフは、今までに何百回聞いたか分からない。もう慣れっこになっていた。

それでも気分によって、たまにバス通勤にすると、帰りには楽しい出来事があった。

仕事を終えて帰る時、可愛い可愛い息子が、妻と共に弘幸の降りるバス停まで迎えに来てくれる

のだ。そして、バスから降りる弘幸を見つけると、

「おとうしゃ〜ん！」

と言いながら、歩道を駆けてきて出迎えてくれるのだ。

さて、広島に移転して間もなくのこと、人生における初体験に接することとなる。

広島生活にまだ慣れていない八月中旬、岡山支店で、簿記講師陣のグループ責任者をやっていた柿木正一郎から電話があった。

この男は、あっけらかんとした、よくしゃべる明るいスポーツマンだった。腕が細く、よく痩せていたにも関わらず、高校時代は卓球部で活躍し、岡山県代表として、インターハイにも出場したことがある。

柿木からの電話は、

「先生！　私、以前から付き合っている女性と結婚することとなりました。ついては、先生ご夫婦に仲人をお願いしたく、一度広島の先生のお家へご挨拶に行かせてください。いかがでしょうか？」

と言うものだった。

教育産業だからという理由で、この会社の講師達は、たいていの場会、誰に対しても、名字の次に「先生」を付けて話しかける。相手が一人であれば、名字を省略だ。

例外は無く、社長に対してもそうだった。

柿木の結婚相手のことは詳しくは知らないが、弘幸が岡山校にいる頃から、会社まで弁当や差し

入れ等を持って来てくれる彼女がいることは知っていた。

妻に相談しなければいけないことではあるが、多分ＯＫだろう、そうでなければ説き伏せる自信もあったので、

「分かった。日程は妻と相談して、後日知らせるので」

と、答えておいた。

家に帰って、柿木からの仲人の依頼を伝えてＯＫを貰い、九月初旬に広島の我が家を訪ねてもらうことにした。

我が家を訪ねてきた彼女の方は、一見した時から、しっかりした女性という第一印象で、ハキハキとしゃべる快活な女性であった。名前を大槻順子さんと言った。

柿木を尻に敷くタイプかなとも思った。

その場で話はどんどん進んで、結婚式の日取りまで決まってしまった。柿木達は、既に、日取りをあらかた決めていて、了解を得に来たようだ。

二人のなりそめ等も聞いた後、彼女が、

「釣書きは、後日郵送させていただきます」

と言った。

十一月の結婚式当日では、仲人として二人の紹介をするに当たって、失敗が無いようにと綴り書きと、聞いていた馴れ初めなどから、しっかりとカンニングペーパーを作成して懐に暖めていた。

覚えられそうにはないので、披露宴ではカンニングペーパーを読むことに、最初から決めていた。

二人の結婚式が終わると披露宴。

司会者が、披露宴で決まり文句の、弘幸夫婦の仲人紹介を行い、

「それでは、御仲人様にお二人のご紹介等をお願いします」

と、言う。弘幸は緊張の絶頂だった。

まず、ご両家へのお祝いの言葉を述べ、

「それでは、新郎新婦ご両名の紹介をさせていただきます」

と言って、懐からおもむろにカンニングペーパーを出して、

「新郎の柿木正一郎君は、昭和・・・」

と始めた。続いて、

「新郎の大槻順子さんは・・・」

と、新婦の紹介のカンニングペーパーの続きを読んで、挨拶は五分程度で終わった。

その後、来賓者三人の祝辞があったが、弘幸の挨拶から三人の挨拶が終わるまで、何事も無かったように披露宴は進んでいった。

新郎新婦の二人は共に忙しく、新婚旅行は半年ほど先にするという。

翌日、柿木から、結婚式で仲人を引き受けたことへのお礼の電話が入った。

弘幸は、その時、初めて知ったのだが、柿木が、こう言った。

「先生、昨日は、仲人をやっていただき、大変有り難うございました。でも先生！　妻の紹介で新郎と言ったのを気付いていましたか？　訂正もされなかったようですが・・・」

「えっ！　ほんま？　全然気づいてないわ」

と弘幸が答える。

弘幸は、その披露宴に出席していた岡山支店長に確認してみたところ、

「そうですね。訂正もされなかったので、多分気付いていないんだろうな、と思っていました」

との回答であり、どうも、出席者はほとんど、この間違いに気付いていたようだ。

弘幸は、家に帰って、妻にもその事実を確認したが、妻は、

「えっ！　ホント？　私も全然気づいてないわ」

と言う。

弘幸夫婦は、妻の得意な笑い声の、

「キャハハハ」

で、共に笑いあった。

何もしゃべる役割の無い妻でさえ気付いていないのだから、妻も随分緊張していたのだろう。

講師を同時にこなす財務部長は、常に営業マンでもあり、取引先との折衝の中では必ず、企業研修等受託のための営業も同時に行う。

広島に転勤した弘幸は、岡山支店長時代に増して勤務時間は長くなった。

広島本社で財務部長を数年経験する中、人事部長であった砂山純一が副社長に就任し、その後を継いで、弘幸が人事の責任者も兼ねることとなり、役職名が、財務部長から管理本部長に変更となった。

数年後、他人の情熱的で発展的な話を信じやすく、心を動かされやすい中屋社長が、経営コンサルタントを導入した。

コンサルタント会社の、

「あなたの会社の事業内容は非常に将来性があって良いと思います。さらに、将来を見越した資本や組織作りに手を付けられれば、もっともっと素晴らしい会社になると思います」

につられて、導入したのだ。

その辺りから中屋社長は、従業員への退職金を、少し厚めにするように、弘幸に指示してきた。

中四国高市資格支援学院㈱には、生命保険会社から転職してきて、外部からの研修受託を受けることを中心に行う学外経営局担当の高山龍一郎取締役がいた。

弘幸は、当時話題になっていた、適格退職年金制度を検討しようと、高山取締役に相談を投げかけた。

するとすぐ、高山の古巣である生命保険会社の人間を紹介してきた。

女性の担当者であったが、笑顔の綺麗な小柄で痩せた女性だった。この女性の名前が少し変わっていた。

大玉いず子、と言うのだ。大玉と言う名字も珍しいが、いず子、も珍しい。

将来、大人になったら、自分が思うような人生を、悔いなく送るようにと、両親が決めた名前らしい。

どういう意味なのか、さらに聞いてみると、成長したら、親の心配などすることなく、自分を大切にして、外国でも宇宙でも、どんなところへ行っても構わないから、ということらしい。何処が、いず子になったらしい。

この担当者によって、中四国高市資格支援学院㈱には、今までに想像もできなかったような退職金制度が出来上がった。

この担当者は、弘幸と退職金制度の検討を重ねる中で、弘幸個人にも営業を掛けてきた。

当時の弘幸の生活には大きな心配も無く、勧められるままに生命保険に入った。

さらに、この女性は、弘幸の会社に入り込んで、かなり多数の従業員から生命保険加入を獲得したようだ。

それは当然にも思えた。

しょっちゅう会社を訪ねて来て、加入者のご機嫌伺いを行う。夕方六時を回った頃からでもやってきて、保険金請求事項が生じれば、すぐに請求手続きを引き受ける。その度の営業も手を抜かなかった。

弘幸に対してでも、もちろんそうであった。

後述するように、数年後、弘幸は、再び岡山校に転勤となるのだが、この大玉いず子の対応が変わることは無かった。

さらに驚くのは、数年後の弘幸は、この組織を辞めることになって、妻の実家である大阪府吹田市に転居するのだが、それでも大玉いず子の対応は変わらなかった。

大阪に転居して病気になって入院した時など、営業を兼ねた請求手続きに、広島から大阪までやって来るのだ。

そんなことから、弘幸が大阪にやってきてからは、プライベートでもラインを使っての保険金請求依頼なども行なってもらった。

かれこれ、三十五年の付き合いになり、今現在もそれは続いている。

弘幸の担当する財務・経理関係の仕事は、紳士服製造卸の会社で経理を担当し、会社の税務申告まで行なった経験も有り、それほど新鮮味は感じなかったが、人事の仕事は違った。

新しい副社長砂山純一の知恵などを借りながらであるが、従業員の昇給や賞与査定、人事異動にはやりがいがあった。特に、人の採用は、非常に楽しく、面白かった。

弘幸の中四国高市資格支援学院㈱は教育産業であり、求人広告で、講師募集を出しても、募集を見る人達からの応募は少ない。誰もが学校の先生のイメージを持って、教員免許が必要なのではないか、とか、教えるなんて私にはとてもできやしないと、勝手に思ってしまうからだ。

また、社会人対象の講師だと言うと、かなり自信があるか経験者でないと引いてしまうのが現実

だ。従って、求人広告内容には、講師だけでなく、広告や事務の仕事をも含めたり、

「未経験者でもＯＫ！　一から指導します！」

などの文言を入れる。

しかし、実際の仕事としては、事務や広告なんて五パーセントにも満たないのだが、そういう内容にしないと、応募が無い。実際には、誰でもできる講師職なのだが・・・。

それは求人を出すこちら側の言い分ではあるのだが、税理士資格を持って、自分の事務所を開業している税理士先生を雇って、一か月で辞められた経験もある。

社会人を対象とする講師は、知識以外に、受講生をうまく自分の懐の中に迎え入れる能力が必要なのである。この税理士先生は、開業一年くらいで、まだまだ、お客さん達との接触経験が少な過ぎた。

教える為の知識は、教える時間までに備えて、学んでおけば良い。知識は、それほど重要では無いのが真実なのだ。学院には立派なテキストが存在するのだから。

実際に、簿記の簿の字を知らない者を採用して、多くの講師を育てて来た。

それで良いのだ。講義は、講義終了の時間が来るまで一方的にしゃべっていれば良いのだから。

終わりの時間が来れば、

「今日はここまでです。お疲れさまでした」

と言えば済んでしまう。

ただ、休憩時間や授業終了時に、生徒が質問に来るという問題点は残る。

従って、まだまだ講義内容に自信の無い講師は、授業終了と同時に、長い時間をかけてトイレに入ったり、食事や買い物に出かけていく者もいた。

こんな正直者の社会保険労務士講座担当の講師がいた。

ごまかすのが下手で苦手な講師だった。

講義を終えて、質問に来た受講生の質問に答えられないことがあった。

その時すぐに、

「次回までに確認しておきます」

と言えば良いものを、タイミングを失ったからか、

「すいません。今の私では分かりません」

と、言うと、その受講生は、

「先生、社会保険労務士の資格を持っているんでしょう?」

と、受講生に尋ねられた。これに、真面目一方で正直者のその講師は、

「まだ勉強中で、資格は持っていません」

と答え、その生徒からは、受講料を返せなどのクレームが出た。だが、当然返却などするはずが無い。

それはそうだ。資格を持ってないと教えられないなんて、中学や高校の先生じゃあるまいし。資

格を持たない講師は違法！なんて法律はどこにも存在しない。

商業高校の教師だってそうだ。教員免許は持っているものの、簿記の資格を持たない教師は数多く存在するのが現実だ。

これが、弘幸の所属する中四国高市資格支援学院㈱と言う教育産業側の回答だ。

こんな宅建の講師もいた。

この講師は、大学の法学部を卒業し、アルバイトをしながら司法試験合格を目指して、法律の勉強を継続していた。

彼が、中四国高市資格支援学院㈱の宅建講座の講師募集広告に応募してきて、弘幸は、面接のうえ、彼を採用した。彼は、宅建資格は持たないが、法律については自信を持っていて、熱っぽく受講生達に説明するのだ。

声も大きいし、自信満々で、

「私は、法学部を卒業して、司法試験合格を目指して法律を勉強しています。宅建の法律なんて！」

と言ってのける。

講師には、これが必要なのだ。彼は、わざわざ言わないでも良いものを、宅建講座の講義の中で、

「私は、宅建の資格は持っていません。しかし、大学の法学部を卒業して、司法試験合格を目指して法律を勉強しています。従って、宅建の法律は読めばすぐ理解できます。分からないことは何でも質問してください」

と、自己紹介したのだ。

彼の講義等に対するクレームが来なかったどころか、受講生には人気の講師となった。

ただ、授業外での受講生との会話の中で、

「なぜ、先生は宅建資格を取らないのか？」との質問を何度も受けた。

「そんな資格、私が合格しても何にもなりませんから。私は法曹界に入るんです。そんなチマチマした資格を取得する時間があれば、司法試験の学習に回すよ！」

と言うのが、本音だ。

しかし、なぜ宅建資格を取らないかの質問があまりにも多く、面倒くさくなった彼は、その質問の多さに根負けして、とうとう宅建試験を受験して資格を取得した。

そんな教育産業に慣れてきた講師達には、こんな特徴がある。

例えば、税理士講座担当講師に、

「来年度は、合格して慣れている法人税法の講義を持って欲しい」

と言うと、こんな答えが返ってくる。

「嫌です。法人税法はもう合格したので、合格してない相続税法を担当させてください」

と、こう言うのだ。

そういう講師達は、教えることが最高の勉強になることを、良く知っているのだ。

税理士試験は先にも記したように、何年かけても良いので、とにかく五科目の試験に合格する必要がある。

　彼らは、教えるためにも、そして恥をかかないためにも、必死で勉強する。受講生から質問があって答えられなければ、

「次回までに確認しておきます」

　と言って、必死で調べることで、学習することになるのだ。これらが全て、講師自身の血となり肉となる。

　自分自身のために、教えることで学習し、給料を貰う。講師とは最高の職業ではないか！というのが彼らの考えなのだ。

　そして、無事税理士試験五科目の合格を果たすと、学院を去って、税理士事務所を開業して自営に走る。他にも、このように、中四国高市資格支援学院㈱で講師をして給料を得て、さまざまな資格を取得した上、独立して頑張っている者は沢山存在する。

　また、教育産業が従業員を採用しようとする場合には、大きな利点がある。それは受講生の存在だ。

　新たに講師を採用する必要がある場合、講師を必要とする部門の現役講師達に、次のような指示を出す。

「講師をやってくれそうで、真面目で、面倒なトラブルを起こしそうにない受講生を見つけて声を掛けろ！　面接をするので、必ず採用する約束をしては駄目だが、君たちの推薦する受講生であれ

ば、きっと採用に値する良い人だと思う」

講師達は、日頃からの講義中、進級を成功させるべく受講生をじっくり観察しているので、確率高く良い人物を推薦してくる。

いつもうまくいく訳ではないが、この方法は結構重宝した。求人広告費用はゼロ円。各講師が、毎講義で面接しているようなものだから、良い人材の確保の確率は高い。

さて、弘幸が広島本社に転勤して二〜三年経過した頃から、事業成績は好調であった。

平成四年には、広島県内の所得申告でベスト十に入ったことが「財世界」という月刊誌の広島納税番付に掲載された。金融機関他、いろいろな取引先から、

「すごいですね。おめでとうございます」

の言葉を多く頂戴した。

その頃、広島駅前に土地の売り物が出て、買わないか?という話が出てきた。

不動産売買にはよくある話だということは後で聞いたが、結構精神的に嫌な経験をすることとなった。

中四国高市資格支援学院㈱の社長は、「商業世界会」と呼ばれる経営者達の勉強会に属していた。

この勉強会は、全国組織であり、各都道府県でも支部が存在し、各支部ごとの活動が活発に行われた。

この組織会員達は年に一度、全国から箱根のホテルに集って、いろいろな方面の講師を呼んでの

勉強会を催す。講師は、経済学者であったり、有名企業の社長であったり、プロスポーツ選手であったりもする。

この商業世界会の本来の精神は、

「店は客の為に有り、社員と共に栄える」

のスローガンに集約されるらしい。

この商業世界会会員のある不動産業者が、

「広島駅前の古いビルを壊して更地にするので、誰か購入しないか?という話が出ているが、中四国高市資格支援学院さんで購入してみませんか?」

と、中屋社長に話を持ってきた。その仲介業者は、その対象であるビルの、すぐ後ろにある小山田不動産だと言う。

中屋社長は乗り気で、購入して自社ビルを建てるのも良い、と弘幸と同伴で、その小山田不動産を訪問して直接話を聞いた。

同時に、小山田不動産からは、絹谷建築設計事務所と言う、事務所まで紹介してきた。後日、その設計事務所にも訪問した。

中四国高市資格支援学院㈱役員会での承認を得て、土地購入と自社ビル建設の基本的な話が決まった。建物完成までの進行役は、もちろん、事務系総合責任者の管理本部長である弘幸である。

建築工事計画が進んでいく中のある日、小山田不動産が、

「工事現場横にあるビルの二階に、筋者関係の事務所があり、『工事の音がうるさい』と、クレームを持ち込んできている」

との情報を持ってきた。

しかし、建築業者は、こういう事態が起こることは承知しており、事前に、現場の近隣には手土産を持って挨拶に行っている。

それを小山田不動産に話すと、

「それは当然なんですが、それでもいろいろと言ってくる輩がいるんですよ」

まるで他人事で、

「グズグズ言わないで、いくらか金を持って詫びと挨拶に行けばいいじゃないか」

とでも言わんばかりの雰囲気だ。

小山田不動産が紹介した絹谷建築設計事務所もこういう話には慣れているということなので、どう対応したら良いか?と、弘幸は相談に行ってみた。

「そうですねえ、こういう話はいくらでも有りうる話で、波風立てずに、スムーズに進めようと思うなら、小山田不動産さんが言うようにするのが賢明だと思います」

と、小山田不動産と同じようなことを言った。

弘幸は頭にきた。

最初から、小山田不動産と絹谷建築設計事務所は、クレームを言ってきている筋者関係者とグルになって、建築主から金を巻き上げるつもりではなかったのか。そんな気もした。

一応、その話を社長に伝えてから弘幸は、クレームを持ち込んできた筋者関係の顔を見ておきたいこともあり、少し上等な菓子折りを持って、その事務所に乗り込んだ。

広島は、映画「仁義なき戦い」のヤクザで有名な地であることは良く知っている（実際には呉市である）し、広島市民は何かしら、そういった者との関係を持っているという噂のあることも知ってはいる。

「まあ、堅気の命まで取ろうとはしないだろうし、ヤクザとも右翼団体とも真実は分からないのだ。最終的に、纏まらないようなら、金でかたを付けよう！」

ヤクザより右翼団体の方が難しいとの話も聞いている弘幸だが、そう腹を括って、乗り込んでみた。

「隣の建設工事では、騒音等、いろいろご迷惑を掛けており、誠に申し訳ありません」

と、頭を下げて菓子折りを出して詫びた。

すると、対応した筋者関係の人間と思える人は、おとなしく一般人のような声で、

「それは、それはご丁寧に！　ええビルを建てて、しっかり稼いでくださいな」

と、対応してきただけであり、人の良さそうな顔であり拍子抜けした。

いや、本当は、ホッ！としたのだ。

本当に筋者関係のクレームだったのだろうかとの疑問は残ったが、深追いはしないこととした。

それ以降、筋者関係と思えるような人物等からのクレームなどは生じなかった。

だが、さらに工事が進む中で、小山田不動産から、

「聞いて欲しい話があるので、そちらに伺いたい」

という電話が入ってきて、弘幸を訪ねて会社にやってきた。

「実は、お宅のビルが建つと、私の事務所兼自宅が日陰になって、全く太陽の光が入らなくなってしまうんです。私とこの建物と土地を全部買い取って欲しいんですが。私のこの不動産を加えれば、もっと立派な使い良い建物になりますよ」

と言うのである。

このことを中屋社長に伝えて、社長と一緒に、小山田不動産の事務所兼自宅の視察に行ってみた。寝室から子供部屋まで、全てを見て回った。

その頃の中四国高市資格支援学院㈱の会社の業績は、財世界の所得番付に掲載されてからも良好で、社長は、

「小山田不動産が言うように買い取って、教室にしたら良いのではないか」

と、言うのだ。

弘幸は、社長の判断であるので、一応尊重して特に反対意見を言わなかったし、他の役員の中で反対する者もいなかった。

そして、売買代金の内金として二百万円を預けた。

だが後日、小山田不動産は、

「我々が引っ越すとなると、子供の学校も変わることとなりかわいそうでもある。事務所兼自宅の売却は無かったことにする」

と、言ってきた。

「無かったことにして欲しい」

という依頼表現ではなく、

「無かったことにする」

という通知的発言だった。

「失礼な奴だな」

と、思ってはみたが、これから稼いで、建築代金の支払いを考える必要のある弘幸にとっては、二百万円が返ってくると共に、増加する小山田不動産分の不動産代金が必要無くなるので、この方が有難いというのが本音だ。

しかし、そうは問屋が卸さなかった。事態は全く違ったものになった。

弘幸は、小山田不動産に対して、

「預けている二百万円は、いつ返金してくれますか？」

と、問いただしたところ、

「返金はする必要ないでしょう。返金するつもりは無いですよ」

という答えが返ってきた。

「それはおかしいでしょう。お宅の事務所兼自宅の物件は買わないことになったのですから、返金していただくのが道理ですよね」

と、弘幸は応戦したが、

「だって、事実お宅の新築建物で、太陽の光が入らなくなり、日照権を失うという迷惑がかかるのだから。そんな、子供みたいなことを言いなさんなよ」

と、小山田不動産は返してきた。

もう、我々は、完全になめられてしまっていた。

この話を社長に伝えて、絹谷建築設計事務所にも相談してみたが、小山田不動産から返金させるような提案は無かった。

社長も、

「まあ、仕方無いか」

と、言うし、弘幸も、

「まあ、しゃあないか。これからどんな怖いことが起きるか分からないし、良い勉強代金だったと思うことにしよう」

と、考えて、結論としては、その二百万円を諦めることとなった。

続いて、取引がある、第億山生命の紹介で㈱第億山ビルディングという会社が訪ねてきて、

「広島市南区に、新しい広島産業カルチャーセンタービルという建物が建立されました。御社は素晴らしくご発展のようで、ご入居されて、事業の拡大を図られませんか?」

と、言うのだ。

その頃、弘幸の勤務する中四国高市資格支援学院㈱の業績は、引き続き、ずっと良かった。

この広島産業カルチャーセンタービルを借りるという話を役員会に掛けたが、誰からも異論は無かった。

借りるのは、十階建ビルの六階部分ワンフロアで、約三百坪だ。

この建物では、今まで中四国高市資格支援学院㈱が行なってきた教室展開ではなく、広島市中区紙屋町にあった本社機能を移転させることに加えて、雇用能力開発機構から委託を受けている職業訓練の教室を展開することにするという方針が決定された。

それでも、かなり広いスペースである。

雇用能力開発機構の職業訓練とは、失業者がハローワークに失業保険の給付手続きに訪れた時に紹介する訓練で、中身は失業者の方々の再就職に備えるものである。

中四国高市資格支援学院㈱が受注した職業訓練は、事務系職のためのもので、簿記やコンピュータを中心としたものと、社会保険労務士や宅建士といった、法律系講座による訓練であった。インフォメーションの場所は、今までに設置したことが無いような広さの中に、立派な来客用テーブルや、観賞用植物などを置いた。若い受付嬢も募集して配置した。

講師募集を行っても応募が少ない求人広告だが、事務や受付等、誰にでもできそうな簡単な仕事には応募が殺到する。一人の募集に対して、三十〜四十名の応募がある。もちろん、各講師にも、良さそうな受講生へ声を掛けてもらうことも忘れない。だから、会社側としては選び放題だ。

弘幸の採用選考姿勢として、書類選考という方法はとらないこととしていた。

せっかく、期待して応募してくれた人達に書類審査だけでの不採用の決定はかわいそうであるし、実際に会って話を聞いた方が、応募してきた人の、人となりを判断しやすい。加えて面接でいろいろな人と話をするのが非常に好きでもあった。応募者には、全員に対して書類の郵送によって、面接日時を通知する。

今回の受付職採用の面接で一人の女性を採用した。名前を、菊池慶子という二十三歳の女性であった。

広島市のお隣の山口県岩国市が住まいで、通勤に一時間程度かかるが、どうしても受付をやりたいと言う。笑顔が綺麗で、目のくりっとした明るい女性だった。

さらに、小柄で細身の女性であったが、堂々とした態度で物事に動じない、芯の強い女性に思えた。

弘幸の第一印象でしかなかったが、受付には持って来いであると判断した。

どこの会社でもそうだろうが、女性をからかうことが大好きな男がいるものだ。

弘幸と気が合い、昼食等もよく一緒する副社長となった砂山純一がそうだ。ある時、砂山が、その新人の受付嬢に声を掛けた。

「菊池さん、おはよう。あっ！　パンティラインがセクシーでいいねえ」

「また砂山が、つまらない冗談を言って、女の子が困るじゃあないか！」

と、弘幸が思う間も無く、菊池慶子が応戦した。

「えっ！　そんなはずはありませんよ！　今日は穿いていませんから」

当時は、それほどセクハラ、セクハラなんて目くじらを立てることは無かった。そんなわけで、砂山の言いたい放題だったのだが、この勝負は、明らかに受付嬢、菊池慶子の勝利である。

この会話を聞いた弘幸は、菊池慶子が受付嬢として最適だということを再確認した。

さらにこんなこともあった。

「あれっ！　昨日は、小指に包帯をしていて、小指の第一関節から先を失ったと、言ってなかった？」

と、砂山が菊池に問いかけると菊池は、

「あっ！　私の指はトカゲのしっぽなんです。すぐに生えてくるんです」

と答えた。

まだ後日談があるのだが、兎に角砂山は、女性社員をからかうのが好きだ。本当は男性でも構わず、からかうのが楽しくて仕方がないという性格だ。この菊池は、砂田のおしゃべりに応戦してくるので、特に楽しいのだ。

菊池慶子は、午前九時から午後五時迄が勤務時間だ。その夕刻五時頃、砂山は受付に行って口を開いた。

「菊池さん、今日は疲れたわ。うちの女房は優しくてなあ、私が疲れて帰ると、『どうしたの？　疲れた顔をして。いつものように私のおっぱいを揉んでくれたらいいよ。そうすると貴方は、すぐに疲れが取れて元気になるんだから』と言って、すぐに触らせてくれるんだけどなあ」

するとすぐに、菊池慶子が応戦する。

「優しい奥様なんですね。家に帰るまで我慢できないようなら、私の巨乳でもお貸ししましょうか？」

「ホント？　無料かなあ？」

と砂山が調子に乗って言う。

「馬鹿を言わないでください。この世の中に無料のものなんて存在しませんよ。一回十秒三万円で、お貸ししますよ」

と、応戦するのだから叶わない。

からかうつもりが、完全にからかわれているのだが、可愛らしい笑顔で応戦するので憎めない。

砂山副社長は、女性ばかりか、男子社員も含めて、多くの従業員をからかうにも関わらず慕われている。

そこを、弘幸は見習いたいと思っているのだが、なかなかうまくいかない。砂山副社長の生まれ持った才能なのだ。

さて、従業員採用についてだが、今までは全て中途採用で行っていたのだが、平成四年度から弘幸は、中途採用だけではなく、大学生の新卒も採用することとした。

きっかけは、社長が高校の先生や大学の就職部の担当者等から、新卒学生の採用を直接依頼されるようになったからだ。

中途採用でもそうであるが、弘幸が卒業した大学の後輩にあたる者の応募も多い。そんな時、どうしても自分が卒業した大学の後輩達には甘くなる。結果、従業員の中には、道後産業大学の卒業者が多く存在する。

そんな道後産業大学を卒業予定の四回生達が、履歴書や卒業見込み証明書、健康診断書等を郵送して応募してくる。

その応募してきた後輩達の中に、目を引く女生徒がいた。

送られてきた彼女の履歴書を見ると、私が生まれ育った福山市のお隣である、岡山県笠岡市にある商業高校を卒業し、道後産業大学を卒業と書いてある。笠岡と言えば、弘幸が小学校の一年生から三年生まで過ごした地である。

また、弘幸の中四国高市資格支援学院㈱の入社に当たって骨を折ってくれた、学生時代の友人、亀田良樹の出生地であり、この商業高校は、亀田の卒業高校と同じでもあった。

貼付されている写真は、クリッとした大きな目で、少しポッチャリめの可愛く聡明そうな女性であった。履歴書を見た瞬間、一目で気に入った。名前を、酒田博美と言い、頭の中では、既に彼女の採用を決めていた。

この女学生を見てからだ。特に女性をかわいいと思い始めたのは。

「ＬＯＶＥ」ではなく、「ＬＩＫＥ」なのだが。

この女学生には、我が子あるいは妹のような感情を持ち、一緒に働くようになってからも変わらなかった。

こういった、女性の話をすると、ヤキモチ焼きの妻は、非常に機嫌が悪い。また、成果を出した部下たちへの褒美として、食事等へ連れて行くことが多いのだが、これが女性だと、機嫌が悪いのだ。話さなければ良いのだが、つい喋ってしまう弘幸だった。

性格の問題だが、良い成果を出した部下や難易度の高い資格を取得したような部下達には男女区別なく、居酒屋やご飯を食べるところに連れて行って、労をねぎらったり、褒めてやったりする弘幸だ。もちろん、弘幸のポケットマネーからだ。

その時間はというと、会社の運営状態から殆んどの場合、夜になる。

「今夜は部下を連れて、食事するので遅くなる」

と、もう何度となく繰り返した内容を、妻に電話した時、その同伴者が女性と聞くと、本当に機嫌が悪くなる。

だが、単に、ヤキモチからだけではなく、誰にでも優しく接する弘幸の性格をよく知った、妻の

忠告でもあった。ある時妻が、

「お父さん！　あまり女性に優しくしていると、誤解されて大変なことになるよ」

と、付け加えたことがあった。

しかし、大きな間違いに進んだことは一度も無かった。あまり女性として考えたことが無かったからだろう。妹のように見るのだ。

そんな妹のように感じていた新入社員の酒田博美に、道後産業大学を卒業して、既に税理士試験五科目に合格している後輩を紹介したことがある。岡山市内にある商業系大学で事務をしている城之内という男性だ。

可愛い後輩達へ、恋人となって、結婚相手にまで進めば良いな、と思って紹介した。だが、結果は、予想外に、男の方が付き合いを断って、結婚には至らなかった。

この頃からだ。弘幸が、自分と同年齢以下の女性には、なんとなく愛着というか、「可愛い」という感情を抱くようになったのは。

美人とか、体型とかは全く関係なく、同年齢以下の女性全てに、そういう感情が生まれるのだ。決して「異性愛」ではない。

同年齢以下の女性全員と言っても、例外はある。とことん「生意気」な女性であり、こんな女性はＮＯだ。

もちろん、感じ方は人それぞれなので、「生意気だ」との感じ方は、弘幸の一方的な判断ではある。と言っても、弘幸の「可愛い」のストライクゾーンは非常に広いので、弘幸が嫌う性格の「生意気な女性」は、殆んどいない。

だからといって、弘幸は、ストーカーのような異常者ではない。

◇　竹の子で穴子を釣る　◇

弘幸が、五月のゴールデンウィークに、広島から妻と子供を連れて、福山市内に住む博也兄を訪ねて、実家の竹やぶに竹の子を掘りに出かけたことがある。子供に、街中ではとても経験できない、地面に生えている竹の子を見せてやることと、実際に掘り出す体験をさせたいという親心からだった。

竹の子がたくさん収穫できたので、広島へ帰る途中、以前聞いていた砂山純一の実家がある尾道へ立ち寄った。親御さんに竹の子のおすそ分けをしようと思って、立ち寄ったのだ。

砂山純一の実家はお母さんが、「すずらん」という名前の美容院をやっていたが、わりと簡単に見つけることができた。

だが、ご両親は不在のため、竹の子を玄関口に置いてメモを残した。

「私は、砂山純一さんと同じ会社に勤める同僚で、平山弘幸と言います。私の実家が、福山であり、この連休に竹の子掘りに出掛け、沢山採れたのでおすそ分けに置いて行きます」

弘幸は、広島の住まいに帰ると、メモは置いて帰ったものの、念のために砂山にも、竹の子を尾道のご両親の家の玄関口に置いて帰ったことを連絡しておいた。

ゴールデンウィークが明けて、会社で砂山と顔を合わせた時、

「この前は、竹の子を尾道の親父達に持って行ってもらってありがとう。親父から、よくお礼を言っておくようにと言われた。それで親父から、平山にお礼にと預かった物がある。アナゴをかば焼きのようにした物だ」

と、砂山は言って、穴子の入った袋を渡してくれた。そして、続いて、こうも言った。

「エビで鯛を釣るというのは聞いたことがあるが、竹の子でアナゴを釣るとは初めて聞いたわ。これやなあ。お前が転んでも只では起きんと、よく言われるのは」

「えっ！　俺って、転んでも只では起きん奴と思われていた？」

と、初めて知った弘幸であった。

竹の子掘りだけでなく、妻と子供を、松茸狩りに連れて行ったこともある。

子供の正健が小学校三年生の時で、弘幸の家が先祖代々所有している松茸が収穫できる松山の有ることを思い出したからだ。松が赤松であれば、松茸が採れる可能性がある。黒松では、松茸は生えない。

母親と博也兄貴に、松山に入る許可を取って、広島から車で約二時間かけて、その松山に入った。

妻は、弘幸の実家が、中国山地に非常に近い山の中であることを良く知っており、熊除けだと

言って三人分の鈴を用意してくれた。

熊除けの鈴を腰に着けた親子三人は、松山に入って、松茸の生えそうな場所を弘幸が説明して松茸を探し始めた。

暫くすると、息子の正健が、

「お父さん！　これ何？」

と尋ねてきた。

「それが、松茸じゃ！　正健はスゴイなあ！　松茸発見者第一号は正健じゃん」

と褒めてやった。

弘幸は、小学生時代から両親の松茸狩りに同伴していて、松茸狩りは準プロだというのに、息子の正健に先を越されてしまった。

その後、親子三人がかりで、二十本くらいの松茸を収穫できた。

松茸狩りを終えて広島に帰る途中、兄貴の家に立ち寄って松茸収穫の報告を行い、収穫した松茸のおすそ分けもして、広島の自宅を目指した。

自宅に着いてからも、お隣に三本ほどの松茸をおすそ分けをして、たいそう喜ばれた。

妻は、広島に転勤してきてからも、弘幸が会社に行っている間に、知り合いを自宅に集めて、いろいろと話をしているようなことは聞いていた。これが実は、岡山で始めた世界宗教統一望協会の勉強会の続きであったが、そのことに弘幸が気付いたのは、随分後になってからだった。

それはそうだ。弘幸は、毎日、朝八時頃に家を出て、夜は十時頃に帰ってくるのだから。休みは原則、日曜日と祝日だけだが、その休日にも出勤することがあった。

中四国高市資格支援学院㈱は、超ブラック企業なのだ。

もともと、中四国高市資格支援学院㈱の従業員には、勤務時間は九時～九時という意識が染みついている。朝九時～夜九時であり、これは、まぎれもない事実だ。

そんな時、平成二年の八月、勤務時間を、休憩時間一時間を含んで九時間にした。

早出は、朝九時～夕方六時まで、遅出は、正午～夜九時までで、それぞれ休憩時間は一時間である。つまり、労働基準法で認められる正常な法定労働時間にしただけである。

勤務時間が朝九時～夜九時だった会社が、休憩時間を一時間含んで九時間にするという、きわめて普通のまっとうな会社にしただけだ。にも関わらず、このことが、たいそうこの会社の話題になったことがある。と、いっても、話題にしたのは社長だけであり、社長は、これを時短と言っていた。

「違う！　違う！　これは、労働基準法の最低基準の労働時間にしただけで、時短とは言わない。時短と言うのは、法定労働時間の八時間を七時間や六時間に減らすことですよ！」

なんて、社長に教えようとする者は、周りには誰一人として存在しなかった。

労働時間が、労働基準法で許される八時間になった時、従業員の労働時間など全く気にしない社長が、会社にやって来た金融機関等の人達に対して、

「我が社は、この八月から時短を実施しました」

と、胸を張って自慢げに言っているのだ。

金融機関の人は、

「へぇ、それは凄いですね」

だけで終わった。

「どのくらいの時間の短縮をされたのですか？」

という質問が出なくて良かった。

新しい勤務時間を言っていたら、大恥をかいているところだった。

本当に労働条件など、全く気にしない社長であり、この労働条件のために辞めていった従業員は数多くいたにも関わらず、この労働基準法違反の労働時間を労働基準監督署に告発する者はいなかった。

だが、この社長、従業員を観察する目は鋭かった。少しでも従業員の良いところを見つけると、四月のベースアップ時期を待たず、翌月から給与を五千円くらいずつ引き上げるのだ。

このやり方は、従業員に好評だった。

こんな拘束時間の会社に勤務する弘幸だから、妻や子供が、日常、家でどんな生活状態なのかを知る由も無かった。

日頃、子供と触れる時間がほとんど無い弘幸は、週に一度の休日には子供と精いっぱい触れ合って遊ぶことに集中した。妻も一緒に、植物園や動物園に行ったり、車で十五分程度の場所にある太田川でのハゼ釣りやアサリやシジミ狩りなどにもよく出かけた。

子供とのファミコンゲームもよくやった。

ファミコンは、もともと、弘幸が周りから得た情報で、購買意欲をそそられて購入したものではあったが。

任天堂のファミリーコンピューターで大人気となった、ドラゴンクエストがやりたかったから購入した物で、コンピューターそのものは子供の部屋に置いていた。

子供と一緒にやったファミコンソフトには、マリオやボンバーマンが有ったが、弘幸は子供に勝つことが出来なかった。本気でやっても子供に勝てないのだ。

だから、もっぱら会社から家に帰って来て食事を済ますと、一人で、子供が寝ている夜中の時間を使って、ドラゴンクエストをやっていた。翌日が日曜日や祝日の前日の夜は、明け方近くまでやって楽しんだ。

だが、これも暫くすると、子供に先を越されるようになってしまった。

妻もファミリーコンピューターは気に入っていて、夫婦共々仲良く並んで、あるいは、子供と妻も仲良く並んで楽しんでいた。

日曜日の休みには、家族全員でファミリーコンピューターに興じることも度々あった。

このように妻は、休日には、少なくても家にいて行動を共にしていたので、妻が世界宗教統一望協会に、すっかりはまっていることに、気付くことはなかった。

我が家に、世界宗教統一望協会の仲間を集めて行う勉強会を、弘幸はそんなことだとは知ることなく、暇な女性達が集まっての井戸端会議程度にしか思っていなかった。

そんな広島生活を送る中で、平成七年一月十七日、早朝の五時半頃だった。

家族は全員寝ていたが、突然の大きな建物の揺れを感じた弘幸は、目を覚まして、まっすぐ、息子の寝ている場所に行った。

そして、息子を守るべく、四つん這いで子供に覆いかぶさるような態勢をとった。

弘幸家族の住まいは、四階建てマンションの一階であった。万が一マンションが崩壊するようであれば、そんな行動は、何の役にも立たないが、親が子供を思う心であった。

暫くすると揺れは終わり、弘幸の住まいや家族には何の被害も無かったが、約四千五百人の死者を出した、阪神淡路大震災だった。

大阪の吹田市で、妻、克枝の両親二人が営む印刷工場には、印刷に使う活字を並べるための大きな棚があったが、並べられた活字はほとんど地面に投げ出されていた。これらの活字を拾い、棚を直して、元の位置に戻すことは難しく、再び印刷業を営むことは不可能なほど崩壊した。工場で残った正常な物は、大きく重たい活版印刷機だけだった。

住まいや工場の建物は、形をとどめていたが、中は、物が倒れ、ゴミ置き場のように散乱し、復興は、老夫婦にはとても不可能であり、諦めざるをえないほど悲惨であった。

だが、妻の両親は印刷業の再開を諦めることなく、再開に向かって立ち上がったのだった。生きるために立ち上がる克枝の父親は、それほど強い精神力を持っていた。三月下旬、克枝の両親は印刷業を再開した。

◇世界宗教統一望協会の浸食◇

ある日突然、不動産屋から、弘幸の携帯電話に、こんな電話が架かってきた。

「奥様から、X物件の賃貸申し込みが提出されていますが、ご主人に、その保証人となっていただくことで宜しいのですね？」

何のことかさっぱり分からないので、

「とんでもないです。妻が部屋を借りるようなことは全く聞いていませんし、保証人なんかにはなりません」

と答えると、不動産屋は、

「そうですか。分かりました」

と言って、電話を切った。

家に帰って妻に問い質すと、

「あっ！　あれは間違いで、以前言っていた勉強会を平山さんの家だけで行うのは申し訳ないので、一つ部屋を借りようということになったの。それで、不動産屋で、借主や保証人を誰にしようかと話しているうちに、不動産屋の人が間違えて、お父さんに電話したの」

と言った。

この頃から、世界宗教統一望協会にのめり込み始めている妻のことを、疑い始めていた。

だが弘幸は、このX物件の賃貸申し込み保証人は、世界宗教統一望協会の上層部からの指示であり、下部の信者達を言いくるめて場所を確保しようとしているに違いないと考えていた。そうすれば、この統一望協会自体は経済的負担をする必要はなく、信者達に負担させようと考えているのだろうと思っていた。信者達の家族に潜り込んで、統一望協会の負担無く、組織を大きくするつもりなのだ。

今回の弘幸の妻の不動産賃貸についても、うまくいかなくて元々で、うまくいけば儲けものという考えで信者達に指令を出し続けているのだ。そうに違いない。

ある日、子供の部屋で、子供が学校から貰ってくる「親子通信ノート」なるものを発見し、妻ではなく、子供に尋ねてみた。

「これは何?」

「学校の授業が終わってから、家に帰らない僕のような生徒が一つの部屋に集まって、遊んだり勉強していて、そこで、どんなことをしたのかを、先生がお母さんに連絡するためのノートなんだ」

と、子供が言う。

いわゆる学童保育に子供を預けているのだった。妻に確認すると、

「勉強会で、家にいないことが多いので子供を預けている」

と言う。

実際には、統一望協会の活動で手がいっぱいなので、子供の世話ができないからなのだ。

そして、とうとう妻は、弘幸に、

「統一望協会の人が、お父さんに協会のビデオを見て欲しい、と、言ってる。ぜひ見にきて欲しい」

と言った。

ここで妻が、統一望協会に属していることを知ったが、昨今、政治家との繋がりでマスコミを賑わせて明らかになったような、悪質な組織とまでは考えていなかった。もちろん、立派な組織とも思っていなかった。だから、深入りさえしなければ、まあいいか、と思って、放っておいた。

誘いがあるなら、とりあえず、その統一望協会という組織が、どんなスローガンで、どんな活動をしているのか見届けてやろうと思って、その協会の支部の建物を訪ねてみることにした。

ビデオは、統一望協会を宣伝し、入会を勧める物であり、弘幸が見終わると、統一望協会の人が、どう感じたかを弘幸に尋ねてきた。

「つまらないビデオですね。素人を騙してお金を集める組織のような気がします。その集めたお金で、組織上層部の人達だけが楽して生きていくための宗教ですね」

と、答えてやった。

それが大きな間違いだった。

妻は、夜の弘幸との子作り作業に参加しなくなった。気付いてはいたが、知らんぷりをしていると、妻が、

「お父さん！　今度、協会で夫婦の絆を結ぶ儀式があるので、私と一緒に参加して欲しい」

と言ってきた。

これも、世界宗教統一望協会の関係だなと、思いつつも、まあいいか、どうせこんな組織に入会するつもりは無いんだから、と妻に同伴して、統一望協会の支部を訪ねた。

以前、ビデオを見るために訪れた場所とは違っていた。

その夫婦の絆を結ぶ儀式とは、夫婦を後ろ向きに並べて細長い板のようなもので、夫婦の尻を叩くのだ。バックには、神道でいう神棚のようなものがあった。

その儀式を終えた日の夜、久しぶりに、子作り作業を営んだ。子作り作業終了後、

「お父さん！　今日、夫婦の絆を結ぶ儀式を行ったんで、もう夫婦の営みをやってもええんよ。私が、しばらくこの営みを避けてたことに気付いてた？」

と尋ねてきた。

「もちろん、気付いてたさ」

と弘幸は答えた。

統一望協会は、よくこんな事を思い付くものだな、とは思ったが、特に妻に何かを問い質すこともしなかった。

妻は真面目で、周りの知り合い達が言うことには、必用以上に信用する性格だ。加えて正義とか人助けという言葉に敏感で、すぐに手を出したがる。頼まれることには弱く、断ることをあまり知らない。実は弘幸もそうであり、泣き落としにくる営業マンには全く歯が立たないのだ。

妻はこの性格が災いして、世界宗教統一望協会の餌食になってしまった。非常に陽気で付き合いが良く、さらにあわてんぼうで、人の意見をよく聞かなかったり、勘違いすることも多かった。

陽気な証拠は、以前、大阪で勤めていた会社で有名だった大声で「キャハハハハ」と笑う声であり、松山でも、岡山でも、そして広島に来てからも、妻のその笑い声は変わることはなく、周りの人達には有名であった。

そして、人に頼まれると断り切れない性格の妻は、広島に移転してきてから、この統一望協会の知り合いから依頼を受けて、バレーボールの愛好会に属していた。妻は、運動オンチの弘幸に比べて、スポーツは得意だ。

吹田市に住んでいた頃の地区対抗運動会では、色々な競技に積極的に参加して、参加の都度、いろいろな賞品を獲得していた。

妻は、百四十七センチくらいの小柄な身長で、よく頑張っていたのだ。

弘幸は、統一望協会から依頼を受けたバレーボール大会に参加する妻の送迎を行うことを引き受けた。と同時に、妻の活躍も見ようと大会の観戦席に腰を降ろした。

だが、試合に出たのは、体格が良かったり身長の高い人達がほとんどである。妻は、試合途中の選手交替で、一度だけ十分ほど出場しただけだった。それ以外に出番は無く、ずっとベンチに座って、応援していた。補欠というやつだ。

試合を終えたその帰り、珍しく妻が、

「私が車の運転をする！」

と言う。そして、そのバレーボール大会の帰りのことだった。

車にガソリンを補給して帰ることにして、ガソリンスタンドに立ち寄った。

妻が、ガソリンスタンドの給油ボックスに横づけしたものの、ガソリン給油口を開ける車内の操作棒を探していて、すぐに必要なガソリンの種類を伝えなかった。それで、ガソリンスタンドのお兄ちゃんが、

「レギュラーですか？」

と尋ねると、妻はガソリン給油口の操作棒を探しながら言った。

「補欠です！」

スタンドのお兄ちゃんは、

「はっ？」

と、聞き間違えたかのような声を出して、再度妻に、尋ね直した。

「レギュラーガソリンですか？」

今度は、

「あっ！　すいません。レギュラー満タンでお願いします」

と、妻はまともな返答を行なった。

妻は、バレーボールの試合に出してもらえなかったのが、悔しかったのだろう。ガソリンスタンドのお兄ちゃんに尋ねられたガソリンの種類に対して、ガソリンのレギュラーと選手のレギュラーとを勘違いしたのだ。妻の頭の中は、悔しい補欠という言葉で埋め尽くされていたに違いない。

弘幸は、妻の、「補欠です！」の反応に、すぐその状況を察知したが、思わず笑ってしまった。

もちろん、小さな声でクスクスとだ。

子供は、我関せずで、携帯ゲーム機に熱中していた。

妻が勘違いした返答の状況に少し心配になった弘幸は、車の運転を妻と代わった。

暫く走行したところで信号が赤になり、横断歩道の前でブレーキをかけて止まった時、横断歩道の左手からタンクトップの女性が、首筋をハンカチで拭いながら歩いて、弘幸の車の前を通過した。

「巨乳やなあ、だいぶん大きいで！」

と弘幸が、つい言ってしまうと、おうむ返しに、

「阿保か！　お前は！」

出た！　出た！　妻の十八番だ。続いて、

「ホンマに好きやなあ、あんたら親子は。息子も、胸の大きな女の子の水着姿が表紙になった漫画本を、よう買うとるわ。すんまへんなあ！　嫁は貧乳で！」

と妻が答えて、息子も、弘幸のとばっちりを受けてしまった。

妻は、バレーボール大会のような統一望協会のいろいろな行事に参加し、どんどんと統一望協会にのめり込んでいった。

ある日突然、本当に突然に、妻が言った。

「明日から、統一望協会の勉強で韓国に行ってくるよ。子供は、統一望協会の友人の山科さんに見てもらうので、心配無いから」

父親の俺が居るのに、そんなことはさせられない、と考えた弘幸は、会社から帰宅した夜十時過ぎに、山科さんの家に子供を引き取りに行った。翌日と翌々日も、子供を見るために、会社を休んだ。

二日後、韓国から帰ってきた妻に、

「これはやり過ぎだ。いくら統一望協会に心酔しても、お前が困った時に、統一望協会が助けてくれたり、守ってくれることは無いぞ！　新興宗教とはそんなもんだ。後で、必ず後悔することになる！」

と、言ったが、聞く耳を持とうとはしなかった。

妻が統一望協会の活動に使ったお金は、弘幸が朝から晩まで働いて稼いだものなのだ。

また、同じように突然、韓国に行くと言ったことがある。

その日弘幸は、松山で宿泊を伴って行われる道後産業大学の原岡ゼミ同窓会に出席の返事をしていて、楽しみにしていた。

二十年ぶりぐらいに、原岡先生や同窓ゼミ生に会えることを楽しみにしていたにも関わらず急な欠席を連絡するしかなかった。

その日の同窓会を断り、子供の面倒をみることにした。

続いて、究極がこれだ。

弘幸に、韓国へ行くことを事前に言うと、反対されると思った妻は、まだ弘幸が寝ていた早朝、突然、弘幸の枕元に来て、

「今から韓国へ行ってくる」

と言って出かけて行ったのだ。

この時の妻は、既に、韓国の民族衣装であるチマ・チョゴリを身にまとっており、旅立つ準備は万全であった。このチマ・チョゴリも既に購入して準備していたのだ。借り物では無く、購入したのだ。妻が亡くなった時、妻のタンスを開けると、このチマ・チョゴリがきちんと納まっていたからだ。いくらしたのか分からなかったが、決して安くはなかっただろうし、その代金は弘幸が稼いだ金から出されたに違いないのだ。

こんな生活と早く別れを告げることのできるチャンスが来てくれないかと考えていた弘幸だが、

そんなチャンスは、なかなか訪れてくれない。

まだまだ、この世界宗教統一望協会の浸食は続いたのだ。

弘幸が、岡山から広島生活に変って、九年を経過しようとする時、再度岡山へ転勤の話が出てきた。

弘幸には、本社でゴロゴロしているよりも最前線に出て稼げ!と言うことなのだ。もちろんゴロゴロしていたわけではなく、日夜会社の為に奔走していたのだが・・・。

数年前、中屋伸吾社長を口説いて、弘幸の会社に入り込んできた経営コンサルタントの差し金であった。

弘幸が、取締役管理本部長となって、財務と人事の両方を統括していた頃、経営コンサルタントが中屋社長に忠告していた。

金を扱う財務のトップと、人を扱う人事のトップとが同一人物の弘幸であることは、避けなければならない。権力が弘幸に集中してしまって、中屋社長の座を脅かす、と。

これは、確かに正しい意見である。

しかしながら、この頃からも当分の間、弘幸が、財務と人事のトップを兼任するという状態は、弘幸が再度、岡山へ転勤することになるまで続いていた。

この経営コンサルタントが忠告していた、金を扱う財務のトップと、人を扱う人事のトップが同一人物という状態は避けなければならない、という助言は、中屋伸吾社長の頭の中から消え去っていたわけではなかった。ずっと残っていたのだ。

以前ほどの勢いに乗った好調を少しばかり失い始めた中四国高市資格支援学院㈱の、この時期に、弘幸の岡山行きは決定された。

妻の方は、岡山へ再度転勤しても、同じ統一望協会の仲間達がいるから、いつでも活動を再開できると思っていたようで、転勤に反対することはなかった。

大きな荷物の移動は、事前に引越し業者に依頼している。家族で運ぶ荷物は、引越した日の夜に寝る布団だけであり車に積んで、妻と息子も車に乗せて岡山に向かった。

この移動の夜は怖かった。

高速道路は濃霧で、フォグランプを付けていても、視界は五十メートルくらいだ。

濃霧の高速道路を走るのは本当に怖い。

左右の道幅もはっきりとは見て取れないので、前を走る車のテールランプを見ながら走行するのだが、少し離れるとランプが見えなくなるし、近づき過ぎると衝突となる。

初めて体験する、濃霧の高速道路の恐怖の運転であった。

◇　統一望協会に挑むも　◇

息子の正健は、四月からの良い区切りと考えて、小学校四年生を終えた三月の春休みに五年生から転校することとした。

弘幸は、転校は小さい時が良いと思っていたからだったが、それは、少し違っていた。大きくなってからの転校は、周りの人間環境が変わって、なかなか馴染めずに苦しむだろうから適切ではないと考えていた。小さい時であれば、あまり深く考えることも無く、周りの環境に馴染みやすいと思っていたのだ。

しかし息子には、なかなか思うように、良い友達もできなかった。

周りの人間環境が変わったとしても、普通の生徒達が経験する高校入学や大学入学時の転校の方が良かったと反省した。

もっと言えば、どうせ人間環境が変わるのだから、社会人になる時に移動するのが最適だったに違いなかった。

だが、今更引き返すことはできなかった。息子には申し訳ないことをした。

しかし、息子の正健は、じっと我慢する性格で、転校した学校での人間環境などの不満や愚痴を一切口にすることはなく、いじらしくもあった。

妻の克枝は、この岡山への転勤で、松山で取得した珠算と簿記の資格に加えて、行政書士の勉強を始めた。常に前を向き、積極的に行動する姿は、素晴らしかった。

だが、これから起こる理由で、この行政書士の夢を実現させることはできなかった。

二度目の岡山生活では、大きな二つの出来事が発生した。この二つの出来事以外には、特に大きな出来事は生じていない。

一つ目の大きな出来事は、弘幸の知らぬ間に、大きな借金が積もっていたことだ。

弘幸が、岡山市郊外で中四国高市資格支援学院㈱岡山校のチラシを、会社や個人宅へポスティングをしている時、携帯電話が鳴った。

広島本社で財務部長をしていた時の呉相互銀行の若山という営業マンからだった。

「平山さん！　突然なんですが、契約いただいている、上限五百万円まで借り入れ可能なカードローンなんですが、枠を百万円減らして四百万円にしてもらえませんか？」

と言う。

このカードは、広島本社での財務部長時代に、この呉相互銀行の若山からの依頼を受けて作った、五百万円を限度とするローン用のカードだった。付き合いで作っただけで、使用したことは無かった。そこで、

「ああ、いいですよ」

と答えると、続いて言った。

「そうですか、じゃあ、限度いっぱいの利用をされているので、早急に百万円だけ返済してください」

「えっ？　私は一銭も利用していませんよ！」

と、喉まで出かかった声を止めた。

弘幸には、心当りが有ったからだ。

妻だ。妻が勝手に弘幸のカードを使って借り入れを行っている可能性があると思い付いたのだ。

弘幸は、半年ほど前に、岡山で作ったトマト銀行の口座から、心当りの無い十万円の現金が引き出されていることに気付き、トマト銀行に問い合わせの電話をしていた。

「引き出した記憶の無い十万円が預金通帳から減っています。何かお宅の銀行の口座システムに異常があったのですか？」

するると、

「そんな事実はありません」

と、トマト銀行の回答。続けて弘幸は、

「えっ？　じゃあ、この現金引き出しの記録はどんなことが考えられますか？」

と尋ねると、
電話に出た銀行の人は、あまり考えることもなく、答えた。

「奥様じゃあ、ありませんか？」

夫の銀行口座から、妻が勝手に使い込むケースが多々あるそうだ。そんなことをよく経験している銀行の人は、そんな可能性を即答したのだ。

だがこの通帳は、弘幸がいつも別口の予備資金として、自分のポケットに入れっ放しにしているものだ。この存在を妻はどうやって知ったのだろうか？

どこかで弘幸の行動を見ていて知ったのだろう。そして、弘幸の隙を見て、ポケットから抜き出したのだ。これには参った。

それまで、弘幸は、家計のお金は全て妻に任せて、給料振り込みや水道光熱費の支払いなどに使う生活用預金通帳は、妻に預けたままだった。弘幸の小遣いは、その都度妻に言って、貰うことにしていた。

家に帰るとすぐ妻に、このトマト銀行の預金引き出しについて問い糺したところ、妻の使い込みであることを告白した。

その時点から、預金通帳やキャッシュカードは全て弘幸が持つこととして、生活費は必要なだけその時に応じて渡すようにした。

「でも、どうしてなんだろう？　そんなにお金が必用なことは無かった筈だが」

と、不思議には思っていた。

従って、この五百万円のカードローンも妻だろうと思って問い質したところ、お金は、統一望協会での活動や協会への寄付に使ったという。それから、どんどん出てきた。

ある日、会社を早くに終えて、妻はどうせ出掛けているだろうと思って、妻には早く帰ることを伝えずに帰宅したことがあった。

郵便物は入ってないかと、ポストを開けてみると、消費者金融からの弘幸宛請求書が複数入っていた。ビックリだった。

妻は働いていないので、妻の名前でクレジットカードを作ることは不可能であり、借り入れを行うことも不可能だ。

そこで、弘幸のクレジットカードを使ったり、弘幸の名前を使って借り入れをしていたのだ。

さらに話を聞いていると、統一望協会から、怪しげな栄養剤や印鑑の販売を頼まれており、それらは全て自分が買取りで仕入れて、後の販売は、仕入れた者の自己責任となる。

後日、大阪への引越しの際に判明したのだが、買取りで仕入れて、販売できていない商品が、押し入れの中の大きなダンボール箱に、たっぷりと詰め込んであった。きっと、一品も売れなかったに違いない。

頭にきた弘幸は、何ともならないだろうことは分かっていながらも、妻に、統一望協会岡山支部の場所へ、案内させた。

統一望協会の事務所らしき場所に着いた弘幸は、事務員らしき女性に、

「妻が寄付をしただろう五百万円を返して欲しくてやってきた。そのお金は、全て私の物だ。寄付するなどという気持ちは全く無いので、即刻返して欲しい」

とは言ってみたが、予想通り、その女性は、

「私では回答できないので、責任者が帰って来たら平山さん宛に電話させます」

と言ったが、弘幸は、

「じゃあ、責任者が帰ってくるまで待つ！」

と、そこに座り込んだ。だが、当然ながら、一向に帰ってくる様子はない。

女性はこの状況を、携帯電話などで既に責任者宛に電話して、返ってこないように、手を打っているのだ。仮に帰ってきたとしても、

「奥様のされた寄付は自由意志であり、返す義務はありません」

とでも言うに違いないのだ。そんなことは覚悟して訪問したのだが、結果的には、その寄付の返金を諦めざるを得なかった。

「我が家と同じような、こんな事情で苦しんでいる家庭は無いのだろうか？　きっといるはずだ。でも苦しい声をあげられないのだろう。差し出した金品は、奪われたのだとしても、全て、自由意志で行われた寄付で済ますつもりなのだ」

と思うと、世界宗教統一望協会が憎くて仕方なかった。大事な私の妻を食い物にしたのだ。

一方、息子の方は、小学校を二年間、中学校を三年間、そして高校三年間の、計八年間を、岡山の地で過ごした。

大学進学については、兵庫県にある短期大学の入学試験に合格して、四月から学生寮での生活を始めることになった。

本人はあまり大学進学を望んでいなかったが、弘幸は短期大学でも良いから、と大学進学を勧めた。大学は、学問だけでなく、いろいろな人生勉強ができて、人生の肥しになるからだ。

周りの友人の子供の多くが、塾に通っていることを聞きつけた妻の克枝が、子供の正健に言った

ことがある。

「正健も、塾に通うか？」

と。

その時の息子は、はっきりしていた。

「塾へ通うと、遊ぶ時間が無くなるから」

と言って、塾通いを拒否した。

それでも、あまり気乗りしない短期大学への進学を決めた息子に、

「大学へ進んだら、どんなことをやってみたいと思ってる？」

と、尋ねてみると、

「テレビで、戦争を終えた外国のニュースを見ていたら、戦争時に埋められていた地雷がたくさんあり、その近くに住んでいる人達が地雷を踏んでたくさん死んでいた。だから、大学でロボットを作れるようになれたらいいと思う。そのロボットを地雷の埋めてある地域に持ち込んで、地雷の除去をさせたい。ロボットであれば、仮に地雷を踏んでも、人間が死ぬことはないんだから」

と、そんな殊勝なことをいう息子でもあった。

短期大学の学生寮での一人暮らしと言っても、高校を卒業したばかりの息子であり、大した量の荷物などありはしない。

短期大学入学式前の三月下旬、生活に必要な物を寮に運ぶことにして、多くない息子の荷物を車

のトランクに詰め込んだ。

冷蔵庫やテレビなどは、学生寮近くの電気店で新たに購入すれば良い。

妻にも、これから息子が住む学生寮を見せておこうと、妻と息子を車に乗せて、三人で兵庫県に有る短期大学の学生寮に向かった。学生寮は短期大学のすぐ近くであり、歩いて十分程度の場所だった。

車に乗ると、平山家の恒例は、オナラだ。そもそも、弘幸はオナラの大将だった。所はばかることなく、お尻から発射する。外では多少、遠慮という言葉を知っているらしいが、家族の中では全く遠慮しない。

「生理現象だ！　何を笑うか健康な証拠だ！」

なのである。

あっ！　これは、弘幸だけにあらず、妻も子供も含めた家族全員の考え方だ。車中で、誰かがオナラをするようなことがあると、

「臭いな～！　誰やこんな狭い中で屁をこくのは！」

と、言いながら車の窓を開ける。

それを聞いた他の者は、続いて、

「誰や！　誰や！」

と叫びながら、同じように窓を開けるが、大体は言い出しっぺが、犯人である。

むろん、自分がオナラをかまして無い時であっても、オナラの臭いを嗅ぎ取った時は、

「誰や！　誰や！」

と、騒ぎ立てながら、窓を開ける。

車に乗って暫くすると、多くの場合、妻も息子も、寝てしまう。

従って、弘幸が一人で長い距離を運転することになるのが常だ。この息子の学生寮見学訪問も例外では無く、片道約二時間の道のりは、弘幸が運転するはめになった。

息子はまだだが、妻は運転免許を取得しているにも関わらず、

「私が運転しよう！」

などと積極的に言うことはほとんど無い。弘幸が酒でも飲んでる時は、しぶしぶ妻が運転することになる程度だ。

息子の学生寮に到着して、近くの電気店で新たに購入した電化製品は、息子が入寮してから届けてくれることとなったので、学生寮の中の自分の部屋を確認して、衣服などの整理などを行った。

整理を終えた学生寮を後にして、やって来た同じ高速道路を岡山の自宅へと向かう。

この帰り道の高速道路上で事件は起きた。

高速道路の制限スピードは百キロだが、早く帰りたいということもあり、百四十キロで走行していた。勿論弘幸は、この制限速度オーバーを自覚して走っている。自覚しているので、過去においてスピード違反でパトカーのお世話になったことは一度も無い。お世話になったことがあるのは駐

車違反と、通行時間帯違反くらいだ。

スピード違反で、パトカーのお世話になったことが無いのは、それなりの理由がある。それは、スピードオーバーしている時の弘幸はかなり慎重だからだ。

慎重というのは、周りの車の状況や車間をじっくり見るというのではなく、バックミラーや室内ミラーを必要以上に良く観察していて、パトカーの存在に気を配っているということだ。

覆面パトカーは、いつ出てくるか分からないとはいうものの、追い越し車線を走っていると、車の後ろにそっと近づいてきて、スピード違反走行車のスピードに合わせて走り出す。百メートル程度離れた距離のパトカーであれば、すぐに、ピンとくる。しっかり意識して、バックミラー等を観察していればの話だが。

この日の弘幸は、バックミラー等で周りを充分観察しながら、追い越し車線をずっと走り続けていた。確か、走行車線が空いているにも関わらず、ずっと追い越し車線を走り続けるのも交通違反だ。弘幸は知っている。

一瞬だった。ほんの五~六秒間、車内のバックミラーから目を離して、再度バックミラーに視線を戻した時だった。

後ろ左の走行車線から、少し大きめの乗用車が弘幸の車の後にスッと入ってきて、弘幸の車のスピードに合わせた。

「まずい！」

と感じた弘幸は、スピードを落とすため、踏み込んでいたアクセルの足を外して、左へのウインカーを出した。

急ブレーキは掛けられない。もちろん、危険だということもある。

それ以上に、追尾してくる車に、弘幸がブレーキを踏み込んだ理由を悟られてしまうと考えたので、急ブレーキは掛けたくなかったのだ。それは、スピード違反をしていたことを認めることになるからだ。

追尾してくる車がパトカーで無ければ問題無いのだが。

しかし、そのウインカーを出した瞬間、後ろの車の上に赤いランプが点灯して、その車がマイクで叫んだ。

「前の車の運転手さん！　左に寄って走行車線を走り、二百メートルほど先の左手にある空き地に入って止まりなさい！」

逃げるわけにもいかないので、パトカーの指示通りに、空き地に入って止まると、パトカーから人が降りてきた。もちろん、警察官だ。

「随分お急ぎのようでしたが、ちょっと後ろのパトカーに乗ってください」

と、柔らかく、人なつっこい声を掛けてきた。

パトカーに乗ると、一人の警察官が何か機械を操作し、もう一人の警察官が言った。

「大分スピードを出されていたようですが、お急ぎでしたか？」

百キロの制限速度を百四十キロ走行だ。急いでるに決まっているだろうと心の中で呟いて、

「はい、暗くなり始めたので、子供もお腹を空かしています。早く帰ってご飯を食べさせようと思って、ついスピードを出し過ぎました」

と言うと、警察官は、

「それにしてもスピード、出し過ぎですよ。どちらに帰られるんですか？」

「岡山インターチェンジで降りて、庭瀬というＪＲ駅近くです」

と弘幸が答えると、

「えっ！　そうなんですか、私はすぐその近くの白石というところに住んでいます」

と警察官が言った。そして、

「こんなにスピードを出していると、大きな事故につながります。家族ぐるみで命を失いかねません。今日は反則切符を切りませんが、安全運転でお帰りください」

と、警察官は言って、弘幸は解放された。

「ん？　何でだ？　四十キロオーバーだぞ！」

と、弘幸は、警察官が反則切符を切らない理由を考えてみた。

きっと、こうだ。

弘幸がパトカーに気付いてからの行動が素早く、パトカーのスピード計測機の計測が間に合わなかったのだ。計測記録を残すことができなかったのだ、多分。そうでなければ、四十キロオーバー

を、警察官の住む場所に近い弘幸だからと言って、勘弁してくれる筈が無い。

弘幸のファインプレー（?）だったと言えるのかな。

他にも警察官に呼び止められても、反則切符を切られなかった経験がある。それも飲酒運転だ。月末の夜、ビール、日本酒、ワイン等を買ってきて、会社内で打ち上げと称して飲んでの帰り道だった。バイクに乗っていた。夜十時半頃のことだ。

ＪＲ吉備線の踏切を超えたところで、懐中電灯をかざした警察官に停車を命ぜられた。その警察官の少し先には、電気を消して止まっているパトカーが見えた。飲酒検問だ。

「お酒の匂いがしますが、いつ頃、どの程度飲まれましたか?」

と警察官に尋ねられ、

「夕方四時半頃、お客さんとビール一本くらい飲みましたが・・・。もう六時間経過していますよ」

と答えたが、本当は十分ほど前まで、五百ミリリットル缶ビールを二本と日本酒一合くらいを飲んでいた。

それを聞いた警察官は、パトカーに乗り込むよう誘導した。

パトカーの中に居た警察官が、風船を差し出してパンパンに膨らますよう指示した。弘幸が風船を膨らまし終えると、一人の警察官が、風船にくっついたメモリ棒を見せて言った。

「この棒のメモリを見ていてください。この青い線が伸びて、この印の位置まで来ると、酒気帯び運転となります」

だが、メモリは、その位置まで到達しなかった。

「今回は、指導にとどめておきますが、夕方四時半頃からであっても、もうでは無く、まだ六時間くらいしか経過していません。わずかであってもお酒を飲んでの運転は止めてください」

警察官にそう言われて解放された。

弘幸が酒に強いのか、アルコール検知に反応し難い体質なのかは分からないが、そんなこともあった。

◇ 癌と戦う ◇

さて、借金の話に戻るが、弘幸名義の借金を、どのように返そうかと悩んでいた時、思わず弘幸夫婦には大きなお金が入ってくる事態が生じた。それは、悲しい出来事が生じたことによってだった。

岡山に転勤してきて生じた二つ目の大きな出来事の始まりが、ある日の朝生じた。

起きてきた妻が言う。

「お腹の辺りが痛い」

以前も、お腹が痛いと言って、病院に行ったところ、尿道結石だったことがある。結石は何度でもできると聞いていたので、今回も痛む場所が同じようなところなので、結石だろうと思った弘幸だが、痛み止めや治療を早くするに越したことはないので、早く病院に行ってみるように、妻に勧めた。

弘幸が夜、家に帰ると妻が、

「病院では、結石は無いと言われたが、卵巣に腫瘍が見受けられるので、細胞を取って病理検査を行います。検査結果は一週間後に出ますので、再度お越しくださいと言われた」

という。

一週間後、妻は、病院を訪ねて聞いてきた結果を弘幸に告げた。泣きながら告げた。

「医者から、この腫瘍は悪性だと言われた。それで、悪性の腫瘍というと癌のことですか?と尋ねると、そうですと、言われた」

と、言うのだ。

続いて医者は、

「急いで治療を始めたいと思います。まず抗がん剤で腫瘍を小さくし、順調に小さくなれば、小さくなったところで、腫瘍を切除する方法をとります」

とも言ったという。

妻は、どんな気持ちでこの卵巣癌のことを医者から聞いて、それをどんな気持ちで弘幸に告げたのだろうか? かわいそうでたまらなかったが、弘幸には、どうすることもできない。

「そうか、じゃあ先生の指示に従って、一日も早く治療を始めよう！　な〜に、早い発見なんだから大丈夫さ。治るよ！」

　と、何の根拠も無いままに、そう告げることしか弘幸にはできなかった。平成十七年七月のことだった。

　息子の正健は、この年の四月に、兵庫県の短期大学へ進学して学生寮生活を送っていた。

　妻の抗がん剤治療は、一週間毎に、一回投与して、これを四回繰り返す。四回繰り返した時点で、腫瘍の大きさが小さくなっていれば切除し、そうでなければ、同じ抗がん剤投与を、再度四週間繰り返すというのだ。

　抗がん剤投与で、素人にでも一番良く知られている副作用は、毛が抜けるということである。弘幸の妻も例外ではなかった。

　こんな時でも妻は、精いっぱい虚勢を張りながら、弘幸に向かって、教えてくれた。

「お父さん、髪の毛だけじゃなくて、アソコの毛も抜けるんよ！」

しょんぼりしている弘幸を、笑わせようとしているのだ。いじらしい。

「ハハハハハ」

　かわいそうでたまらないが、泣いて涙を見せるわけにもいかず、笑い顔を見せてやるしかなかった。

　もともと多くない妻の頭髪の抜け始めたのが、分かるようになった。妻は恥ずかしいというよりも、辛かったに違いない。

再度の岡山転勤後、弘幸は、広島で所属していた商業世界会広島同友会に続き、岡山同友会にも所属していた。その会員に、岡山さんというご夫婦で経営されている理美容院があった。

事前に、妻の状況を話して、カツラが欲しいことを伝えておいた。妻を連れてその理美容院を訪ねると、ご夫婦は、複数のカツラを用意しておいてくれていた。

それから、妻の長い癌との戦いが始まった。

一週間に一度の抗がん剤投与は、弘幸が車で病院への送迎を行なった。

八月には、兵庫県の短期大学に進んで学生寮生活を送っていた息子が帰ってきて、夏休みを家で過ごしてくれた。

妻は、その時の息子の帰省がたいそう嬉しかったようだ。弘幸は、妻が残していた手記を見つけて、そのことを知った。手記は、タンスの中に置いてあった小さなプラスチックの箱に入れてあった。そこには、こんなことが記されていた。

「息子が夏休みに帰ってきてくれて嬉しい。もう、会えることが無いかもしれないと思っていた正健が帰ってきてくれて、嬉しくてたまらなかった。神様からのプレゼントだったに違いない」

妻はリビングニーズ特約の付いた生命保険に入っており、癌宣告を受けると同時に、妻自身で癌に基づく保険金を請求し、約六百万円のお金を得た。これを使って、溜まりに溜まった借金の返済にあてた。

これで借金は全て無くなったと思っていたが、全ての借金返済にはおぼつかなかった。随分後から分かった。

妻が癌を発症してからの二年後、平成十九年六月、弘幸は、中四国高市資格支援学院㈱から退職勧奨を受けた。悔しさは無かった。

「夫を亡くして、一人暮らしをしている七十五歳になる妻の母親が住む大阪の吹田市へ転居しよう。妻が生まれ育った大阪の吹田市へ連れて帰ってやろう。そうすれば、妻の子供時代から高校卒業時まで仲良く学び、仲良く遊んだ旧友達と思い出話が語れて、気持ちが和むかもしれない。妻のやりたいことをやらせてやろう！　妻に良い思い出が語れるプレゼントをしよう！　それが良い。そうしよう！」

弘幸はそう考えて、迷うことは無かった。

妻の父親は生前、弘幸に

「俺が亡くなったら、妻を宜しく頼む」

と言っていた。妻の克枝を大阪に連れ帰って母親と同居すれば、母親も喜ぶだろうし、この父親の願いも叶えることになる。

妻の父親は、妻である克枝の母親に、こんなことも言っていた。

「俺が死んで、大阪での一人暮らしが辛くなったら、マンションを売り払って、岡山の娘夫婦の所に行ったら良い」

さらに義父は、マンション購入時に、弘幸の妻である娘の克枝に向かって、

「このマンションは、お前ら夫婦のために買ってやったんやから、俺が死んだら、お母さんを頼むぞ！」

と、言っていた、という。

義父母の二人でやっていた印刷屋は、当時吹田市内で頻繁に起きていた放火で、家屋も工場も全焼となった。この放火事件は、議父母達の悔しい憤りを取材した新聞社が、焼け残った大きな印刷機の写真と共に新聞に掲載した。

この時、自営の印刷業は止めて、このマンションを購入して移り住んだのだ。

ところが、このマンションに住み始めて一年後の平成十五年五月、義父はこの世を去ってしまっていた。弘幸の父親と同じ享年七十一歳であった。

妻の抗がん剤治療は順調に効果を発揮していて、医者から、

「抗がん剤の効果が、思いのほか良く、癌は順調に小さくなっています。来週で、病院の手術日程が空いている日に手術を実施しようと思います」

と言われた。

医者は、癌の大きさが、医者自身がビックリするほど小さくなっているような表現で、説明するのだ。

この時点で弘幸は、医者が言ったわけでは無いが、もう、妻の癌は治りきると思い込んで、胸を

なでおろしたのだった。

その夜、弘幸は妻と一緒に風呂に入り、弘幸から誘って、数年ぶりの子作り作業に挑んだ。子供は授からなくて良く、夫婦の愛の証だ。

そもそも妻は、以前弘幸が、

「もう一人子供を作ろうか？」

と言った時、はっきりと、

「もう子供はいらない」

と、言っていた。

弘幸も、その妻の意見を尊重したが、特に避妊をしたわけではなかった。

松山の病院で、医者が妻の体を診断して、

「奥さんの体は、子供が出来難いですね」

と一度言っている。そんなことから避妊はしないし、仮に子供ができても、それはそれで良いと思っていたのだ。

妻の癌切除手術の日、手術を終えた医者は、弘幸にショッキングなことを伝えた。

「卵巣は取り除きました。ですが、検査しないとはっきりしたことは言えませんが、子宮にも転移している可能性が高いのです」

さらに医者は、癌が子宮に転移しているだけでなく、お腹付近からその周りに癌細胞が散らばっていることも分かったと言った。

「なんなんだ！　癌は思いのほか小さくなっていたのではないのか！」

そんな悔しさに苛まれている後日、肝臓にも転移していることが分かった。そして、肝臓からも癌を取り除く手術を行った。

妻は、少しでも生き残れる可能性を見つけたかったに違いない。

どこで調べてきたのか、ある時、

「私はセカンドオピニオンを受けたい。岡山には日本一を誇るくらいの、癌細胞の散らばり方を調べるPET検査ができる機関がある。そこで癌細胞の所在をはっきりと知りたい。済生会病院の担当医には話してあるから」

と言う。

弘幸にはもう、癌細胞はあちこちに散らばっていることに、ほぼ間違いないと分かっていたが、妻の一縷の望みに期待しての検査なのだから反対することはできない。

弘幸は、妻がPET検査を行った後、その結果を、妻と一緒に医者から聞いた。癌細胞を示す青い光が撮影された画像を見せてもらうと、それは、そこら中に存在していた。

それでも妻は、生き延びる方法を、済生会病院の担当医に問いかけたらしい。弘幸はそのことを担当医から聞かされた。

担当医は、妻の問い掛けに対して、

「はっきりしたことは言えません。私にも分からないので。とにかく抗がん剤治療を続けて頑張りましょう！」

と答えた、と言う。

そんなことから弘幸は、会社を辞めて大阪の吹田市に住む妻の母親に、

「夫婦共々、お母さんと一緒に住まわせてください」

と、同居したい旨を伝えて、義母の了解を得た。

実は、この時初めて義母に、克枝が癌であることを伝えたのだった。

それは、妻の克枝自身が、

「私の癌は、誰にも言わないで欲しい」

と強く願っていたからだ。きっと妻は、癌という悪魔に勝ち抜いて再起することを、強く望んでいたからに違いない。

だから、妻が癌であることを、周りには一切知らせていなかった。

卵巣癌は膵臓癌と同じように、なかなか発見でき難く、発見時には手遅れに近くなっていることが多いということを、弘幸は、随分後で知った。

もっと早く知っていれば、健康診断などで、卵巣癌の疑いは無いかを調べてもらうこともできたであろうが、後の祭りだ。だが、多くの人は、弘幸と同じように、癌がかなり進行した段階で知るのだそうだ。

大阪の義母の住まいへの引越しでは、癌治療を行いながらの妻が、少しずつ荷物をまとめて準備を進めてくれたが、随分辛そうなことが多かった。

弘幸は、そんな妻に向かって、

「ええよ、無理せんで！　簡単で、軽い物だけダンボールに入れといて」

と言って、荷物をロープでくくったり運んだりの作業は、弘幸が行なった。

弘幸が少し辛かったことは、大阪へは持っていかない、子供の机や水屋などの重い家具類処分を行なうことだった。これらの家具類を玄関口へ運び出す作業だった。玄関口に出して、岡山市役所に依頼すれば、回収に来てくれる。

もともと弘幸の腕は細くて、筋肉など付いていない。まるで女性の腕のようで、力が出よう筈がなかった。

色男、金と力は無かりけりなのだ。

さらに、このところ、腰痛が出始めていた。

それでも、妻にできないのであれば、弘幸がやるしかなかった。この重い荷物を運ぶ作業は、腰痛が出始めていた弘幸に、困った症状を生み出す結果につながった。

平成十九年八月二十四日早朝、妻の様子に異常が見られた。気分が悪そうで、嘔吐も始まり、息苦しそうでもある。

即、かかりつけの岡山済生会病院へ連れて行って、診察を受けた。

担当医は、

「自分で呼吸することが苦しそうなので、小さな酸素ボンベと、ボンベと鼻を繋ぐチューブを渡しておきます。息が苦しそうな時は、この酸素ボンベを使って、呼吸を助けてあげてください」

と、言って、大阪に着いてからの、酸素ボンベの供給会社の会社名や電話番号を教えてくれた。夜でも配達してくれるとのことだった。

加えて、

「大阪に着いて、少し落ち着いたら、早目にこの病院を訪ねて、今後の治療を依頼してください」

と言われて、淀川区に有る宗教系病院宛の紹介状と、病院の住所や電話番号が記載されているパンフレットを渡してくれた。

この宗教系病院については、緩和ケアを丁寧に行う良い病院と言うことで、妻は既に担当医から聞いていた。妻自身も、インターネットで調べており、治療継続は、この宗教系病院で行なうことを、担当医と合意していたのだ。

それにしても、今日の容体は悪すぎる。素人の弘幸でも尋常でないことが分かるのだ。

妻が言う。

「私、こんな調子で、明日、吹田へ引っ越せるんやろか?」

「大丈夫や、どんなことをしても、お前の生まれ育った懐かしい、そして友達のたくさんいる大阪の吹田へ連れてってやるからな。死んでも連れてってやる!」

弘幸は、そう答えた。

家に帰ってきた弘幸は、家の外に出て、たった今、診察を終えて来た岡山済生会病院の担当医に電話して尋ねた。

「先生！　素人の私でも妻の尋常でない容体が分かります。正直に言ってください。妻の命は、あとどのくらいだと思われますか？」

「そうですね、正直に言うと、あと三か月くらいの命と思います」

と、担当医は言った。

この余命のことを、大阪の義母に伝えたものかどうか悩んだが、こんな重要な事を、実の母親に告げないわけにはいかない、と結論づけた。結論が決まるとすぐ、妻の母親に電話して正直に伝えた。

「明日は、吹田のお母さんのマンションに行きます。辛くて言いにくいのですが、伝えておくべきことがあります。先ほど、克枝のかかっている病院で、克枝の余命はあと三か月くらいだろうと言われました」

「そうですか。平山さんには、お世話を掛けますね。本当にありがとうございます」

と、義母は言葉を詰まらせながら、涙声で言った。相当辛かったに違いないのだ。

平成十九年八月二十五日、弘幸は、引越しの手伝いに呼び戻していた息子と克枝を車に乗せて、大阪府吹田市の義母のマンションへ向かった。

妻は、酸素ボンベのセットと、痛み止めの服用で、何とか命を繋ぎとめている。長い道のりを、何をしゃべるでもなく車を走らせ、大阪府吹田市のマンションには、夜七時頃に到着した。

引越し業者に依頼していた荷物は、今日の午後に着いたと義母は言い、着いたダンボール箱の荷物は、部屋いっぱいに積み上げられたままであった。明日から少しずつ片づけることにしよう。

マンション到着後すぐ、岡山済生会病院の担当医に教えられていた、酸素ボンベ供給会社に電話して、予備の酸素ボンベの持ち込み手配を依頼した。

その後、妻を風呂に入れて、家族全員布団に入って寝た。妻も子供も、そして弘幸も同じように大変疲れており、早く眠りに着くことができた。

翌八月二十六日の朝、妻の克枝が、

「ちょっと体の調子がすぐれず、気分が悪いような気がする。岡山済生会病院の先生は、少し落ち着いてから宗教系病院へ行くように言ってたけど、もう少ししてから行く方が良いかなあ」

と、言う。

「そんな阿保な！　すぐ行かなあかんわ。今から行こう！」

と、弘幸は答えて、岡山済生会病院で書いて貰った紹介状を持って、淀川区の宗教系病院を訪ねて診察を依頼した。

妻を診察した医者は、

「酸素ボンベがあるので、すぐにどうのということは無いと思うので、家に帰って養生してもらっても良いし、このまま入院してもらっても構いませんよ」

と言う。

「このまま入院させてもらう方が安心できるので、入院させてください」

と、弘幸は言って、すぐに入院手続きを取って、妻は大部屋で入院することとなった。

その夕方、看護婦が、

「ちょっと、大部屋のベッドは他の患者のことで使いたいので、一人部屋に移ってもらいます。一人部屋用の料金は必要ありませんので」

と言われて、病室を移動した。

さらに看護婦が言う。

「折り畳みの簡易ベッドが用意できます。旦那さんは、今夜ここに泊まって、奥様の横にいてあげても良いですよ」

この親切そうな言葉は、病院に泊まるか泊まらないかを選択しろ！と言うのではなかった。泊まれと言うことだったのだ。妻は、今夜にでも急変して死を迎える可能性があるということだったのだが、それは、後で分かった。大部屋から個室に移動させたのも、死の可能性に備えてのことだったのだ。

そんなこととは知らない弘幸は、純粋に妻の傍にいてやりたいという気持ちから、

「そうですか、じゃあ、お言葉に甘えてこの部屋に泊まらせていただきます」

と言って、病院に宿泊することとした。

言葉少ない妻に、弘幸が、

「目を閉じて、寝なさいな。そうすれば、嫌なことを考えずに済むし、早く時間が経過するので落ち着くかもしれないよ」

と、言ったところ、妻は小さな声で言った。

「お父さん、私はね、癌の宣告を受けてからずっと、眠るんが怖いんよ。寝てしまうと、再び目を覚ませて、お父さんや子供の顔を見られないんじゃないかと思って・・・」

弘幸は、

「何を言うとるん、大丈夫だよ！」

と言いながらも、妻の顔を見ることができず、下を向いて、妻に見られないように、目に手を当てて、出てくる涙を拭い取った。かわいそうでたまらないのだ。

妻はしんどいのか、ほとんどしゃべることは無い。暫くすると、時々、寝息が聞こえてきたので、何とか眠ることができたようだ。

寝息が聞こえると、苦しんではないのだなと思え、少しだけ弘幸の気持ちが落ち着いた。ほんの少しだけ。

◇ さようなら！　かっちゃん！ ◇

翌八月二十七日朝、弘幸は妻と話し合って、吹田市役所での住所転入届、吹田警察に行っての免許証住所の変更、そして、妻の銀行預金口座の開設などを弘幸が行いに出かけることを決めて、それを看護師に伝えた。

ところが、看護師は、

「今日は暫く、奥さんの傍にいてあげた方が良くないですか？」

と言った。それでも弘幸は、

「すぐに帰ってきますから」

と、言って出掛けた。

だが、この看護師の言葉は、

「出掛けずに、奥さんの傍にいてやれ！」

と、いう意味だったのだが、弘幸にはすぐ理解できなかった。

妻の傍にいてやるように勧めた意味は、昨夜、看護師が、弘幸に病院での宿泊を勧めたのと同じ意味だった。妻の死期が非常に近づいているということだったのだ。

それは、この日の夕刻だった。

看護師の勧めを無視して出かけたが、思いの他手続きがスムーズに進み、予定していた全てのことを済ませて病院に帰ってきたのは昼過ぎだった。

帰ってきた弘幸は、ベッドでうとうとしながら、時折小さな声を発する妻の横で、たわいもない話をしながら過ごした。

暫くすると、医者の回診が始まった。医者が病室に入ってきて、

「平山さん、どうですか?」

と、尋ねるや否や、妻は突然、医者に向かって大きな声で、涙を流しながら言った。

「私は、末期の癌なんですよね。もう生き延びることはできないんですよね。本当のことを教えてください! あとどのくらい、生きられるんですか?」

回診の医者は、それらの大きな声の質問に対して、

「分かりました。でも、そういう大事なことは、私一人の診断でお答えすることはできないんです。明朝、担当する医師や専門の医師達で話しあってお答えしますので、今日はゆっくりお休みください」

と、答えた。

この日の夜も弘幸は病院に泊まることにした。

看護師も、

「それが良いですよ」

と、賛成してくれた。

夕方六時頃、妻が、

「お腹の辺りが痛い！」

と言う。

ベッドに付いている呼び鈴を押して、

「妻が、お腹辺りが痛いと言っています。痛み止めを処方してください」

と、弘幸は依頼した。

看護師の返事は、

「今は、担当医が手術に入っていて手が離せないので少し待っていてください。帰ってきたら、すぐに伝えますから」

と、答えた。

だが、三十分くらい待っても、痛み止めの配布に来ない。

弘幸はナースセンターに行って、

「早く痛み止めを処方してくれよ！　妻は痛がっているんだ！」

と言うと、

「すいません、先生の手術が長引いていまして。主治医の先生でないと、処方できないんです」

と看護師が言う。

弘幸は、

「阿保か！　病人が痛がってるんや！　他の先生の処方でええやないか！　早うせえや！」

と催促した。

だが、なかなか痛み止めの薬が処方されないので、もう一度、ナースセンター窓口で、大声で怒鳴った。

「はよー、せーや！　癌で苦しむ患者の痛みはお前ら、よー知っとろうが！」

もう、大阪弁でも岡山弁でも無かった。岡山弁交じりの広島弁だった。

看護師がどのように処理したのかは知らないが、やっとのことで痛み止めが処方されて看護師が病室に届けてくれた。届けてくれた看護師が、痛み止めを妻に飲ませてくれた。暫くすると、妻の痛みは少し和らいだようであった。

看護師は、妻のお漏らしに気付いたようで、オムツ交換を始めてくれている。

弘幸は夫なので、そこにいても良いのだが、病室のドアの外まで出て、克枝の病状を吹田の義母に電話連絡していた。オムツ交換を終えた看護師が、ドアを開けて出てきた。

今夜も病院へのお泊りを決めた弘幸は、

「妻はぐっすり眠ってくれるかな。眠ってくれるとありがたいのだが・・・」

と考えながら、病室に入ろうとした時、携帯電話がメールの着信を知らせた。

「今、どこ？」

と、妻からのメールだった。

病室のドア前ではあったが、妻が笑ってくれれば良いな、と思い、弘幸は、

「病室のドア前！　すぐ行く！」

と、わざわざメールを返して病室に入った。

妻は昨日の朝、股間から出血していて、オムツの他、生理用ナプキンもしていた。

その妻が、

「出血がなかなか止まらないので、ナプキンを買ってきて！」

と言う。

弘幸は、妻が今使用している生理用ナプキンの袋の模様と商品名をしっかり頭に叩き込んでスーパーに行った。

店員に、生理用ナプキンの質問をして、いつぞやの女性用パンツを買った時と同じような恥ずかしい思いをしたくなかったからだ。

今回は恥ずかしい思いをすること無く、無事に生理用ナプキンを購入することができた。

ナプキンの購入を終えて、病室に帰ってみると、ベッドの妻はウトウトしていたが、一応、ナプキンを購入してきたことを伝えた。

午後七時頃、妻の息が少し荒く、途切れるような気がするし、辛そうにも見えるので、弘幸は、この状況を看護師に伝え、少しでも眠れたらと思い、担当医に睡眠薬の処方を依頼してもらった。

ほどなく、看護師と担当医がやってきて、持って来た睡眠薬を看護師が妻に飲ませてくれた。

担当医は、妻に向かって、弘幸の耳に届くか届かない声で、

「どうですか、しんどいですか・・・」

と、話しかけていたが、弘幸にははっきり聞こえなかった。

その後、睡眠薬を飲んだ妻が、弘幸を傍に呼びつけて、手を繋いで欲しいと言った。

弘幸が手を握ってやると、妻は小さな声で切なさそうに言った。

「お父さん、私、大丈夫かなあ？」

「大丈夫や！」

と弘幸は答えて、妻の手を少し強く握った。

すると妻は、黙って、弘幸の手を強く握り返してきた。弘幸は、さらに強く握り返してやり、繋いだ手は、そのままにしておいた。

妻は、黙って強く手を握り締めたまま、痙攣を始めた。

弘幸は、緊急ボタンを押して、痙攣を始めた妻のことを看護師に伝えた。

ほどなく、医師と看護師が一緒に、病室に入ってきて、医者は妻の胸に聴診器を当てる。

その間も、弘幸はずっと妻の手を握り締めたまま、離さなかった。

医師が言った。

「呼ぶべき家族等を呼んでください」

弘幸は、義母のマンションで待機している息子に電話した。

「タクシーを呼んで、お婆ちゃんと一緒に、病院へタクシーで来い。大至急だ！　お母さんが危ない！」

妻の痙攣は、三分程度続いた。

そして、妻の痙攣が終わると、弘幸の手を強く握り締めていた妻の手の力が少しづつ緩み始めた。

再び妻の手が、弘幸の手を強く握り返すことは無かった。

だが、医師は、まだ死を宣告しないで、

「お子様やお母様が到着されるまで待ちましょう」

と言った。

息子と義母が、やっと病院に着いて、ベッドに横たわる克枝の顔を確認したところで、

「午後七時二十五分、ご臨終です」

という医師の声が、弘幸の胸を突き刺した。

今朝妻は、回診の医師に、大声で涙を流しながら、こう言った。

「私は、末期の癌なんですよね。もう生き延びることはできないんですよね。本当のことを教えてください！　あと、どのくらい、生きられるんですか？」

しかし妻は、医師に投げかけたこの質問に対する回答を聞くことなく、この世を去っていった。

この回答を聞けなかった点だけは、良かったのかもしれない。

もし医師が、あと三か月の余命を伝えていたなら、どうなっていたか予想がつかない。妻は、最

後の力を振り絞って、暴れ回っていたかもしれない。

岡山済生会病院の医師が言った、「余命は、三か月くらいでしょう」は、「三日くらい」になってしまった。

看護師が、

「奥さんの最後に着せてあげたい衣服があればお持ちください。お着替えを致します」

その時弘幸は、あの憎き、世界宗教統一望協会の勉強会と言って妻が出掛けた時、身に着けていた韓国民族衣装のチマ・チョゴリを思い出した。そのチマ・チョゴリを弘幸は、引越し時の荷物の中に見つけて、タンスの中に入れておいたのだ。

弘幸は、憎き世界宗教統一望協会ではあるが、妻が命を懸けて信心しようとした世界宗教統一望協会だ。妻の気持ちは尊重してやろう。この世を去る最後に、チマ・チョゴリを着せてやろうと思った。

弘幸は、息子と義母を車に乗せて一旦、義母のマンションに帰った。

そして、タンスの中からチマ・チョゴリを探し出して病院に後戻りをして、看護師に渡した。

看護師は妻の体を拭いて、そのチマ・チョゴリを着せてくれた。

綺麗で、凛々しい妻に見えた。

弘幸は、葬儀屋に葬儀等の依頼の電話をして、妻の遺体は義母のマンションには連れ帰ることなく、直接、通夜と葬儀を行う葬儀屋の場所に運んでもらった。

翌日を通夜、その翌日を葬儀と決めた。

福山や岡山から通夜に来てくれた弘幸の兄弟姉妹達は、その葬儀場で寝てもらうことにした。

遺体を置いた周りにあった備品を片づけたり、兄弟姉妹が寝るための布団を敷いたりしたが、結構重いものもあり、弘幸は腰に痛みを感じていた。

夜中のトイレに行く時や、朝起き上がる時には、腰に痛みを感じて、起き上がるのが辛かった。

腰の痛みは有るものの、兄弟姉妹や親戚の人達の力を借りて、何とか無事に、通夜と葬儀を終えることができた。

弘幸の家は先祖代々神道で、父の代までは神主をやっていたので、近くの神社の神主を呼んで、神式での葬場祭（仏式でいうところの葬儀）を行なうこととした。数珠を使ったり、焼香は行なわない。

花屋で売っている榊を、花に見立てたような玉串を祭壇に祭る。そして、初詣の神社で参拝者が行なう、二礼二拍手一礼だ。

弘幸の人生で得た最高の宝物の一つである妻に、生涯の別れを告げた。弘幸を愛してくれた、世界でたった一人の妻である克枝の年齢は、わずか四十七歳だった。

あとひと月半生きていれば、満四十八歳になっていた。

「さようなら、かっちゃん。俺を好きになってくれてありがとう。楽しかった三人家族の暮しを思い描きながら、安らかに眠ってください」

妻である克枝には、そう言ってお別れする方法しか思いつかなかったし、妻の心を癒す言葉も見つからなかった。

妻の愛称は「かっちゃん」で、従来の友人達も弘幸も、妻のことを「かっちゃん」と呼んでいた。母親も、そう呼んでいた。

葬儀の翌日、腰の痛みが良くならないので吹田市民病院を訪問して受付で症状を伝え、整形外科の診察を受けた。

医師は、

「骨に何らかの異常のある可能性が有りますので、レントゲンを撮ってみましょう」

と言い、出来上がったレントゲン写真を見ながら、

「症状から胸骨等の圧迫骨折を疑いました。圧迫骨折と思われる個所は何か所か見当たりますが、レントゲン写真では、はっきりとは分かりませんので、暫く様子をみましょう」

と言われ、鎮痛剤を処方してもらった。

その翌々年の平成二十一年三月、学習意欲に燃えていた（?）息子の平山正健は、二年間の学習予定で入学した短期大学を四年間も学んで卒業を果たした。二倍の授業料や生活費が掛かったことになる。

だが、それだけでは収まらなかった。とにかく弘幸の息子は、勉強熱心なのだ。

短期大学を卒業するまでに、普通自動車免許を取得する予定で、自動車教習所に、受講料を納め

た。納めた受講料の有効期間は、多くの場合六か月である。

その六か月の間に全ての課程を修了して、運転免許試験場で学科試験に合格さえすれば、自動車免許が取得できる状態にしておかなければならない。

だがしかし、勉強熱心（？）な息子は、その六か月間で自動車教習所を卒業することを拒否した。途中から殆んど欠席して、卒業に必要な過程を修了していない。それを知った弘幸は、以前に自動車教習所に納めた金額と同額を、弘幸の家から近い、以前とは違う自動車教習所に納めた。今度は、自動車教習所の全ての課程を修了して、免許を取得した。

勉強熱心なのは良いことなのだが、受講料を納める親は、たまったものではない。

結局、短期大学の授業料も、自動車学校の受講料も二回分支払ったのだから。

◇ 非正規だが公務員 ◇

妻に、悲しい人生最後の別れを告げ、息子の短期大学卒業が確認できたことで、弘幸の心はなんとなく一段落着いた。

今度は、次の仕事に就くべく、仕事探しに弘幸はハローワークを訪ねた。

ハローワークを訪ねて、今後の就職について相談等をしていると、社会保険労務士の内容を中心とした総務事務系の職業訓練を紹介されて、受講することとした。この訓練を受講しながら、今後生きていくための、次の仕事を探し始めた。

中四国高市資格支援学院㈱での弘幸は、職業能力開発機構との折衝や、機構から委託を受けての職業訓練講師もやっていたので、職業訓練のシステムは良く知っていた。この職業訓練受講には定員があり、受講するには試験に合格する必要がある。

試験の中心は、ペーパーによる適性検査であり、若くて頭の柔らかい行動機敏な者が断然有利である。

訓練受講申し込みに当たって受けた弘幸の入校試験は不合格だった。弘幸は、そうでなくても行動は機敏ではなく、年齢も重ねていることから、当然だった。

不合格通知を受け取った後のある日、弘幸が買い物をしている時、持っている携帯電話が鳴った。

「もしもし、平山さんでしょうか?」

「はい、そうです」

と、出ると、

「こちらは、職業能力開発機構です。以前、職業訓練の不合格通知を送りましたが、受講をキャンセルされる方が出たので繰上げで訓練受講できますが、まだ受講のご希望はお有りですか?」

との連絡だった。

「はい、ありがとうございます。ぜひ受講させてください」

と、即答して、訓練の受講を開始した。訓練受講開始日に、訓練実施校に行ってみると、周りは二十代や三十代の人がほとんどだった。

訓練受講期間は三か月であり、その間ずっと雇用保険の受給もできる。上限額はあるものの、訓練実施校までの交通費も支給される。非常に有難い制度である。

職業訓練受講も三か月目になると、職業能力開発機構の職員の方が訓練実施校を訪れ、受講生に対して、就職活動指導を行う。

「ハローワークでは、個別対応で一定期間、相談に乗ってもらえる個別相談対応システムがあります。相談回数が十回までという制限がありますが、この制度の利用者の就職率は極めて高いことが特徴です。ぜひ、ハローワークを訪ねて相談してみてください」

という、職業能力開発機構の方の説明がなされた。

弘幸は、個別相談対応システムのある、大阪梅田のハローワークを訪ねて、個別相談対応システムの求職登録を行なった。

最初に訪問した、第一回目の求職登録時には、希望職種を経理・財務として、既に検討を始めていた求人票に対する履歴書を作成し、持参して見てもらうこととした。

その時の担当者は、履歴書を見ながら、

「履歴書は良くできており、あなたの経歴であれば、必ず就職はできます」

と、慰めてくれた。

この相談の時には、為になる二つのことを教わった。

一つは、作成する履歴書のことだ。履歴書は、パソコンで自分が思うようなフォームで作れば良いと言うことだ。そうすれば、自分の得意なことを記載するスペースを広めに、苦手なことは無くしたり、狭くしたりで、スペースを自由に増減することができるということだった。

そして、担当者は、担当者自身がパソコンで作成したという履歴書フォームをUSBメモリーにコピーして弘幸に渡してくれた。

パソコンの作成なので、手書きよりずっと楽であり、応募先によって変える必要のある箇所だけ訂正すれば良い。

自筆履歴書を求める会社ではパソコンという訳にはいかないが、これを教えてもらって随分助かったのは事実だった。

履歴書は、販売されている既製品に、自筆記載という固定概念しか持っていなかった弘幸には、「目からウロコ」であった。

二つ目の為になったことは、大阪人材銀行の存在だった。

「特殊な技術や資格を取得していたり、管理職経験のある人だけを対象にした職業紹介を行う大阪人材銀行という組織があります。ぜひ訪ねて、登録してみてください」

と、ハローワーク担当者が教えてくれた。

実は、この大阪人材銀行の職業紹介で、新たに十数年間勤務することになる仕事に就いたのだった。

弘幸は、ハローワークで紹介された大阪人材銀行を訪ね、受付にいた男性の担当者に、

「求職登録をしたいので、写真と履歴書を持って参りました」

と言うと、

「それでは、この登録用紙に必要事項をご記入ください」

と言って登録用紙を渡された。氏名、住所、電話番号などを記入していると、弘幸の履歴書を見ていた男性担当者が、

「えっ？　あなたは中四国エリアで、広島を本社とする中四国高市資格支援学院に勤められていたのですか？　私は、近畿エリアの大阪を本社とする高市資格支援学院に勤めていたのですよ。まあ、やっている事業内容は、大阪も中四国も同じですからね。元々、同じ組織でしたからね。でも、こんな所で遭遇するなんて奇遇ですね」

と言って、その担当者は、弘幸の顔をまじまじと見つめた。

本当に偶然だった。

弘幸と同じ福山の商業高校を卒業して、さらに同じ松山の大学を卒業した先輩に、大阪大丸心斎橋店の紳士服売り場で、販売員の弘幸とお客様である先輩が出会った偶然と同じくらい、奇遇だった。

大阪人材銀行の担当者の男性は、荒岩信次さんと言った。

「そうでしたか。ぜひ宜しくお願いします」

と弘幸は対応した。

一週間に一度くらいの頻度で大阪人材銀行を訪問して、ハローワークと同じような方法で、求人検索を行なっていた。

と言っても、求人は管理職と特殊技能を持つ人用の求人しか存在しない。

その中で見つけた十五社くらいの会社に応募して、三社の内定を貰って勤務もしたが、思うような内容の仕事ではなく、すぐに辞めた。

求職活動は大阪人材銀行だけではなく、自宅では、通常のハローワークの求人をインターネットで検索していた。

そんなある日、大阪人材銀行の担当者である荒岩さんから携帯に電話が入った。

「平山さん、あなたのお住いの吹田からは少し遠いのですが、面白い求人が出ています。応募希望があれば大阪人材銀行にお越しください。求人者は、ハローワークで、職種は職業訓練推進員です。仕事内容は、平山さんが中四国高市資格支援学院でやっておられた職業能力開発機構が行なう職業訓練を紹介したり誘導したりするものです。平山さんは、実際に講師もやっておられたわけですから内容は良くご存じですよね。また、訓練受講生の職業相談に乗ったり、履歴書の作成指導や面接指導もやっておられたわけですから、充分こなせますよ」

続けて、

「それに、ハローワークで勤務するというのは、周りにも聞こえが良いし、今後新たに職探しをするようなことがあれば有利です」

と、かなりいろいろなことを説明して、応募に誘導してくれた。

弘幸は、

「分かりました。では、明日、そちらの人材銀行をお訪ねします」

と答えて、翌日は荒岩さんを訪ねて、紹介状なるものを貰った。そこには既に面接日時が記載されていた。

採用されれば、非正規ではあるが、国家公務員であり、周りの人達への聞こえは良いだろう。だが、一つ不安なのは、吹田の自宅からこのハローワークまでは遠く、片道の通勤に一時間半を要する。しかも、その通勤に必要な通勤費のハローワークからの支給額は一日二百五十円と求人票に記載されている。従って、月額二万円近くの持ち出しになる。今の年齢の弘幸に対する給与の額は悪くないと思ったが、続くのだろうか？

まだ、採用された訳でも無いのに、勝手な心配をしていた。

だが、採用人数が、複数の二人なので、弘幸の過去の教育産業での仕事であった、採用や人事、職業訓練受託事業での講師経験等を考慮されれば、ひょっとすると採用されるかもしれないと、淡い期待も持ってはいた。

弘幸は、大阪人材銀行で貰った紹介状に記載されていた一週間後の指定日時に、ハローワークの庶務課を訪ねて面接を受けた。

面接官は、庶務課長と訓練担当の指導官という立場の人であった。

その指導官に対して残っている印象は、話すごとにクスクスと照れ笑いをされる面白い人で、

「私は平山さんより年下なのですが、年下の私の命令などでも抵抗なく従えますか？」

と言う質問を投げかけられただけだった。

他にこれといった質問は無く、

「これは不採用かな」

と、弘幸は思いながら、面接を終えて我が家に向かった。

翌日、大阪人材銀行担当者の荒岩さんに電話を入れて、ハローワークでの面接の状況を話し、

「ダメそうですから、次の仕事も探します」

と伝えた。

ところが数日後、ハローワークから採用の連絡が有り、初出勤日時を九月一日八時半に指定された。嬉しかったし、驚きもした。

弘幸の勤務していた中四国高市資格支援学院㈱は、高校生や大学生が公務員を目指すための講座も運営しており、この講座は収益のドル箱だった。弘幸自身も、面接や履歴書記載の指導を行っていた。

最近は希望者が少なくなっている公務員であるとはいえ、公務員試験は、そこそこに難しい。その難しい公務員試験を受けることなく、非正規とは言え、国家公務員の仲間になれた。

弘幸は、指定された平成二十一年九月一日午前八時半、家から約一時間半掛けてハローワークへ出勤した。

最初に、所長から挨拶を受けたのだが、そこにいた採用者は三名の男性だった。確か、今回の求人募集は、二名の筈だったが、と思っていると、

「今回の募集は二名だったのですが、良い人が多かったので、ここにいる三人の方を採用することにしました」

と、所長が説明した。

所長の挨拶を受けて、庶務の女性主任から今後の入職に当たっての注意事項の説明を受けた後、担当部署の職業訓練コーナーに案内された。ここで最初に紹介されたのは、面接時の女性指導官だった。

部署の説明等に入る前に、指導官から、

「この三人の内一人は、十月一日から、ここから歩いて十五分くらいの場所にある出張所に行ってもらいます。そこには、新しく職業訓練案内コーナーを設けることになっています。そこでは、一人で職業訓練担当をやってもらいますので、この約一か月間、しっかり職業訓練担当の仕事を覚えてください」

と言われた。

そのハローワークの出張所は、職業相談と職業紹介だけを行なう場所であり、事業所の求人受付

や雇用保険手続き等は行わない。

ところが、庶務や所長室の有るハローワーク本所は、手狭であった。

そこで、事業所の求人を受付ける事業所サービス部門と、主に母子家庭の専門相談窓口であるマザーズコーナーに加え、担当者一人の職業訓練コーナーを十月一日に設置することとなっていた。

九月二十日、弘幸に対して、十月一日からの出張所への異動辞令が出た。

出張所では、職業訓練担当者が一人で、大変と言えば大変であったが、職業訓練の説明と誘導だけが仕事であり、それほど大変でもなかった。職業訓練の申し込み受付は、本所へ誘導すれば良いので楽であった。ただ、始まって間の無い職業訓練給付金の支給条件を覚えることと、初めて経験する職業訓練のルールを覚えるのは大変であった。

職業訓練給付金と言うのは、職を失った者が、新たな仕事に備えて職業訓練を受講する場合に、訓練期間中、月額十万円が支給されるというものだ。この支給条件が厳しい上に非常に複雑でもあった。

そんなことで、本所の担当者達も大変で、疲れているはずなのに、夕方になると、ちょくちょく、同期入社の東山田が、出張所を訪ねてくれて、居酒屋への誘いに来てくれた。そして、仕事を手伝ってくれることも度々あった。

これが弘幸には非常に嬉しかった。

本所の勤務時間は午後五時十五分迄で、出張所の勤務が午後六時までであり、本所勤務の東山田が居酒屋へ誘ってくれるには、非常に良いタイミングの終業時間だった。それから一緒に居酒屋へ繰り出すのだ。東山田とは、本当によく飲みに行った。

東山田は、その後、弘幸の命の恩人と言っても良いほどの存在になるのだった。

弘幸に言わせれば、実におせっかいで、面倒見の良い男なのである。誰でもが、そのように見るわけではないが、実に良い男なのだ。

弘幸は、周りの奴らが東山田を煙たがるのを知って、彼らが口を開く前に、東山田のことを、

「体がでかく、顔もでかく、おまけに態度もでかい奴だ」

と、言って笑わせながら、周りの奴らの批判を封じ込めてやるのだった。

この出張所で職業訓練が分かるのは弘幸だけであり、職業訓練の問い合わせが入って来ると、弘幸の所へ誘導されてくる。弘幸は鼻高々だった。

土曜日は、事業所サービス部門もマザーズコーナーも訓練コーナーも窓口は閉めており、職業相談と職業紹介だけが稼働している。

従って、出張所のスタッフには、交替で、月に一回程度の土曜日出勤があり、この時ばかりは、職業相談と職業紹介に精を出すことになる。

土曜出勤した場合には、平日に休みが振り替えられるので、銀行や役所に用事のある時はありがたかった。

土曜日が、職業相談と職業紹介だけだといっても、弘幸が出勤している時に職業訓練相談が入れ

ば、弘幸のところに誘導されてくる。

出張所の責任者は、室長と呼ばれ、川上という男性であったが、翌年四月には人事異動で、新たに、外林と言う男性が室長として赴任してきた。

弘幸は、この出張所で唯一の職業訓練担当者なので、室長にはめっぽう可愛がられた。

加えて、東山田は誰を相手にしても、遠慮なく話しかける、全く人見知りをしない人間であり、弘幸の手伝いに来た時は、室長にもよく話しかけて、顔見知りとなっていた。

東山田は、新しく赴任してきた外林室長と気も合ったのか、遠慮なく外林室長を誘い、室長と弘幸との三人で時々、居酒屋訪問を行った。もちろん、飲みにだ。

この年の夏ごろ、童顔の男性で川谷と言う男性が大阪労働局から赴任してきて、出張所の一員となった。この川谷は、よくタバコを吸う男性で、弘幸が喫煙室へ行くと、いつものように喫煙室でタバコを咥えており、よくタバコを吸う奴だなあ、と弘幸は思っていた。川谷だって、弘幸のことを、よくタバコを吸う奴だなあと、思っていたに違いない。

タバコをよく吸う弘幸ではあったが、仕事は真面目で、昼食時間もそこそこに、訓練コーナー窓口で来所者の対応を行なうので、川谷も、外林室長と同じように弘幸を可愛がってくれた。

その年の十二月だった。弘幸と同じ非正規職員が一人辞めて、新たに女性の非正規職員が入ってきて紹介された。

三～四か月と言えども、弘幸の方が先輩であり、特に教えてもらうようなことも無く、興味も無かったので、その女性の名前も覚えていなかった。だから、彼女に話しかけることもほとんど無かった。

だが、その女性は、弘幸達が仕事上の話であろうが世間話であろうが、しゃべっていると、

「あっ！　それは私も・・・」

とか言って、ズカズカと話の中に入ってくるのだ。

辺りをはばからぬ、世話好きでもあった。

「面倒な奴だなあ」

と、弘幸は思っていた。

ハローワークに一年半ほど勤務した頃、健康診断があり、弘幸は受診した。

その健康診断で、再検査を受けてみるように！との診断が下されて、再検査を受けることとなった。

再検査となった原因の一つは、今までに何度も経験している血液検査からのガンマＧＴＰの高い数値である。

正常数値の二倍くらいであるが、アルコールが原因であることは、弘幸自身良く分かっている。今までに何度も経験し、酒を半年間止めたことがある。すると、数値は正常に戻るのだ。過去において、既に実証済であり、気には留めなかった。

もう一つは、肺に陰らしきものが見られるとのことであった。

この時の再検査は、機械のベッドのような場所に横たわって、上向きになった状態でのCT検査だった。

検査結果に大きな異状は見つからなかったが、CT検査を受け終って立ち上がろうとした時、腰に痛みを感じて、起き上がることができなかった。検査してくれた人が手を貸してくれて、やっと立ち上がることができた。

翌朝の食事で、ご飯のお代わりをしようと椅子から立ち上がり、ご飯の入っている炊飯器に向かう途中（途中と言っても、椅子から炊飯器までの距離は三メートルぐらいのものだ）、二～三歩進んだところで腰に激痛を感じて立ち止まった。立ち止まったまま、じっと我慢していたが、その激痛に耐え切れず、その場で気を失って倒れた。

息子が、ほっぺたを叩きながら、

「お父さん、お父さん、大丈夫か！」

と言う声が、遠くから微かに聞こえてくるような気がした。ものの二分くらいで意識が戻って、目を開けた。

痛みでなかなか立ち上がれないので、近くに有った机や椅子を持つと共に、息子の肩を借りながら五分くらいかけて立ち上がった。

その場所から、息子が持ってきてくれた杖と息子の肩を借りて、五メートルほど離れたベッドへ十分くらいかけてたどり着いて横になった。

一時間くらい横になっていても、痛みはおさまらないので救急車を呼んで、吹田市民病院へ運んでもらった。

吹田市民病院の整形外科は、岡山から吹田へ引っ越してきて、腰の痛みの診察に訪れた時から、約一年半ぶりの二度目の訪問であった。

担当してくれた医師は、一年半前に訪れた時の医師と同じように、レントゲン写真を撮ったが、症状の原因は判明しなかった。

そこで医師は、痛み止めの座薬を処方し、

「十日間ほど仕事を休んで、ゆっくり寝て、様子を見てください」

との指示を出した。

医師の指示を受けた後、看護師が、横になっている弘幸の肛門に、ロケットを小さくしたような形の痛み止めの座薬を挿入した。

この座薬は非常に効果が有り、三十分もすると、すぐに歩いて帰れそうになり、医師から貰った一週間分の座薬鎮痛剤の処方箋を持って家に帰った。

家に着くと、勤務先のハローワーク出張所に電話をかけて、この状況を説明し、医師の指示通り十日間ほど休む必要の有ることを伝えた。

だが、事実はそんなに生易しいものではなく、二年半の入退院を繰り返す療養生活となるのだった。

十日間の休みを伝えるため、ハローワーク出張所に電話をした時、最初に電話を受けてくれた女性は、弘幸が、今朝から出勤していないことを知っていたようで、

「村中です。平山さん、大丈夫ですか？」

と、本当に心配するような、しかも、やや大げさな声で尋ねてくれた。

あのおせっかいやきと思っていた女性の声であり、ここで初めて、あの女性が村中さんであることを知った。

ハローワーク出張所では、二月には職員全員で、山陰へカニを食べる旅行に行くことを予定しており、弘幸はその旅行に必要な費用を既に幹事に渡していた。

そこで、電話に出た村中さんに、今日の自分の状況を簡単に説明した後で、山陰カニ旅行に参加できなくなった旨を、幹事に伝えて欲しいと依頼した。

弘幸は、山陰カニ旅行を本当に楽しみにしていた。本場のカニを食べられることと、ハローワーク出張所スタッフといろいろな話ができて親交を深められて、スタッフ間の距離が縮まると考えていたからだ。

電話を受けた村中さんは、

「承知しました。必ず伝えます。それではお大事に。いま外林室長に代わります」

と言って、電話を外林室長に繋いだ。

村中さんには、相手を褒めたり驚いたりする時の表現が少し大げさなところがあるが、今回の電

話での丁寧な対応から、弘幸は初めて好感を抱いた。

そして、一週間後。

弘幸が、ベッドに寝た状態で腰を少しずらした時、一週間前に失神した時と同じような激痛に襲われた。激痛で、腰を一切動かすことができない。天井を向いてじっとしているしかなかった。

どうにもならないので、再度救急車を呼んで、吹田市民病院まで搬送してもらった。

今度担当してくれた医師は、前回診察してくれた時とは違って、女性の医師であり、ＭＲＩ検査を実施した。

医師は、出来上がったＭＲＩ写真を見ながら、

「圧迫骨折ですね。骨粗しょう症による圧迫骨折です。しかも長期間に亘って骨折しており、頸椎も胸椎も腰椎もそれぞれ、二〜三本ずつ骨折しています。胸椎の二か所は最近骨折したと思われますが、その他は以前に骨折して、既に修復されています。今回激痛を生じた原因は、胸椎の二か所の圧迫骨折が、骨の中に有る神経を、直接刺激したからのようですね」

と、説明してくれた。

女医は続けて、

「平山さんのような方が、骨粗しょう症になられるのは非常に稀です。そこで、骨粗しょう症になった原因を調査したいと思います。今日は家に帰って養生し、一週間後に再度来院してもらうか、このまま検査入院という形で入院してもらっても構いません」

と言った。

弘幸が男性であることと、年齢が五十六歳と若いことから言うと、骨粗しょう症による圧迫骨折を起こす可能性は少ないと言う。

そもそも骨粗しょう症による圧迫骨折は高齢女性に多く、弘幸の場合は、何か特別な原因が潜んでいるかもしれないと言うのだ。

家に帰って養生と言っても、自分でトイレに行くことができないので、家族に下の世話をしてもらうことになる。

即、入院を申し出て入院生活に入った。

入院中には、手の甲を使った簡易骨密度検査や、背骨から骨髄を抜いての癌の検査等を行なったが、原因は判明せず、約四か月の入院となった。

骨を強くする服用薬で「ベネット錠」という薬の効果が期待できると医師は言う。

だが、弘幸は入院前に歯の治療をしており、歯の治療中の者には処方できないと言われた。歯茎等の治療をしている者には、「ベネット錠」服用は、歯茎等を弱める悪影響の可能性が有り、服用させられないと言うのだ。

入院して約一か月間は、天井を見ながら上向きで寝ているだけだった。

食事の時は、激痛が来ないように体を横向きにして、ベッドの横においた食事を、箸でなく手を使って食べた。手に箸を持って動かすと、腰に激痛が来るのだ。

そんなわけで、身体を動かすことができないので、下の世話は看護師にお願いするしかなかった。意識は、しっかりしているので、退屈で仕方がない。入院している四か月間は、息子に持ってきてもらったラジオを聞いたり、小説を買ってきてもらって読んだりしていた。お陰で、小説は百冊くらい読破できた。

ラジオや小説は、腰に激痛が来ないよう、ほんの少しだけ身体を動かせば対応できる。

それでも三週間くらいすると、なんとなく身体が動かせるような気がしてくるのだが、少し大きく動かすと、腰にビリッと痛みが来る。

ベッドは、上半身と下半身を別々に上下させることが可能で便利だった。この頃からは、痛みが腰に来ないように、ゆっくりゆっくりとベッドを動かすことで、上半身を起こしてご飯を食べられるようになった。

入浴はなんと、看護師が、寝たままの状態の弘幸の服を脱がせて、大きな金網でできたザルのようなベッドを使う。ベッドに横たわらせたまま、金網のようなベッドと一緒に湯の中に入らせてくれた。

一か月もすると、腰を少し動かしても、痛みが来なくなり、少し歩けるようになる。

そうすると、リハビリの担当者に歩行器を持ってきてもらって、歩行や簡単なリハビリを行うのだが、一週間もすると歩行時に、また、激痛が腰を襲って、天井だけを見つめた寝たきりの生活に戻る。また一か月くらいの寝たきりの生活を経験すると、歩けるようになってリハビリを行なう。

この繰り返しを、実に四回も行ない、長い長い入院となった。

この繰り返しの中での激痛が、三回目に襲ってきた時には、

「もう歩けないようになってもいいや。一生車イス生活になってもいいや」

とまで思うようになった。

その時点では、まだ五十六歳である。

弘幸は知らなかったが、このように長い入院になってくると、機嫌の悪くなるのが看護師だった。

ある時、年配の看護師が不機嫌そうに弘幸に言った。

「平山さん、入院が長いですね。本来入院は一か月迄が原則なんですよ」

「そうなんですか。私も、もういい加減嫌になってきていて、一生、車イス生活でもいいから、早く退院したいんですよ」

と、弘幸が言うと、看護師が、

「そうであれば、そのように医師に言ってください」

と言う。

医師の回診の時、弘幸は言った。

「先生、もう長い入院になるのですが、いつまでも入院できるわけでは無く、早く退院しなければいけないんですよね。看護師さんがそう言っていました。」

するど医師は、

「いえいえ、検査で入院してもらっているのですから、大丈夫ですよ。心配ありません」

と言ってくれたが、弘幸自身も、もういい加減入院生活が嫌になってきていた。

でも、あの看護師の言葉は何だったのだろう？と、弘幸は不思議に思ったが、その看護師には何も言わなかった。きっと、異常に長い入院期間が、看護師をイライラさせて、機嫌が悪かったのだろうと、弘幸は考えた。

その看護師は、医師から注意を受けたようで、その後は何も言わなくなった。

この長い入院期間の中で、弘幸の兄と姉が広島県の福山から見舞いに来てくれた。

最初は、平山博也兄貴と、丹生家に嫁いだ清子姉貴の夫が二人連れで来てくれた。二回目は、丹生清子姉貴の夫婦が揃って来てくれた。

思いもかけない矢川と言う女性も見舞いに来てくれた。この矢川は、弘幸がキャリアコンサルタント資格を取得するために通った講座で、共に学んで知り合った女性であった。

いずれも予告なしの、思いがけない見舞いであり、嬉しかった。

また、弘幸の勤務するハローワーク出張所の外林室長と、川谷さんも一緒に来てくれた。

この時、外林室長が、弘幸が山陰カニ食い旅行用に納めていた会費を返金するように言われて、幹事から預かってきたと持ってきてくれた。

それ以上に、何度となく、しつこい程の見舞いに来てくれた男性がいた。ハローワークに同期で入職した東山田だ。

彼は、非常に世話好きで優しい男だ。

彼の家が吹田市民病院に近いこともあり、巻き寿司やバナナ等の果物を携えて、自転車に乗ってやってきてくれた。毎週なのだ。

やってきたのは、ほとんどが土曜日なのだが、都合の悪い土曜日には日曜日にやってきた。

やってきては、できるかどうか分かりもしないのに、弘幸がいつでも以前の職場に復帰できるようにと、職業訓練の資料を持ってきて、変更点等を説明してくれるのだ。

実は、四月中旬にハローワーク本所の庶務課長と、ハローワーク出張所の外林室長の二人が訪ねてきて、弘幸は退職を言い渡されており、四月末で退職していた。

東山田は、見舞いに来てくれると、世間話やハローワークの動き等で、いつも三十分くらいはいてくれた。

弘幸の調子が良く、歩行器で歩いている時は、東山田と二人で病院の屋上に行って、ベンチに腰掛けて話し込んだ。いつも、元気をくれて、励ましてくれた。

数回のベッドへの寝たきり、歩行練習、リハビリを四～五週間サイクルで繰り返した検査入院四か月では、圧迫骨折の原因は判明しなかった。

しかし、杖を使っての歩行が、多少出来るようになった頃退院となった。

退院すると、まず悪かった歯を治すべく、歯医者通いを始めた。抜歯や治療を行いながらも毎日、自宅マンションの周りを少しずつ距離を延ばしながら散歩をすることで、リハビリに励んだ。

しかし、退院して一か月ほど経過した頃、再発した。

ベッドから立ち上がってトイレに行く途中に、以前と同じような腰への激痛が襲いかかり、全く歩けなくなった。

息子に休みを取ってもらって、救急車を呼んで、息子同伴で吹田市民病院を再び訪ねることとなった。

対応してくれた医師は、前回担当の整形外科の女医であった。

また、ＭＲＩ検査を受けて、

「新しい圧迫骨折では無く、以前の骨折が、再度、骨を押し潰して神経を刺激したもののようです」

との、医師の診断だった。

「それでは、もう一度入院させてください」

と、弘幸が言うと医師は、

「それはできません。前回は検査入院ということで長期に亘って、入院してもらいましたが、そもそも圧迫骨折は、入院治療を必要とするような病気ではなく、家で根気よく回復に向けた自主リハビリをするものです」

と、冷たく断られたが、弘幸は
「家には年老いた何もできない義母と、働いている息子しかおりませんので、私の世話のできる者がいないのです」

と訴えると、医師は、

「それでは、病院内には平山さんのお家の周りで、比較的近い病院を紹介できる地域連携のシステムがあります。この市民病院の三階にその部門がありますので、今から訪ねてみてください。今すぐ、平山さんが行かれることを、用件と共に電話しておきます」

と、言ってくれたので、すぐに、そこを訪ねて名前を言うと、

「はい、平山さんですね。整形外科から用件は聞いております。少しお待ちください」

と担当者に言われて待っていた。

三十分くらい待った頃、そこの担当者が、弘幸を呼んで言った。

「摂津市のJR千里丘駅のすぐ近くに、千里谷整形病院という病院があり、そこが受け入れてくれると言っていますが、そちらに行かれますか?」

と訪ねてきた。

弘幸の方は、藁にもすがりたい状況だったので、二つ返事で、

「お願いします」

と言って、千里谷整形病院への入院が決まった。しばらくすると、千里谷整形病院から、サイレンを鳴らさずに、救急車が迎えに来てくれた。こんなにスムーズに決まるものとは思わなかったので助かり、安心した。

しかし、吹田市民病院から搬送されてきてからは、また最初の一か月間は天井だけを見て暮らす寝たきりの生活だ。

その後の入院生活も、吹田市民病院と変わることは無く、歩けそうになると、リハビリと歩行練習を行うだけだ。そして、リハビリを始めて暫くすると、また、腰に激痛が襲う。ただ、慣れで、激痛が襲いかかりそうな感覚が分かるようになり、すぐにリハビリを中止してベッドに横たわった。

吹田市民病院への入院時と少し変わったのは、退院後に歯医者へ通い、歯の治療と、一本の抜歯を行なった事実があることだ。

この抜歯等によって、一旦、歯の治療を終えていたので、吹田市民病院で服用することのできなかった骨粗しょう症用の「ベネット錠」が服用できた。だが、弘幸には、あまり効果があったようには思えなかった。

と言うのも、吹田市民病院で繰り返したと同じ激痛、一か月の寝たきり、リハビリ、歩行練習、退院、そしてまた、激痛、入院、一か月の寝たきり、リハビリ、歩行練習、を四回繰り返したからだ。

千里谷整形病院へ転院しても、東山田が毎週土曜日に見舞いに来てくれることに、変わりはなかった。相変わらず継続して、来てくれた。

今回の千里谷整形病院への入院は、兄弟姉妹には連絡しなかった。伝えれば、また、遠い福山から見舞いに来るに決まっているので、気の毒でならない。特に、丹生清子姉貴は必ず来るだろう。

それでも、清子姉貴は、弘幸の様子を尋ねようと弘幸の家に電話をした。そこに同居する義母に弘幸が入院していることと、入院先を聞き出して、見舞いにやってきた。見舞いにやってきて、病院の近くにあるスーパーマーケットに立ち寄った姉貴は、

「弘幸さん、寿司がええ？　それとも刺身がええ？」

と電話してきた。清子姉は弟を呼び捨てにせず「さん」を付けて呼ぶ。

「そりゃあ、寿司がええわ」

と、返事をすると、握り寿司を買って、弘幸のベッドまで持ってきてくれた。

姉貴の見舞いは、嬉しかったが、

「もう、来んでもええのに。遠いのに」

と言うと、姉貴は、

「来ん方が、えかった？」

と、意地悪を言う。

「そりゃあ、来てくれたら嬉しいに決まっとるけど、姉さんもあまり腰が良くないんじゃろう」

と言いながら、弘幸の目にはＨ２Ｏが流れ始めていた。が、照れ臭いので、うつむき加減にして、姉貴に顔を見られないよう、そっと手でＨ２Ｏを拭った。

千里谷整形病院で四回の入退院を繰り返した後、「ベネット錠」が功を奏したのか、なんとなく通常の歩行ができ、仕事もできるような気がしてきて、担当医と相談の結果、平成二十五年三月に

退院した。

ただし、骨粗しょう症の新しい薬を注射することと、鎮痛剤を処方してもらうために、二か月毎に、千里谷整形病院を訪問することとなっていた。

この条件で弘幸は、以前ハローワークの求人を紹介してくれた大阪人材銀行の荒岩さんを訪ねたり、近くのハローワークを訪問しての就職活動を再開した。

同時に、この入院で延長申請を行っていた雇用保険も、医師から就労可能証明を貰って受給申請を行い、受給が始まった。

この年の六月中旬、ハローワークの東山田から、電話が入ってきた。

「また、以前勤めていたハローワークで求人が出ている。以前と同じ内容の仕事ではなく、中学生や高校生の就職指導を行なうもので、具体的には、学校に出向いて職業講話を実施したり、学校の先生や生徒の就職支援を行うものなんだが、応募してみたら？」

ということだった。

さらに、

「以前、ハローワークの出張所でお世話になった外林室長が今は統括に昇進し、『平山さんでもできる仕事ですか？』と聞いてみると、前職の教育産業時代のことを考えたら、『充分できるんじゃない？』と答えられ、さらに、以前、出張所に居た平山さんが、この求人に応募しても、良いんでしょうか？と尋ねた」という。

すると、外林統括は、

「そりゃあ、構わんよ。採用になるかどうか知らないけれど、と言われた」

と言うのだ。

本来、一度辞めた人間を再度採用することは、民間の事業所でも殆んど無い。ただ、弘幸が辞めた理由は積極的自己都合ではなく、病気であったので、再度の採用も有り得るのではないか、とポジティブに考えた。

また、弘幸が勤務していた出張所の外林室長が本所で統括になられており、同じく出張所で弘幸と一緒に、よくタバコを吸っていて可愛がってもらった川谷さんが、ハローワークの本所で、採用に強く関わる庶務課長に昇進されているという情報も得ていた。

弘幸は、この二人に嫌われていた記憶は無く、今がチャンスだ!と思った。都合の良い話だが、弘幸を贔屓目に見てもらえるのではないかと考えたのだ。入院した時からも既に考えていたことだが、ハローワークへの復帰を目指すなら、出張所で可愛がってもらった川谷庶務課長と外林統括が在籍されている間だと考えていた。

弘幸は、近くのハローワークから紹介状を貰って、そのハローワーク求人に応募した。

他のハローワークで出ている求人もあり、以前のハローワーク勤務経験が有利にならないかと考えて応募してみたが、ことごとく不採用だった。勤務経験のあるハローワークでこれだけ不採用になると、この求人での採用は難しいかもしれないと考え、次の求人検索活動にも入った。

パソコンの前に座って、ハローワークが抱える求人を閲覧しながら検討していると、机に置いていた携帯電話が鳴った。

以前のハローワーク出張所で、一緒にタバコをよくふかしていた庶務課長の川谷さんからの採用の連絡であった。

「平山さん、採用ということになりました。いつから勤務されますか？」

という問いかけだった。いついつから出て来いではなく、希望を聞いてきてくれたのだ。もうすぐ、お盆に入り、墓参りなどで忙しいのではないか、との配慮だったのだろう。

「私は現在無職なので、いつでも勤務できますが、構わないのであれば、お盆も近いので、お盆明けの八月二十日からでどうでしょうか？」

と言うと、

「はい、じゃあ、そうしましょう」

ということで、勤務開始日が決まった。

川谷庶務課長も外林統括も、きっと否定するだろうが、ハローワークの出張所で可愛がってもらったこの二人のおかげで、採用になったに違いないと思った。

年末の仕事納めの日には、帰り際に庶務課に立ち寄って、川谷課長と外林統括に、

「今年は本当にありがとうございました。良い新年が迎えられます」

と、お礼を言って失礼した。

そして、もっともっとありがたい神様のような人物が存在する。それは、やはり東山田だ。

弘幸の入院時には、毎週自転車で見舞いに来てくれて、まるで自分のことのように、求人を探しては、情報提供をしてくれた。

そして、東山田のことだ。きっと、川谷課長や外林統括に、弘幸が採用されるべくＰＲしてくれたに違いない。

以来、弘幸は東山田のことを命の恩人と言い続けている。

今度のハローワークでの仕事内容は前回と違って、中学生、高校生、大学生等で卒業を控える学生の就職支援を行うことだ。

この部署は、障害者の方の就職支援がメインであり、弘幸が行なう学生達の就職支援スタッフと同居していた。この部署のスタッフは、正規職員も非正規職員も、優しく親切な人達ばかりであった。一人の先輩を除いてはだ。

その一人の先輩と言うのは、弘幸に意地悪をするような人物では無いが、手を取り足を取りといった方法での指導や手助けをするような人物ではなかった、というだけだ。

弘幸の方も天邪鬼であり、人に助けを求めるのは嫌な性格だった。どうしても分からなければ聞くが、原則、自分で調べるという性格だ。事実、聞いてもなかなか覚えられないし、自分で調べた方が時間はかかるが、身に付くものだ。

教えてもらうのが嫌な弘幸は、その先輩の一挙手一投足から目を離さなかった。相談に来た学生や親御さんと話している内容も、耳をかっぽじって聞き、目を皿にして観察した。

高校生には、高校生専用の求人が存在し、この求人を来所した高校生や親御さんに見せるのだが、この求人がパソコン上のどこに存在するのかが分からない。

この部署の責任者である女性統括は、ハローワークが目指す今年度の高校生の目標就職率は九十八パーセントだということだけは教えてくれたが、他は何も教えてはくれなかった。

教えることを含め、弘幸の指導はその先輩に依頼しているからだろう。それを無視してまで弘幸に教えることとは、その先輩の機嫌を損ねかねないということもあったろう。

九月上旬からは、その高校生専用求人に応募できるので、その求人がパソコン上のどこに存在するのか知っておかないと、高校生達に求人の紹介をすることができない。

ほとんどの高校生は、学校の就職担当の先生に相談するので良いのだが、直接ハローワークを訪ねてくる高校生や親御さんもいる。

昼休みになっても相談が続いている先輩の横で、相談内容や高校生求人の検索をしている行動を、ずっと横目で見ながらパソコンを触って手順を学んでいた。

休憩時間が終わって席に着いていると、女性統括が弘幸の横に来て、

「昼休みは、ちゃんと食事して休憩してくださいね」

と、言ってくる。

そうは言われても、俺は高校生用求人を使いこなして、早く高校生の就職支援ができるようにな

らなきゃならないんだよ。俺は何にも分かってないんだから、と、心の中で呟きながらも、

「はい、分かりました」

と、元気よく返事をするのだった。

この先輩は、質問すれば教えてくれるのだろうが、自分で調べ、先輩の言動を見ながらその技術を盗んでいく方法を、弘幸は選択した。

そんな先輩と、昼休みの昼食時にはほとんど一緒に出掛ける、同じ部署の男性がいた。彼は障害者支援の担当者で、名前を西と言った。

昼食時には、いつものように一緒に出掛けるので、非常に仲の良い人だと思っていたが、そうでもなかった。性格は、弘幸と同じ仕事をする先輩と違い、温厚で優しい人だった。

この西さんには、いろいろと相談しやすくて助けてもらった。西さんの仕事は、事業所を訪問して、障害者雇用義務の説明を行なうことと障害者用求人を貰ってくることだった。だから、事業所の場所や性格等を良く知っている。

弘幸が高校生用求人の開拓で事業所を訪問する時、訪問しない方が良い事業所や危ない事業所を親切に教えてくれた。

西さんが行う障害者用求人開拓時には、高校生用求人の説明も簡単に行なってくれ、

「詳しくは、高校生用求人担当の平山という者がいますので、訪問させます」

と言って、弘幸がアポイントを取りやすくしてくれる。そんなありがたい人だ。

一度、弘幸が道路端にある立ち飲み屋で一人で酒を飲んでいた時、その横を通りかかった西さん夫婦と目が合った。西さんが、

「妻です」

と、紹介してくれたので、弘幸は、

「平山と言います。西さんには職場で、しっかりいじめられています」

と、冗談を言うと、西さんが、

「コラッ！」

と、言い、同時に、奥さんが、

「そうだと思います。良く想像できます」

と、冗談で返してこられた。

「ははあ、このお二人は非常に仲の良いご夫婦なんだな」

と、感心した。

弘幸が所属する部署の女性統括は、以前にハローワークに勤務していた時の弘幸を知っている職業訓練部署の指導官から、弘幸の噂は聞いていたようだ。

従って、弘幸には優しく接してくれた。

ある時弘幸が、他地域のハローワークが担当すべき中学校の生徒の相談を受けた時、その担当すべきだったハローワーク職員から、女性統括に、

「勝手に、担当の違うハローワークの中学生の相談に乗るなら、最後の就職まで面倒みろ！」

とのクレームの電話が入ってきた時も、この女性統括は、

「平山さんは、中学生の就職の仕組みや考え方を説明しただけであり、テリトリーを侵すような行動はしていない。あなたのハローワークでも、そんな中学生が来たら同じ対応をするでしょう！」

と、真っ向から、弘幸を庇ってくれた。

また、この女性統括は、酒の種類は違えど、弘幸と同じようにアルコールが好きだ。弘幸は日本酒だが、この女性統括は焼酎が大好きで、毎日飲むほどのかなりの酒豪だ。

弘幸は、こんな女性統括が好きだった。

酒の好きな弘幸の噂を聞いて、他部門からずっと眺めていた男性が、ある日の夕方、仕事を終えて帰ろうとした弘幸に声を掛けてきた。この時から、ずっと長い付き合いになる加地茂太と言う男性だった。

「平山さん、酒が好きらしいね」

「良くご存じですね。強くは無いですが、大好きです」

と、弘幸が答えると、

「あなたが酒の好きなことは、周りの人達からよく聞いてるよ。ここから五分ほど歩いた帰り道の途中に、立ち飲み屋があるのだが、ちょっと立ち寄って行かないか？」

と誘ってくれた。

二つ返事でOKして酒を飲みながら話をしていると、人が困っているのを見ると、黙っておくことのできない正義感の強い人間であることが分かった。ただ、非常におしゃべり好きで、弘幸が話そうとするのを遮ってまで話を続ける。これは嫌われるタイプだなと思ったが、後日、観察していると、仕事中も正にその通りであった。さらにこの男性は、少し大げさに話す性格だった。これも嫌われる原因だな、と感じたが、加地茂太とは、結構気が合い、何度も居酒屋に連れ立って訪問するようになっていった。

加地茂太の酒は、弘幸と同じように、決して強いわけではないのだが、他人と話をするのが大好きだ。話の内容は、自慢話と他人の悪口が多く、これを酒の肴にするのが上手い。

だが、周りの人達は、この自慢話と他人の悪口を、酒を飲んでる間中話し続けるので、嫌われることが容易に想像できる。しかも大きな声なのだ。

だが、加地本人は、自分のそんなところが嫌われていることに気付いてはいない。

まあ、普通はそうだ。気付かないから直ることもないのが当然である。

それでも弘幸は、加地との度重なる居酒屋訪問の中で、いろいろなことを打ち明け合っているうちにだんだんと好きになった。

一つには、加地も弘幸と同じで養子だということがある。同じといっても、加地は弘幸のように養子に行った先から、途中で逃げ出すことなく、今も養子生活を、奥さんと睦まじく、仲良く暮らし続けている。

また、弘幸と同じく、麻雀が得意で、学生時代からやっていたという。筋者まがいの中に入っての代打ちや、一人で雀荘に入って知らない人と打つフリー麻雀などの経験も多分にあるという。

そんなわけで、筋者の知り合いが多く、そんな輩を怖がることもないという。この辺りは本当かどうか分からない。

仕事を求めてハローワークにやってくる筋者や刑務所上りの人達というのは、当たり前だが窓口担当者は嫌がる。加地茂太は、彼らの対応を率先して行い、就職をするための心構えを指導したり、説教をしている。

このことは、周りのスタッフ達に喜ばれ、そんな苦手な相談者が現れると、加地に対応を依頼するという事実もあった。

さらに、加地は大学では法学部に在籍し、司法試験合格を目指していた。したがって、法律が得意ではあったのだが、学生時代に麻雀を覚えてしまった。

法律が得意な関係で、今まで勤務した会社では、労働基準法や雇用保険、労災保険、健康保険の実務的手続きに多く関わってきた。現在では、司法試験はともかく、社会保険労務士の勉強をしている。弘幸も加地につられて、社会保険労務士試験の勉強を始めた。

「なかなか覚えられんなあ、覚えてもすぐ忘れてしまう。歳には勝てんなあ。若い時は、覚えるのが得意やったのに」

と、お互いに合格しない言い訳をしながら、一緒に社会保険労務士試験を受けている。

弘幸は、加地の他に、一学年下の酒飲み友達を見つけた。職業相談部門に所属する出原幸俊という男性で、弘幸と同じく、毎日でも酒を飲む、酒のめっぽう好きな男だ。国立大学を卒業していて頭は良いのだが、周りの空気をあまり読まずにしゃべるという欠点を持っていた。

そして、出原の息子は、生まれながらに身体障害を持っていた。息子は常に車椅子生活であり、会話もうまくできないという可哀相な境遇にあった。出原本人は、音楽が大好きで、休日には音楽仲間とライブ等に興じて楽しみながらも、障害を持つ息子の世話を妻と一緒にやっていた。

ハローワークの周りには、立ち飲み屋も、ちょっと洒落た居酒屋も、数多く存在する。週に二～三回は出原と一緒に飲むようになった。

一番多く訪問した飲み屋は、ハローワークの建物を出てから歩いてほんの四～五分の所に有る、八幡浜屋と言う立ち飲み屋だった。

このように知り合いや飲み友達が出来て、だんだんと慣れてくると、弘幸は、酒を飲むことも含めて、この仕事が面白かった。

中学や高校の先生から、働く意義や就職に備えるための講話の依頼が来ることもある。学校から依頼が来ると、ただちに訪問して、依頼のあった先生と具体的な講話内容の要望を聞く。その要望内容を、パワーポイント等を駆使しながら、煮詰めて構成し、実施するのだ。

教えることは、既に教育産業で約四半世紀の経験があるので、なんということはない。講話の中に、冗談などを取り入れて、弘幸の話に引き付ける方法も、そこそこには知っているのだから。公務員を目指す学生の受講生や、職業訓練受託での受講生への面接指導や、履歴書作成指導も経験済みだ。

弘幸は、他にも、中学・高校生用求人の開拓を行うための事業所訪問という仕事もある。これも、以前の教育産業で既に経験済みだ。

ハローワークから事業所を訪問する場合、飛び込み訪問は原則禁止されており、ハローワークに高校生用求人を出した実績のある事業所の中から選択して、アポイントを取ってから訪問する。従って、玄関払いを食らうこともなく、容易である。また、ハローワークを名乗ることには非常に威力があり、訪問を断られることは殆んど無く、まず会ってくれる。

求人開拓の事業所訪問は、いろいろな業種や性格の社長や採用担当者に出会うことができ、世間話も含め企業の状況を聞くのが楽しい。

弘幸がハローワークに所属していた期間では、縁故就職や自分で探すという生徒は除いて、就職を希望する者の全員を就職させる実績を残している。

殆んどの場合、学校の先生の努力ではあるのだが、なかなか就職が果たせない生徒が出てくると、弘幸達の腕の見せどころなのだ。そんな生徒にはハローワークへの訪問を促し、時間をかけて生徒と一緒に応募企業を探す。高校生専用求人でうまくいかなければ、一般の失業者達が応募する求人にも手を伸ばして就職にこぎつけるのだ。

◇ 愉快な仲間たち ◇

さて、再度ハローワークでの勤務を始めてからの話だ。

弘幸が所属する同じ部門に所属して、障害者に特化した就職支援を行っている端田友江という女性がいた。

ある朝、弘幸の所に来て、

「平山さん！　訓練コーナーの東山田さんと言う男性は、以前、平山さんがこのハローワークへ勤務している時に、同じ訓練コーナーで一緒に仕事をしていたんですね。それでも、申し訳ないのですが、私には我慢できないので、ちょっと訓練コーナーに行って、東山田さんと話をつけてきます」

と言って、訓練コーナーの東山田の所へ向かっていった。

何のことか、内容が分からないので、端田友江の隣の席の女性に、聞いてみた。

「今の端田さんの言ったこと、どういうことか知ってる？」

すると、その女性は、

「昨日の東山田さんが端田さんに行った対応に対する不満だと思います。昨日は東山田さんがお客さんに対応していたので、端田さんは直接言うことができず、今日、その不満をぶつけようとして行ったのだと思います」

その不満の内容を聞いてみると、昨日、東山田が対応したお客さんについての情報を得るために端田が訓練コーナーに行ったところ、東山田は、

「全部、パソコンデータに入力している。それを見れば分かるやろ！」

と、素っ気なく答えたという。

次々と訪問してくる相談者の数が増えて、その対応でイライラしていたのだろう東山田は、端田を一蹴して、次に来た相談者への対応を始めたのだ。

それが気に入らなかった端田友江は、暫くして、訓練コーナーへ行って東山田の失礼な態度に不満を言おうとしたが、東山田は出張に出掛けてしまっていた。

そのために言えなかった不満を、今日ぶつけようとしていたのだ。

弘幸は、良く知っていて命の恩人とまで思っている東山田のことであり、且つ相手が、同じ部門で働く端田ということもあり、必要あれば仲裁を！と、端田の後を追った。

訓練コーナーの東山田のところへ行くと、戦いはほとんど終わっていた。

東和田が最後に言った、

「すいません」

の声が聞こえて、端田は自分の部門へ帰ろうとしているところだった。

この端田友江という女性は、小柄で良く口が立ち、思ったことは、遠慮なく言う。

血液型がB型で、干支はイノシシで猪突猛進そのもの。思ったら、まず行動に移す積極果敢な行

動派だ。

オートバイの大型免許を持っており、若い頃は、自動車と共によく乗り回していた。

思ったことを我慢して、黙っていることがなかなかできない性格だ。

弘幸は、そんな端田に非常に良く似た女性を知っていた。

それは、弘幸の妻だ。

血液型がB型で、干支がイノシシ。猪突猛進型で、積極果敢。端田と同じように小柄でもあった。

弘幸は、端田と仕事内容が違うとは言え、同じ部門で同じ場所にいるので、端田の日々の行動は良く見ている。弘幸の妻の行動パターンに、全く良く似ているのだ。

思ったことは、遠慮なく物申す。

干支は同じだが、端田友江の方が妻よりも若く、一回り（十二歳）下になる。

そして、あわてんぼうでもある。

端田が所属する部門では、相談に来たお客さんは、番号札を持って順番を待つ。

電子表示板には、直前に呼び出した人の番号の二十八番が出ている。端田は、次のお客さんを呼ぶべく立ち上がった。

「二十七番の方、お待たせ致しました。こちらへ、どうぞ」

と、誘導したのだ。

その状況を見ていたお客さんも、その場に居たスタッフ達もあっけにとられていた。すぐに本人

も、その間違いに気付き、顔を真っ赤にして笑いながら、

「すいません。二十九番の方どうぞ」

と、言い直した。

さらに、端田の前に腰掛けたお客さんの本人確認をしようとして、バーコードの入った本人カードの提出を求めた。この行動は、実に正しい。

だが端田は、受け取った本人カードのバーコードを読み取ろうとして、スキャナーの代わりに、突然、横に有った電話機の受話器を取り上げて、通話口をそのバーコードに充てた。

「そりゃあ端田さん、バーコードは読めないぜ！」

と、思いながら弘幸は、声を出さずに大笑いしたのだった。

平成二十七年三月末、同じ学生の就職支援を行っていた弘幸の隣の先輩は、定年退職となった。その後釜に、上野原と言う女性が、四月から入ってきた。

弘幸は、同じ仕事をしていた先輩から積極的な教えを願えなかった嫌な思いを、上野原にはさせたくなかった。どんなことでも、しっかり教えようと張り切っていた新年度四日目の朝、弘幸は、家の玄関を出た所で、少しだけ、強めの腰の痛みを感じた。

しかし今日は、約束した高校への訪問予定があったので、念の為、杖を持って家を出た。

ところが、杖を持ってバスや電車に乗っても、

「お席を代わりましょう！　どうぞ」

なんて、席を譲ってくれる者はいない。

通勤時間は約一時間半。阪急バス、ＪＲ電車、京阪バスと三つの交通機関を使って通勤する。その最後の京阪バスに乗って、あと十分ぐらいで終点に到着という頃、弘幸の真ん前に座っていた若い女性が、座った席から弘幸を見上げて、やっと、

「あっ！　すいません！　気づきませんでした。どうぞお座りください」

と言って席を立って、譲ってくれた。

この日は、約束の高校を、杖を突きながら訪問したが、やはり痛みが再来しそうだったので、職場は早引きさせてもらった。家に向かって乗車する交通機関では、その乗り降りが腰に響き、歩けそうになくなってきた。

これは、もう危ないと思った。以前の経験から、どうも強烈な腰の痛みに襲われそうだと悟った弘幸は、途中のＪＲ千里丘駅で降りた。そこから五分も歩けば、以前何度も入退院を繰り返した千里谷整形病院がある。病院に立ち寄った弘幸は、とうとう腰を激痛に襲われて、歩けなくなった。

そのまま入院となった。

この入院では、約一か月半の入院生活で退院することができた。だが、やはり約一か月間は、ベッドに寝たままで、天井とのニラメッコであった。

この入院期間中も、東山田は来た。毎土曜日には、同じように自転車に乗って、見舞いに来てくれた。

今度の千里谷整形病院は、東山田の住まいからは、吹田市民病院よりもずっと近く、見舞いの訪問は楽になったとは言え、それでも毎週来てくれるのだ。気の毒と思えども、有難かった。

今回の入院では、居酒屋の縁で、そこそこに距離が縮まった加地茂太も見舞いに来てくれた。そしてハローワーク職場のいろいろな様子を、いつものように、毒舌交じりで教えてくれた。

入院で外出できない患者にとって、見舞いに訪れてくれる人達は有難い。

弘幸は五月中旬には退院して、ハローワークへの職場復帰を果たした。

復帰後には早速、飲み友達となってしまった出原幸俊や、加地茂太との居酒屋への日参も復帰した。

しかし、出原幸俊と加地茂太は、お互いに敬遠する仲であり、弘幸、出原、加地と言う三人での居酒屋通いということは有り得なかった。弘幸と出原、もしくは弘幸と加地という組み合わせでしかなかった。

その後、加地茂太は六十五歳の定年直前で新しい仕事を見つけて、ハローワークを去って行った。

加地が去ったと言っても、弘幸との付き合いは終わることなく続いた。出原もそうだが、加地の住所はハローワークから二㎞くらいしか離れていない。いつでも簡単に会うことができるのだ。

そもそも、ハローワークに勤める非正規職員の住まいは、ハローワークに近い景京鉄道沿線に住んでいる人が殆んどで、弘幸のように遠方から通勤する者はいなかった。

弘幸と同じ仕事をしていた先輩に代わって入所してきた女性は、上野原順子と言い、髪型が長谷

川町子作品のサザエさんに良く似ている。つい、

「サザエさん！」

と、声を掛けそうになってしまう。

このサザエさんに似ていることを周りの人に話すと、

「似てへんわ」

と言われたので、どうも弘幸が思っただけであったらしい。

この年の平成二十七年七月、いつものように、出原幸俊と居酒屋八幡浜屋の暖簾をくぐって、恋バナに花を咲かせていると、出原が、

「平山の部門にいる端田さんて、小柄でかわいい人だね」

と、突然、前触れもなく話を変えてきた。

「そうだね。お客さん達にも人気があって、端田さんを指名して相談に来る人が多いよ」

と、弘幸が応えると、続いて、

「一緒に飲みに行きたいね」

と、出原が言う。

「誘ったらええやん」

と弘幸が言うと、出原は、ニタニタと照れくさそうに笑みを浮かべて言う。

「そりゃそうやけど、俺とは部門が違うし、席もずっと離れているので、なかなか誘えへんわ」

「よし、じゃあ俺が誘ってみよう。俺も出原の部門に在籍する女性で、話してみたいと思っている女性がいるんだ。その女性も誘って、四人で飲むということでええよね」

と弘幸が言うと、

「勿論！　その方が自然でええけど、俺と同じ部門で話してみたい女性ってだれ？」

と、尋ねてくる。

「村中さんだよ」

と、弘幸は答えた。続いて、

「村中さんは、俺が以前、ハローワーク出張所に居た時の女性で、ズカズカと他人の話に入ってくる嫌な女性と感じていた人なんだ。だが、俺が圧迫骨折で入院して勤務を休むことになった時と、山陰カニ食い旅行のキャンセルを伝えた時に、非常に丁寧に優しく対応してくれたんだ。そこで村中さんに対する考えが、百八十度変わってしまった人なんだ」

と、説明した。

弘幸が、圧迫骨折で二年半の療養生活を終えてハローワークに復帰してからも、村中さんとは、自然に話し掛けられる存在だった。ハローワーク出張所で一緒に働いていた経験から顔見知りだったからだ。

そして、端田さんと村中さん両名への飲み会への誘いのチャンスを窺っていると、やっと、そのチャンスが巡ってきた。

端田さんが、何か悩みがあるのか、悲しいことがあるのか、自分の席でうつむいて、憂鬱そうにしていることに弘幸は気付いた。

そこで、弘幸は話しかけた。

「どうしたん？　何か面白くないことでもあった？　近いうちに、ちょっと飲みにでも行かない？　そこで、愚痴でもしゃべれば、少しは気が楽になるよ。私がよく一緒に飲んでる出原さんも誘おうと思うんやけど」

「ありがとうございます」

と、端田友江が答える。

弘幸は、即、村中さんの所に行って、

「村中さん！　近いうちに、ちょっと飲みにでも行かへん！　そこで、憂さ晴らしでもせえへんかなあ？　私の他に、私と同じ部門の端田さんと村中さんの部署の出原さんを誘おうと思ってるんやけど」

と誘った。

「いいですよ」

と、村中さんは即答してくれた。

「じゃあ、また後日、場所と日時を知らせるわ」

と言って、別れた。

「ホンマ俺は、仕事中に何をしてんのや」

と、思いながらも、反省することなく、続いて端田友江さんの席へトンボ帰り。

「端田さん！　飲み会は、私と出原さんとの三人と思ってたんやけど、村中さんも誘ったらＯＫやったんで、四人でええよね」

と言うと、

「ＯＫです。ベストチョイスです！」

と、了承してくれて、日時、場所は後日連絡することとした。

その夕方、弘幸は出原を誘って、いつもの立ち飲み屋で落ち合って、端田さんと村中さん両名のＯＫを取り付けたことを伝えて、その飲み会の日時と場所を決めた。

そして翌日、端田と村中にその日時と場所を伝えて、了解を取った。

その飲み会の当日、弘幸が端田に、

「今日の飲み会、パスビル三階の青木屋へ現地六時集合だからね」

と念を押すと、少し不機嫌そうな顔で、

「平山さん！　私、今日は何を話すか分かりませんよ！」

と、訴えるような、涙ぐむような声で言ってきた。

端田には、気にいらないことが生じたか、不満が溜まっていたのだ。

「ええやん、何でも話したら。話したらスッキリするかもしれへんし、この飲み会は、それが目的なんやから」

と端田を元気づけた。

弘幸がハローワークに入職して初めて、女性を含む飲み会四人組が誕生した。もちろん、他に存在するかどうかは知らないのだが。

パスビル三階の青木屋では、まず自己紹介的なことを行なって、メールアドレスの交換を行った。この時、村中の名前が「美千恵」であることを始めて知った。そう、「美千恵」と言う名前は、弘幸が高校生時代の初恋の相手であり、初めて付き合った女性の名前と同じであった。高校生時代のことを、少し思い出した。

青木屋で過ごして仲良くなったこの四人の仲間は、この後も、お互いに調整し合って、飲み会を続けようと約束し、続けてカラオケに行った。

そして、この飲み会以後の四人の飲み会には、必ずと言っていいほど、カラオケという紐が付いて、恒例となった。

四人とも、非常にアルコールが好きで、よく飲んだ。とにかくよく飲んだ。いつも決まってるわけではないが、へべれけになって、何も覚えていない人間が、飲み会の都度一人は出現した。

そして、この四人での飲み会で恒例となったことがもう一つある。

飲み代の分担金を支払ったかどうかを覚えていない人間が一人か二人は必ず存在したのだ。これが、恒例となってしまった。ひどい時は、覚えていない者が三人もいた。

お店は代金を支払わないと帰してくれないので、お店には支払っているのだが、個々の分担金の支払いのことだ。

そして翌日には、

「毎度のことで申し訳ありません。昨夜の私の分担金は支払ったでしょうか？」

というメールが、全員に届くことになる。

この確認メールを一番多く発信するチャンピオンは、村中美千恵だ。そして、第二位が弘幸なのだ。

出原と弘幸が一緒によく行ったハローワーク近くの立ち飲み屋にも、この二人の女性を誘ってよく行った。こういった立ち飲み屋等での、一時間くらいでお別れする飲み会を、四人グループでは、

「チョイ飲み」と名付けた。

尤も、弘幸達が名付けなくても、うどん屋やラーメン屋に行くと、

「ちょい飲みできます」

なんていう張り紙をして、一セット千円未満で販売しているお店を、最近よく見かけるようになった。

ある日、弘幸と出原が立ち飲み屋でのチョイ飲みをしている時、弘幸が、

「我々グループは四人なんで、丁度麻雀メンバーにもってこいやなあ」

と、言ってみると、出原は、ポケットからスマホを出して、

「爺さんが、君達に麻雀でも教えようかと言ってるぜ！」

と、村中と端田にメールした。出原は、行動が早いのだ。

出口は、弘幸のことをよく「爺さん」と言った。同じ年の生まれであるのに、弘幸の方が一学年上で、出原の方が若い！と言うことを強調したかったのだろう。まあ、弘幸は小さい頃から老け顔で、本当の年齢よりも若く見られたことは無い。ひどい時は、十歳も十五歳も実際の年齢よりも年上に見られる。

事実、誰が見ても、頭髪少なく、白髪交じりの弘幸の方が、頭髪多く、黒髪の出原よりずっと爺さんに見えるのだから仕方ない。別に、「爺さん」と言われても、弘幸は嫌悪感を抱くわけでも無かった。

出原が送った、麻雀メールの返事が端田友江から返ってくる。

「雀荘に行って、麻雀牌を並べるのに付き合わされたことは有ります。でも、全然分かっていないので、ぜひ、やってみたいです。教えてください」

続いて、村中美千恵からもメールが届く。

「私、麻雀知ってますよ。良くは分かっていませんが、並べる程度ならできますよ。夫が同僚を家に連れて来て麻雀をやるので、付き合わされますし、毎年大晦日には、子供二人と夫の四人で家族麻雀大会をやっています。ぜひやりましょう！」

という返事だ。

早速、弘幸は出原と一緒に麻雀開催日程を決めて、女子両名にお伺いを立てた。

言っておくが、この麻雀開催日程は決して土日祝の休みの日では無い。平日のことであり、全員が勤務の日である。それも、一般のサラリーマンが、毎日の仕事を終えて行う夕方からの麻雀ではなく、朝から始めるのだ。

以前、飲み会四人グループで、

「みんな、年休が沢山有るので、日帰り旅行や遠隔地飲み会などを、それぞれの年休を使って実施しようじゃないか！」

と、話をしていたのだ。それに、平日の麻雀だと、ゲーム代が安くなる雀荘を弘幸は知っていた。

今回の開催は金曜日の朝十時から夕方五時に設定した。

端田友江は、麻雀牌を並べて、手の内では三つずつのセットを四つと、同じ牌を二つ作れば上がれるということを知っているだけだった。何回かゲームを重ねるうちに、リーチと、上がる（和了＝ほうら）と言うことを覚えてくれたが、「ポン」も「ロン」も言えるようになったのに、「チー」が言えない。

「チン」なのだ。これには皆が笑った。

端田友江よりはもう少し知っている村中美千恵は、毎年の大晦日に家族四人で家族麻雀をやっているとのことで、上がり役やチョンボのことも知っている。あまり教えることは無いのだが、降りるということをあまり分かっていないので、ほとんどまっすぐ向かっていって、負けてしまうことが多い。村中の麻雀は、「行け！　行け！　どんどん行け！　麻雀」だ。

それは仕方無いのだが、端田も村中も考える時間が長くて周りはイライラ。まあ、本当は、これも仕方ないのだが。

この四人での麻雀を始めて何度目かの時、端田が、牌をアチコチへ並べ変えながら、何を捨てようか長考の末に、何かの牌を持って捨てようとした時だった。

「おいおい、そりゃあ、おえん（駄目）で！」

と、言った者がいた。

いつの間にか、端田の後ろに立って、端田の手の内を見ている女性がいて、声を発したのはその女性だった。端田も、卓を囲んでいる弘幸達も、メンバーの誰もが知らない女性であり、あっけにとられていると、続いてその女性が言った。

「へえでも、皆が待ってるから、はよーしねーや！」

と言い、弘幸を除く他の者には
「はよー死ねーや」

と聞こえたが弘幸には、すぐ分かった。

「早く死ね！」ではなく、「早くしなさい！」なのだ。これを聞いた者は誰もが驚く岡山弁なのだ。

気の短い端田が後ろを振り返って、

「ちょっと、何！　失礼な！」

と、その女性に食ってかかる。

そりゃ、そうだ。見知らぬ者に向かって突然、

「早く死ね！」

は無い。

岡山弁を理解できる弘幸は、この状況を鎮めるべく、

「端田さん、勘弁してやってよ。『はよーしねー』は、岡山弁で、『早くしなさい』なんだ。同じ卓で、端田さんが牌を捨てるのを待ってる人達のために、親切で言ったんだと思うよ」

と言うと、更に続けてその女性に言った。

「そうですよね。でも、見ず知らずの人に、突然後ろから、あんなことを言われると、誰でもビックリするし、怒りますよ」

と、言って、同意を求めた。すると、

「そうなんです。そうなんです。本当にすいません、突然見ず知らずの人に失礼なことを言ってしまって」

と、彼女は謝って、さらに言った。

「実は、この雀荘で友人達と麻雀をやる約束をしているのですが、まだ誰も来ていないので皆さんの麻雀を拝見していたんです。この方が、あまり麻雀を知らない人だなと思ったら、つい、おせっかい癖が出て、しかも岡山弁で失礼過ぎることを言ってしまいました。私は大阪市内に住んでいる

のですが、岡山出身でして、山城と言います。本当に申し訳ありませんでした。」

と、重ねて謝った。

「ん？　岡山出身で山城？」

と、少し引っかかるものがあったが、それほど、気にはしなかった。

弘幸達のグループは、優しい心根の持ち主ばかりだ。女性が謝ってきたことで、許すことにして、今度、機会があったら、一緒に麻雀を楽しみましょう！ということで、この騒ぎは幕を引いた。

そして、麻雀はさらに続いた。今度は、村中が長考を始めた。すると端田が、

「村中ちゃん！　私はね、はよー！　シネーなんて言わないからね。ゆっくり考えてね。私、先に進めるよ！」

と、言って、牌の山から次の牌を持ってきたのだ。メチャクチャだ。

弘幸がビックリして、

「オイ！　オイ！　ちょっと！」

と、言う間もなく、端田は牌の山から新しい牌を持って来て、自分の手の中に入れると、不要な牌を一枚捨てた。

その捨てた牌を見た端田の上手の村中が、

「あっ！　それ！　チー！」

と言って、端田の捨てた牌を持っていく。

「ちょっと、ちょっと、メチャクチャや！」

と、弘幸は言って、やり直させようと思っていると、端田が上手の村中に向かって、

「あれっ！　下手の人が捨てた牌って、チンできるんやったっけ？」

「あっ！　ゴメン！　できへんわなー」

と、村中は言って牌を戻した。

次は端田だ。

平然とした顔で、新しい牌の山からまた次の牌を持ってくる。

「あっ！　ちょっと、ちょっと、あかんわ。このゲームやり直しや！」

と、弘幸が皆の麻雀牌などに手を掛けて、山もろとも崩し始める。

横を見ると、出原が声を出さずに腹を抱えて笑っているのだった。

出原は、麻雀の大体の点数計算はできて、麻雀のルールなど一通り心得ており、ちゃんと麻雀のできる人材である。

出原が危険な牌を捨てる時は、野球のアンダースロー投手の投球がごとく、腕を下から上に突き上げるようなフォームである。

麻雀を終えると、次はアルコールだ。二〜三時間居酒屋に入って飲み、その次はお決まりのカラオケだ。

ところが、弘幸は実はカラオケが苦手だ。

理由は、最近の曲をほとんど知らないからだ。よほどのことがない限り、大学を卒業した昭和五十一年頃からの曲はほとんど知らない。音感も決して良くはない。

卒業後も麻雀に明け暮れることと、中四国高市資格支援学院での帰りが夜の十時では、テレビ番組を見られるはずがない。たまに見ても、サスペンスドラマであり、歌番組を見るのは皆無だ。

それでも、カラオケに同伴すると、周りの仲間が、

「歌え！　歌え！」

と、言うので、大学卒業頃までに覚えた歌を二～三曲歌って勘弁してもらう。

そのカラオケでもアルコールは飲む。

アルコールなら、弘幸も普通以上に付き合える。そうすると、起こるのだ。悲劇が。

たくさんの荷物を持っていた村中美千恵が、居酒屋に入る前に、近くのコインロッカーに荷物を預け入れたことがあった。

カラオケを終えて家を目指す時、村中はコインロッカーにバッグを預け入れていることを、完全に忘れていた。

村中が深夜十一時頃に家に到着すると、ドアの鍵がかかっている。当然のことなのだが、持っているキーを鍵穴に差し込んで、村中がキーを回すと、

「ガチャッ！」

と、音がして鍵が開いた。と、思ったのだが、続いて即、

「ガチャッ！」

と鍵の回る音。

「ん？」

と、不思議に思いながらも、ドアの取っ手を回してドアを開けようとするが、開かない。

どうもまた、鍵がかかったようだ。

もう一度村中は、持っているキーを鍵穴に差し込んで回してみる。

「ガチャッ！」

と、音がして、鍵が開く。ところが、続いて即、

「ガチャッ！」

と鍵の回る音。

「ん？　なんだ？　さっきと同じような音？」

と、不思議に思いながらも、再々度ドアの取っ手を回してドアを開けようとする。が、開かないのだ。ただ、ドアの向こう側に、人の気配を感じるのだ。子供の臭いだ。

「ん？　直也？」

ドアの向こう側で、「ふふっ！」と、笑いをこらえているような声が聞こえる。

息子の直也だ。間違いない。

「直也が居るんでしょ。ドアがうまく開かないんだけど、開けてよ！　ねえ！」

と、村中は、自分が酔っ払っていてうまく鍵を開けられないのだと思い、懇願する。

すると、中から、

「こんなに遅くまで夜遊びをする子は、我が家にはおりません」

と、息子の直也の声。

村中美千恵は、

「ごめん！　ごめん！　お願いだから開けて！」と、懇願しながらなんとか開けてもらった。

だが、翌日も大波乱だ。救いは、今日は土曜日で勤務無き公休日であることだ。

村中は朝起きて、バッグをコインロッカーに預けたことを思い出した。

そして、バッグを預けたコインロッカーを開けに行こうとして、上着のポケットに手を入れて、コインロッカーの鍵を探る。

無い、無いのだ。鍵が。

上着もズボンも、全てのポケットを探ったが、見つからない。慌てふためいた村中は、コインロッカーの管理会社を調べて電話する。

「すいません、昨夜コインロッカーに荷物を預けたのですが、どうもキーを落としたようで、荷物が出せないんです。落し物でキーは届いていませんでしょうか？」

「はい、届いていますよ。今朝ほど、キーを拾った人が、届けに来られましたので預かっています」

そのロッカーの管理会社の声を聴いて胸をなでおろして、キーを拾ってくれた人が神様に思えた村中美千恵だった。

バッグの中には、勤務先のドアの鍵やロッカーの鍵も入っていた。ほかにもメガネや筆記具、化粧品等も入っている。

バッグが出てこなければ、鍵の紛失を勤務先になんと言ったら良いのか、気が気ではなかった。鍵代金を弁償するのは構わないが、この鍵などを無くした理由を説明するのが、かっこ悪いし、恥ずかしくてたまらない。

すぐにコインロッカーの管理会社の住所を聞いて、訪問した。電話で伝えておいた村中美千恵と言う名前が証明できる勤務先の身分証明書を呈示して、鍵を渡してもらった。

この四人グループは、とにかくよく飲み、よく遊び、よく歌った。

勤務先のハローワークから電車に乗って三つ目の駅の近くに、少し広めで人気の洒落た居酒屋があるという情報を端田友江が仕入れてきた。

「そこは人気店で、予約が必要なんだけど、電車の駅から徒歩五分くらいのところなので行ってみようよ」

と、言う。

誰も反対はしない。

仕事の話は、あーでもない、こうでもないと、なかなか決まらないのだが、飲み会の話は、あっと言う間に決まってしまう。

まだ、そんなに多くのアルコールが四人の胃袋を占領している状況では無かった時、出原が、誤って目の前のビールの入ったコップに触れて倒してしまった。

「あーあ！　もう酔っ払ったの？」

と、言いながら、親切で優しい端田友江が机においてあったタオルのお手拭きで、こぼれたビールを拭き始めた。だが無情にも、その端田の手が、端田の前でたっぷりビールを蓄えていたコップに触れて倒した。

これを見ていた、困った人を助けずにはいられない性格の村中美千恵が、端田と同じように、目の前にあったタオルのお手拭きを持った。そのお手拭きを持った途端、村中の手は端田と同じように、自分の前にあるビールの入ったコップに触れて、倒した。

机の上には、三個のコップが倒れ、ビールの大洪水となっていた。

「おい、ここはボーリング場か！」

と、弘幸は、笑いながら言って、

「俺もうまいことを言ったなあ。この三本倒しをボーリングと言えるとは・・・」

と、悦に入っていた。

今回のここでの飲み会は、珍しくも、たったの三時間ちょっとで、お開きとなった。

電車の駅に行くと、駅に掛かっていた時計は九時十五分を示していた。

たったの三時間くらいしか飲んではいないと言えども、四人共、そこそこには酔っていた。

弘幸は、これで、明日の朝、

「私、昨夜の飲み会の分担金、支払ったかなあ?」

と、メールを送ってくるのは誰なのかを、過去に何度となく繰り返された出来事を思い出しながら想像して、静かに笑った。

村中美千恵は、

「あーあ、今日もよく飲んだねえ。私も飲んだけど、平山さんもよく飲んで、よく食べたねえ」

と、言いながら、隣を並んで歩いていた弘幸のお腹に触って、撫でた。

もちろん、弘幸のお腹を撫でたのは意識してのことではなく、酔っ払っているがゆえの、彼女の本能(?)なのだ。

「あっ、こりゃ、明日の朝、私、昨夜のお店の分担金って、支払ったかなあ?」

と、メールを送ってくるのは、間違いなく村中美千恵だな、と確信した。

もちろん、弘幸という男性のお腹をさすったことなど覚えているはずもない。

その夜、出原幸俊は、近くの景京鉄道の駅を、九時二十分に発車する京都行き電車に乗って、目的の自宅最寄り駅へ向かった。

酔っ払っている時の脳みそと言うものは、どうしても人の体を、睡眠の世界へ誘ってしまう。出原幸俊の目が覚めると、そこは、降りるべき自宅最寄り駅から、四つ目の駅だった。よくあることだ。

アルコールを飲んで、つい眠けに負けて二駅や三駅を乗り過ごすことなど、誰にでもある。なにも出原が悪いわけではない。

ただただ、アルコールが悪いのだ。

乗り過ぎたことを認識した出原は、反対ホームへ回って、ホームに入って来た大阪方面行き電車に、折り返し乗車した。

だが、折り返し乗車したからと言って、今度は、降りるべき正しい駅で降りるという保証はどこにもない。

今度の出原も、眠りに集中したおかげで、降りるべき自宅最寄り駅から大阪に向かって四つ目の駅でお目覚めになった。またまた、反対のホームに回っての折り返し乗車だ。

だが、またしても自宅最寄り駅で降りることを、出原の脳みそは許さなかった。

またまた、折り返し乗車だ。折り返し乗車を何度繰り返したかなど、酔った出原の脳みそが覚えているはずが無い。

酔っ払ってさえいなければ、乗った駅から自宅最寄り駅までのタクシー乗車が七分程度である。自宅最寄り駅を降りてすぐにタクシーに乗れたはずなので、最初に乗った駅から自宅までの所要時間は、合計十五分程度のものだ。午後九時二十分の電車に乗ったのだから、午後十時前には家に着いているはずだ。

出原が翌朝、妻に、

「昨日の夜って、俺は何時に帰ってきた?」と、尋ねたところ、

「丁度十二時だったよ」

と言ったという。

と言うことは、出原幸俊は、乗車駅から自宅最寄り駅まで帰るのに、約二時間半もの間電車に乗っていたことになる。

酔ってさえいなければ、七分程度の距離の電車賃は二百二十円。二百二十円で、電車に約二時間半乗っていたのだから、凄く安い電車賃であった。

弘幸を加えた四人の呑兵衛は、酒とカラオケと麻雀を愛する仲良しグループとなった。

社会人になってから、これだけ和気あいあいと話せる仲間を結成するのは、なかなか珍しいことだ。少なくとも、弘幸が社会人になってからは初めての経験であった。

ある秋深い時期だった。出原幸俊が、

「兵庫県の明石は蛸が有名なのは知ってると思うけど、僕の友人が、明石に割烹料理の美味しいお店を良く知っていて、教えてくれたので、行ってみようよ！　蛸を食べに！」

と、誘ってきた。

勿論、こういう話には全員賛成だ。蛸もさることながら、四人とも、頭には、まず酒が浮かんでいるのだ。勿論、全員、年休を使ってのお出掛けであることは、全員が理解している。年休の消化

だ。

朝から年休を消化する女性二人と、午前中の仕事を終えて、午後を年休消化とする男二人で、待ち合わせ場所をＪＲ明石駅の改札出口と決めた。

女性二人組は、午後に大阪駅で待ち合わせをして、大阪駅地下の居酒屋に立ち寄った。明石で酔っ払うことを恐れての、予行演習なのだ。アルコールを少し体内に注入して、少し慣れておくためだ。

男二人組は、午前の仕事を終えて、大阪駅まで電車に乗り、大阪駅からはＪＲの急行に乗って、明石に向かって出発した。

女性二人組は、大阪地下街での飲酒予行演習でほろ酔い気分になったために、明石までの丁度繋ぎの良い時刻の電車を逸して、普通電車に乗った。

急行に乗った男二人組が、電車から、次々と現れるＪＲの駅名を確認しながら窓の外を眺めていた。特に弘幸は、このＪＲ線に乗るのは珍しく、初めて知る駅名を珍しそうに眺めながら確認していた。初めて知る駅名も少し有った。

六甲駅に来ると、出原と弘幸が乗っている電車横のホームに止まっている普通電車が見えた。その電車の中に、こちらを見ている女性二人組を発見した。それは偶然にも、弘幸達と同じ明石を目指す酔っぱらい女性二人組の村中と端田だった。偶然にも、お互いの存在を認識して、手を振りあった。

と言うわけで、後に出発した男二人組の方が彼女らを追い越して、先に明石駅に着いた。

ほどなく、女性二人組も明石駅に到着して約束の改札出口にやってきた。

改札を出てきた女性二人組を見つけた弘幸は、

「あんたら、何しとったん？　先に出発したんやろ？」

と、言うと、女性二人組は、ケラケラ笑いながら、

「だってねえ・・・」

と、お互いの顔を見ながら、さらに笑い転げていた。

随分昔に、箸が転がっても可笑しい年齢はとうに、過ぎているはずなのだが・・・。

それ以上、女性二人組の遅くなった原因追及は行わず、早く蛸を食べようと、出原が紹介してもらったお店に向かった。

紹介してもらったお店に着くと、お品書きを見ながら、まず、ビールと刺身を注文することとした。

出原が、お店の大将と思える人に、このお店を紹介してもらった友人のことを話した後で、

「お刺身の蛸が食べたいんですけど」

と言うと、お店の人は、少し首を傾げるような素振りで言った。

「蛸ですか？　いま季節じゃないからありませんよ！」

「えっ！」

呑兵衛四人組は、一様に目が点になって、口を開け放った。

きっとお店の方も、蛸のことを知らずに食べに来る、こんな大人が居ることに、あっけにとられて目を点にしたに違いない。

社会人の、しかも、何十年も生きてきた大の大人が蛸を食べられる季節も知らずに、確認もせずに明石くんだりまで、年休を取ってやってきたのだ。

四人組は仕方ないので、たくさんの酒の肴を注文して、アルコールをたらふく呑んだ。

せっかく遠方まで来たのだから、もう一軒呑みに行こうということになり、近くの居酒屋を見つけて、またアルコールをたらふく呑んだ。

メニューに、タコ焼きがあった。

弘幸は、有名な明石の蛸を食べにきて、食べられなかった悔しさに、このタコ焼きを注文してやった。明石のタコ焼きと言っても、その味は、どこにでも売っているたこ焼き屋のたこ焼きと変わることは無かった。

この居酒屋を含めて、胃袋に、たらふく蓄えたアルコールと共に呑兵衛四人組は、我が家を目指して帰ることとした。

明石駅へ来ると、男二人は尿意に見舞われて、トイレに向かった。

「ちょっとトイレ！」

そう言って、弘幸がトイレに向かった時、確かに聞こえた。村中の、

「もう遅いんで、早う！　しねーよ！」

という声が。

以前の雀荘で、見知らぬ人から言われた、初めてで、びっくりするような岡山弁を良く覚えているものだと感心した。

「早く、しなさいよ！」

と言う意味の岡山弁だ。

だが、この時、弘幸がトイレに入ったことは、大きな間違いだった。

四人とも大阪に向けて、帰れば良いのだから、四人揃って大阪方面行き電車に乗れば良いのだが、トイレに入った男二人組が行方不明になってしまった。

端田も村中も、出原と弘幸に電話しても、メールしても返事が無く、先に帰ったのかなと思いながら、ホームにやってきた大阪方面行の電車に二人とも乗った。

弘幸は、体中にアルコールが回り、電話やメールには全く気付いていなかった。トイレから出て来ると、ホームで出原、端田、村中の三人を探したが見当たらなかった。先に帰ったのだろうと考えて、次に来た東方面行の電車に乗った。

電車に乗った弘幸は、アルコールの回った良い気分で、電車の椅子に腰かけると、ほぼ同時に、お寝んねタイムに突入した。

出原は、お腹の調子が悪くなって、暫くトイレの中でお腹と格闘していた。トイレを出た時には、仲間の三人とも見当たらず、次にホームに入ってきた電車に乗った。

電車でお寝んね中の弘幸が目覚めると、電車は、ここが彦根駅であるアナウンスを流していた。滋賀県だ。慌ててホームに降りて、急いで、大阪方面行きの反対ホームに向けて歩いた。

暫くして入って来た、大阪方面行の電車に乗った。今度は、うとうと程度のお眠りですんだ。

また、電車のアナウンスが聞こえてきた。

「高槻～、高槻～、ここが終点です。ご乗車の皆様、この電車は車庫に入りますのでご乗車出来ません。皆様お降りください」

仕方ないので弘幸は電車を降りて、次の電車の時刻を確認しようと、ホームにある時刻板を見たが、次の電車の案内が無い。時刻板は、黒一色で、時刻表示は何も無かった。

弘幸が乗ってきたこの電車が、本日の最終便だったのだ。

高槻駅は、いつも通勤で降りる駅なので、高槻駅周りの地理はよく分かっていた。電車が無いとなると、タクシーだ。

仕方なく、駅前のタクシー乗り場に向かって歩いてタクシーに乗った。

家までのタクシー料金は、六千円くらいで高いが仕方ない。料金は、過去に何度か利用経験が有るので、だいたい分かっていた。

家に着くと、頭は痛いし、疲れ果ててＢＱ（バタンキュウ）である。電車の中で、よくお眠りになったにもかかわらず、さらによく眠ることができた。

ぐっすりと眠れた為、翌朝起きるのは早く、四時過ぎだった。

昨夜、一緒に帰れなかった三人のことが気になって、携帯電話に目をやった。

ある、ある。たくさんの電話履歴とメールだ。

端田から、村中から、そして出原からも、数えきれないような数だった。いずれも、弘幸の無事を心配してのものだ。

弘幸は慌てて、無事に家に着いていることのメールを、三人全員に送信した。全員から、安心した旨のメールが返ってきたが、弘幸は大事なことに気付いた。

肩に掛けていたバッグが、周りのどこにも無いのだ。明石で電車に乗った時には、間違いなく持っていたことを思い出した。

とすると、電車へ置き忘れたのだ。

即、JRの忘れ物預かりの電話番号を調べて、バッグの忘れ物が届いてないかどうかの確認電話を入れた。

財布は、上着のポケットに入れていたので大丈夫だったのだが、バッグには、職場の出退勤等を記録する個人情報の入った、電子カードが入っている。

弁償を求められることは構わないのだが、カードを無くしたことを話すのは、恥ずかしいし、無くした状況などを訪ねられると、どう言ったら良いのか分からない。事実を言えば良いのかも知れないが、そうすると、弘幸の信用はガタ落ちになるだろう。

弘幸の問い合わせの電話に出た落し物係の担当者は、言った。

「ありましたよ。本人の物かどうか確認したいので、中に入っている物を、覚えている限り言ってみてください」

弘幸は、まず第一に、職場の個人情報等の入った電子カードの存在を伝えて、記憶に残っている物をできるだけ伝えた。

すると、

「そうですね、あなたの物で間違いないようですね」

と、落とし物係の返事。

弘幸は、ホッとして、胸をなでおろした。

「一週間以内に取りに来てください。それを過ぎると、警察に届けますので」

と、落とし物係の担当者は、付け加えた。

弘幸は二日酔いで痛い頭を抱えながら、大阪駅の忘れ物係を訪ねて、バッグを返して貰うことができた。

このように酒に関わる逸話を弘幸から聞いた私は、こんな歌を作った。歌と言っても歌詞だけだ。誰か曲でも付けてくれると嬉しいのだが。
一　嬉しさも　悲しみさえも

仲間の心　分かるから
今日も飲むけど　飲まれるな
楽しい一夜だ　乾杯だ
呑兵衛ブルース

二
明日夜も　明後日夜も
仲間で話そ　嫌なこと
笑顔で忘れよ　この酒で
飲んで酔って　歌おうよ
呑兵衛ブルース

三
明日からは　出張行くと
分かっていても　それでもさ
食べて呑んで　飲んで歌い
楽しもう　酔いに浮かれた
呑兵衛ブルース

四
あと一杯　あと一合と
呑兵衛根性　見せてやれ
いつまで呑むの　そりゃ知らね

歌い歌おう　声高らかに

呑兵衛ブルース

こんな呑兵衛四人組には、この他にも、いろいろの逸話が残っている。そのほとんどが酒に酔ったことによるものなのだが、他にもある。

出勤時に、財布や携帯電話を忘れて家を出ることだ。

呑兵衛四人組の連絡は、ほとんどがメールであり、電話することは無い。

メールしても、返事の返って来ないことのよくあるのが、村中だ。返信メールが無く、どうしたのか?とのメールを送ってみると、夜遅く、

「あっ！　その携帯電話ねえ、家でお留守番させてたの。家に帰ったら、お利口にしてベッドの横でスヤスヤお眠りでした」

と、返信メールが来るのだ。

それで、弘幸は、

「それは、それは、携帯電話の躾が行き届いたことで」

と、嫌みメールを送ってやるのだ。

財布を忘れて出勤するのは、弘幸の十八番だ。

気付くのは、代金の支払いをする時で、それまで気付かない。昼食時が多くそんな時弘幸は、店

の人に、

「あっ！　すいません。財布を忘れたので、ちょっと職場に取りに行ってきます」

と、言って、呑兵衛四人組の誰かを捕まえて、理由を話して借金する。そして、お店に支払いに行く。昼食に行くお店はよく行くところなので、お店ではお馴染みだ。

「今度、来られた時で良いですよ」

と、お店の人は言ってくれるのだが、この言葉に甘えると、この無銭飲食をしたこと自体を忘れてしまう。呑兵衛四人組に借りてでも、支払いを先に延ばさない。

呑兵衛四人組に借りた事は、たとえ忘れても構わないのだ。四人の誰もが、取り立ては厳しいからだ。

借金返済を忘れでもしようものなら、取り立てに来て、

「利息は十一《といち》だからね！」

と、脅迫する。

弘幸の財布を忘れる特技は、まだ続く。

その財布を忘れて、昼食代を仲間に借りた日の夕刻の帰り道、百貨店に立ち寄り、男物の衣服を見に行った。特に何も買うつもりは無かったのだが、非常に感じの良いスラックスを見つけて買う気になり、スラックスを持って、レジに行った。

レジ係が、

「はい、四千三百二十円です」

と、言って、弘幸が胸ポケットから財布を出そうと手を入れかけた瞬間、財布を忘れていることを思い出した。それまで気付かない。

「あっ！　すいません。やっぱり他の商品にします」

と、言ってその場から逃げ去る、という失態を見せるのだ。

「もっと早く気付けよ！」

と言いたいのだが・・・。

また、弘幸は、他人をちゃかしたり、軽い意地悪をするのが大好きだ。

複数人が乗っているエレベーターに乗っていた時のことだ。我慢していたオナラが限界だった。

この狭い空間の中に、肛門から発射されてしまったことがある。このオナラが、大きな音と共に出るのであれば、犯人はすぐに、ばれるのだが、その時は音の出ない強烈なものであった。

そして、オナラの強烈な臭いが、乗っている人の鼻をくすぐり始めた。

弘幸は照れたりはしない。嫌そうな顔をして、後ろの人を振り返るのだ。

振り替えられた人は、

「私じゃないよ！」

という顔をして、手のひらを数回、横に振っている。これで、大体は弘幸が犯人では無いことで落ち着く。悪い奴なのだ。

ある時は、職場近くにある百貨店で、赤ちゃん用品の売り場を通りかけた時だ。その売り場の店員に向かって、

「ちょっと、すいません。私に良く似合う洋服はありますか？」

と、声を掛ける。赤ちゃん用品売り場でだ。

声を掛けられた店員は、実に嫌そうな、そして、ムッとした顔をして、

「そんなもの、ありません！」

と言って、どこかへ消え去った。

「大阪のおばちゃんらしくない、商売っ気の無い女性だな。俺なら、はい、丁度良くお似合いのものがありますよ！と言って、何か持ってくるのにな」

と、弘幸はクスクス笑いながら、面白がるのである。

呑兵衛四人組の中にはこんな奴もいる。

村中のご主人が、病気で入院したとの情報が入った時のこと。

四人組の連絡や情報交換等を行うのは、いくら、おじちゃんやおばちゃんと言えども現代人らしく、ほとんどがメールを使う。

この四人組の間でメールする時は、四人全員、相手三人のメールアドレスを登録していて、相手三人には、一斉にメールが届くように設定している。

これは便利で良いのだが、災いを招くことだって有り得る。普通の常識人には起こらないのだ

が・・・。

　村中のご主人の入院情報を得た出原は、この便利な一斉メールを使って送信した。

「村中さんの旦那さん、入院したらしいけどお見舞いはどうする？　爺さん本人の入院時にはやってないので、いいかなあ？」

　グループへの一斉送信メールなので、当然のこととして、村中さんにも届く。本当に注意力の不足する出原なのだ。

　だが、村中が偉いのは、分かっていて知らんプリができることだ。さらに、良い悪いはさておき、他人を責めたり叱ったりして、仲間の間に溝のできることを極度に嫌う性格だ。平和主義者なのだ。

　この時弘幸は、出原と端田宛に、

「村中さんのご主人へのお見舞いのメール、当の村中さんにも届いてるよ！」

　と送信して、さらに、

「もう、良いから何もしないでおこう！　村中さんはできた人だから許してくれるよ。もし、村中さんが、失礼な！　とでもいう宣告をしてくれれば、その時に謝ればいいよ！」

　と、メールを送信しておいた。

　結局、お見舞いはやらないことになった。

　出原は、自分の思い付いたことがあると、周りの意見はあまり聞かなくなる。空気が読めないというよりも、注意力が足りないのである。自分自身に、良い意見や考えが思いつかない時は、周りの人の意見を良く聞くのだが・・・。

　こんなこともあった。

　出原と同じ職場には、気に入った上司がいて、仲良くしていた。その上司の近況を、出原を除く呑兵衛三人に知らせてきた。もちろん、出原の親切心からの情報提供だ。

　この上司は、出原を除く呑兵衛三人もよく知っている人物で、弘幸はその上司には好感さえ持っていた。弘幸は！　だ。

　だが、端田友江は違っていた。この出原の情報提供メールに対して、

「その上司は同じ部署にいたことがあるので良く知っているけど、知っているというだけで、仲良くしたいとか、好きなタイプというわけではありません。どちらかというと、近寄り難い人物なんです」

　と、出原宛にメールを返信した。

　にも関わらず出原は、その返信されてきたメールの中の、

「その上司をよく知っている」

　という部分だけを見て、安心して、その上司と呑兵衛四人組との飲み会の約束をした。その上、日時・場所まで設定して、ＯＫかどうか？と、メールを送ってきた。

　弘幸はあきれ返って、すぐに、この出原のメールに返信した。

「おい、出原！　何を勝手なことをしとるん？　端田さんは、その上司には近寄り難いと言ってる

んだよ。どうしてそうなるの？」

「ごめん、俺のフライングだった。でももう、その上司を誘って飲み会を設定したんだ。今回だけ付き合ってくれよ」

と、お詫びとお願いのメールが出原から送られてきた。

呑兵衛四人組の仲間は優しい奴ばかりなので、全員、出原のフライングを許すことにして、その飲み会は成立した。

そんな出原なのだが、仲間を大事にする男ではある。なにかというと、このグループに飲みの誘いをかけてくる。

また、一度知り合った先輩達には、自分が音頭を取って飲み会を設定するので、重宝がられている。そこで見つけた居酒屋などを呑兵衛の三人にも紹介して連れて行ってくれる。

新しい居酒屋を見つけるのは結構大変なものだが、出原のおかげで、三人は楽をさせてもらっている。

突然話は変わるが、弘幸にはこの四人グループの中での愛称がある。

ある平日のこと。いつものように、全員で年休を取って麻雀の開催となった。

そして、出原が急に参加できなくなって、残り三人は、三人麻雀をすることになった。戦績は、行なう前から分かっている。

「勝負事には運があるから・・・」

と、言ったって、

弘幸は、大学生時代から積み重ねた、年期の入った麻雀力なのだ。

そして、弘幸が上手かろうが強かろうが、彼女たちが負けようが勝とうが、それでも良いのだ。麻雀をやりながら、おしゃべりや、麻雀のお勉強ができれば、それで良い。弘幸も麻雀が好きなのであって、博打が好きな訳ではない。だから、このグループでの賭け麻雀は一切やらない。

予想通りと言うか、当然というか、この三人打ち麻雀は、弘幸の一人勝ちで、女性は二人ともにほとんど箱点だ。

この後いつも通り、居酒屋へ足を運んだ。

そこそこに、酔いが回った頃、彼女らが言った。少し呂律が回り辛くなってはいた。

「今日は、しぇんしぇいに、ケツの毛まで抜かれたわ」

だが弘幸は彼女達のケツに毛が生えているかどうか知らない。見たことが無いのだから。

「やっぱ、しぇんしぇいは上手いわ」

これに対して、弘幸は、

「そりゃ、そうやわ、俺は強くないかもしれんけど、上手いし、麻雀のことは何でも知ってるんやで」

と、言って、悦に入っていた。

彼女らの言った、「しぇんしぇい」は、先生の意であり、麻雀の先生だと言うのだ。

この時から弘幸は、端田と村中に「しぇんしぇい」と呼ばれるようになった。

「しぇんしぇいなのであり、せんせいではないからね」

と、端田が言うと、

「そうそう、しぇんしぇいだからね」

と村中が、念を押す。

酔っぱらいの二女史が、酔っ払った声で、そう言うのだ。

その二つがどう違うのかは、さっぱり分からないのだが、それを認めることにした。

そうなのだ。「しぇんしぇい」の名づけ親は、実はこの二女史なのだ。

しかし、困っていることがある。

彼女らが、弘幸と遭遇するたびに、

「しぇんしぇい」

と、声を掛けてくるのだ。そう、職場でもそうなのだ。

職場で、

「しぇんしぇい！」と、声を掛けた瞬間、彼女らは、

「あっ！しまった」

という顔をして、

「あっ！　平山さん」

と、初めのうちは、言い直していた。

しかし、暫くすると、その言い直しが面倒になってきたのか、言い直さずに、「しぇんしぇい」で通すようになった。

もちろん大人なので、お客さんの前では、そんな声掛けはしない。

だが、周りのスタッフ達は、弘幸が「せんせい」と呼ばれていることに気付きはじめる。

「しぇんしぇい」

とまでは、聞き取っていないようで、

「先生」

と、聞こえているようだ。

そして、弘幸のところへ、

「平山さん、何で、先生！と呼ばれているのですか？」

という質問が、時々来るようになる。それは当然のことだ。だって、彼女らは、弘幸に会う度、声を掛けるたびに「しぇんしぇい」、と呼び掛けるのだから。

私は、以前、教育産業で勤務していたことがあり、その教育産業での従業員達は、相手がたとえ社長や役職者であっても、名字の後に先生を付けて呼んでいた。

そこで、なぜ平山を先生と呼ぶのか？の質問者には、その教育産業時代の話をして言う。

「彼女達はその話をした頃から、面白がって、しぇんしぇい！と、呼びかけるようになったんです」

と、とぼけることとしている。

名づけ親の端田にも村中にも、なぜ、平山のことを「先生」と言うのかという同じ質問が来るらしい。

すると、彼女らは、

「平山さんて、なんとなく学校の先生の雰囲気があるじゃないですか。だから、自然にそうなったんです」

と、答えることにしていた。

◇ 世の中には色んな人が ◇

世の中には、呑兵衛四人組と同じように変わった人がたくさん存在する。

職場から自宅に向けて帰っているある日のことだ。

高槻からJRに乗った時は混みあっており、やっとのことで何とか座れる席を見つけて座った。

次の駅で、かなり年老いた老人が、一人で乗車してきて、座る席を探しているように見えたのだが、誰も席を譲ろうとはしない。

その老人が、座る席を探すように、弘幸の前に来た。弘幸は、

「おじいさん！　どうぞ、こちらの席にお座りください」

と、言って立ち上がった。

その老人は、私を睨みつけるように見て、

「なんじゃと、失礼な！　わしゃ、婆さんや」

と、まるで男が話すような口ぶりで言った。

しかし、その老人はそう言いながら、弘幸が空けた席に座った。

弘幸は、バツが悪そうにその場所から、前の車両の方に移動していった。

その電車は、JR岸辺駅に着き、弘幸はタクシー乗り場に行ってタクシーを待った。

もう、最終のバスの便は無くなっていたからだ。他にタクシーを待って並んでいる人はいなかった。岸辺駅は小さな駅で、タクシーはなかなか来ない。

しかし、以前に比べると、随分便利にはなった。

三年ほど前に、国立循環器病研究センターと吹田市民病院が、この岸辺駅の二階とつながって、雨が降っても濡れないで行けるようになった。

よくタクシーを利用する弘幸は、この便利さと共に、この二つの大きな病院ができたおかげで、タクシーの数が増え、タクシーの待ち時間が少なくなることを期待していた。だが、あまりタクシーの数が増えたような感じはしなかった。

三十分ほど待って、やっとタクシーが、近づいてきた。そのタクシーの運転手は、タクシーの待合場所からみても、すぐに、かなり年老いた人のように見えた。

タクシー乗り場に着いた、その運転手は、乗り場直前で、

「キ、キー！」

と、タイヤをきしませながら、ハンドルを切って、タクシー乗り場に滑り込んできた。

運転手は、見えていた通りの、かなり年老いた老人と言わざるを得なかった。

「大丈夫かなあ」

と、弘幸は少し不安にはなったが、いくら年老いたと言っても、彼は、二種免許を持ったプロの運転手なのだ。そう自分に言い聞かせて、タクシーに乗り込んだ。

「亥子谷のA五棟まで」

と言うと、運転手は、

「あのヒノキ薬局のところを右に曲がって、住宅団地を抜けて行けばいいですね？」

と言う。

運転手の問いかけに弘幸は
「そうです」

と、言って、

「さすが、この辺りのタクシー運転手で、地理が良く分かっているな」

と、感心しながら、料金メーターに目をやった。

料金メーターは倒れていなかった。

「放っておいたら、この運転手はどうするかな？」

とも思ったのだが、意地悪は止めた。

「運転手さん、料金メーターが倒れていませんよ」

と、弘幸が教えた。

「あっ！　ほんまに、またや。今日は三回目や」

と、タクシー運転手は独り言を言いながら、弘幸に礼を言うでもなく、料金メーターを倒した。

JR岸辺駅から五百メートルほど進むと、一キロメートルくらいのまっすぐの道があり、その間には三つの信号がある。

タクシー運転手は、気分が良いのか、鼻歌らしきものを歌っているように思えた。まっすぐの道に入ると運転手は、アクセルを踏み込んでスピードを上げた。

正面にある信号機は青から黄色に変わったが、運転手には、スピードを落とす気配が見受けられない。

プロの運転手なのだから、黄色の信号が目に入ってないはずはない。信号の色は確認した上で、大丈夫とふんで、走っているのだろう。

と思っていると、信号機が赤色に変った。

運転手は赤色の信号に気付いているはずだと思いながらも弘幸は、

「運ちゃん！　信号赤やで！」

と、言った。

運転手は、

「キ、キー！」

と、急ブレーキの音をさせて、車を止めた。

「運ちゃん！　大丈夫か？　信号、見えてる？」

と、声を掛けると、運転手が言った。

「いいんですよ、お客さん。私しゃねえ、もう七十九歳なんですよ。長生きしましたからねえ。思い残すことは無いし、いつあの世に迎えられてもいいんですよ」

「はあ？　私は、あんたの命なんか心配してんじゃねえよ。あんた、お客さんを乗せてるんだから、お客さんの命を最優先だろう！」

と、言おうとしたが、このタクシーに乗った時のことから思い出すに、この運転手に何を言っても馬の耳に念仏だな、と思った弘幸は、止まったここの信号機の場所でタクシーを降りて、十五分ほど歩いて帰った。

弘幸はまだ、命が惜しいのだ。もう少し長く生きて人生を楽しみたい。特に長生きしたいなどとは思っていないが、後期高齢者医療保険の被保険者になる七十五歳までは、生きていたいな、となんとなく思っているのだ。それに、できるなら、息子の結婚する姿も見てやりたいとも思っている。

弘幸は家に着いて、明後日の土曜日が呑兵衛四人組の久しぶりの休日麻雀大会であることを思い出した。

　ふと、他の三人が忘れているのではないかと不安になった。

　翌日の金曜日、弘幸は、念の為、以下の文章をメモ用紙にしたためて、職場にあるそれぞれ三人の連絡用レターボックスに入れておいた。

「Dr．端村様。

　念の為の確認です。

　明日は、午前十時から菜の花畑で試合開始です。待ち合わせは、いつも通りの富国生命ビル前で九時五十分です。直接、戦場に行かれてもかまいませんが、お忘れなきようお願い致します」

　このメモ書きが自筆だと、誰の筆跡か分かる心配があったので、勤務先のパソコンで、昼休み時間に作成していた。

　弘幸は、端田友江と同じ部門で働いているので、すぐ近くの席にいて、その端田の行動を観察していた。

　すると、端田は、弘幸の入れたメモ書きを見つけると、すぐに読んでいたのだが、その後の端田の行動に、

「アッ！」

　と、言わされた。

　読んだメモ書きを端田は、あろうことか、首をかしげながら、隣にいた男性スタッフに、そのメ

モ書きを見せながら、

「池山さん、このメモは池山さん宛の物じゃないですか？　私のレターケースへ入っていたのですが。私には、何のことか分からないので間違えて入っていたのじゃないですかね。これは明日のゴルフの約束ですか？　いいですね」

端田から、そう言われて渡されたメモ書きを見ていた池山は、意味がよく分からないようで、首を傾げた。

とすぐ、端田は、そのメモ書きが自分宛であることを悟った。

顔を赤らめながら、池山に向かって、

「あっ！　いいです、いいです。すいません！　それは、やっぱり私のものです。分かりましたので・・・」

と、言って、そのメモ書きを取り返した。

「もっと早く気付いてよ！『Dr．端村』は、Drが出原で、端が端田、村が村中の略で、三人を表していることは、今までのメールで何度も使ってるじゃないか。それに、明日の雀荘の名前が、菜の花畑であることも伝えているよね！」

翌日の麻雀決戦場の菜の花畑で、弘幸は、この大失態を話題にしてやった。

すると端田友江は、

「あれって、本当に参ったわ。だって、本当に分からなかったんだから。すぐ気付いたけどね。でも危なかったなあ」

と、言ってケラケラ笑った。

他の三人もケラケラと笑いながら、戦いの幕は切って落とされたのだった。

◇　妹との出会い　◇

これは、全く偶然であったのだが、なんとなく弘幸は、数十年ぶりに、他流試合をやってみたくなった。

三十年以上も前まで良く遊んでいた、ブー麻雀の打てる雀荘を訪ねてみることにした。

その雀荘は、大阪梅田駅の近くにある京阪神商店街のパチンコ屋の二階のはずだった。

あった、あった。昔通りの春夏荘という雀荘の看板を、商店街に見つけた。パチンコ屋横の階段を二階へと上がっていった。ドアを開けると、昔通りの広い雀荘で、ワン・フロアーに百卓くらいの雀卓が並び、六十卓くらいがブー麻雀用で、残り四十卓くらいが貸卓用である。

弘幸は、店に入ったところに置いてある椅子に座って、自分の順番が来るまでタバコをふかしながら待っていた。

待っている間に、店員が、

「いらっしゃい」

と言って、持ってきてくれたお茶を飲んでいると、ずっと前方の貸卓用雀卓に、ふと目が行った。目を凝らしてみると、そこには、先日、突然我々の雀卓にきて、

「そりゃあ、おえん（駄目）で！　へえでも、皆が待ってるから、はようしねーやー！」

と、岡山弁丸出しで口出しをした、山城という女性がいた。彼女は、貸卓で一緒に楽しんでいるのであろう麻雀仲間の後ろで、笑いながら観戦していた。

弘幸は、その時、彼女が岡山県出身で、山城という名前であると言ったことを思い出していた。岡山県で山城と言えば、弘幸の大学卒業時に、戸籍謄本で初めて知った、妹の存在であった。弘幸は、どうしても彼女の経歴を知りたくなり、いてもたってもいられなくなった。

「彼女が、あの戸籍謄本に載っていた妹であるはずが無いではないか。この前初めて会って、今日、再び会った女性が、妹である偶然なんてある筈が無い」

と思いながらも、岡山の山城という記憶が、待っていた麻雀の順番をキャンセルさせた。

そして、仲間の麻雀を観戦している彼女の所に行って、声をかけた。

「山城さん？　山城さんですよね。先日はどうも。また、お会いしましたね」

「はい、山城です。ああ、どうも。この前は突然に失礼なことを申し上げて、申し訳ありませんでした」

と、彼女は丁寧に言ってくれて、嫌がっている風では無かったので、続いて疑問を投げかけてみた。

「山城さんは、現在、大阪市に住んでいるとのことでしたが、岡山県出身と言っておられましたよね。岡山県の何という所に住んでおられたのですか？」

「私は、高校を卒業するまでは、岡山県の苫田郡鏡野町というところに住んでいました。今は大阪に住んでいますが、小さい頃からの私の夢は保育士で、高校を卒業すると、都会への憧れも手伝って、大阪の短期大学に進んで保育士になったんです。それ以来、ずっと大阪に住んでいるのですが、お酒を飲んだり、少し興奮などしたりすると、つい岡山の方言が出てしまうんです。この年になっても。その節は本当に申し訳ありませんでした」

と、山城は尋ねもしないことまで丁寧に教えてくれた。

続いて弘幸は、尋ねた。

「大変失礼とは思うのですが、お名前を教えてもらっても差し支えないですか？　もしかして、八重子さんとは、おっしゃらないですよね？」

山城は、本当にビックリしたような顔で、目をパチクリさせながら、

「えっ？　どうしてご存じなんですか？　この前初めてお会いしただけですよね？」

と、問い返してきた。

「実は、私は自分が、大学を卒業するまで五人の兄弟姉妹で、私が末っ子だと思っていました。ですが、大学を卒業して就職する時、市役所で私の戸籍謄本を取って、初めて知ったのです。私は六人の兄弟姉妹で、私の下に妹が存在していたのです。その妹は、名前を八重子と言い、生まれると

間もなく、岡山県の苫田郡鏡野町という所に養女に行っている記載があったのです。それが、ずっと頭に残っていたのです」

と、弘幸が答えると、山城は、

「その、平山さんの生まれた場所って、広島県の東部で、岡山県との県境に近い、山野というところではないですか?」

と、尋ねてきたので、

「えっ? その通りですよ」

と、答えると山城は、

「実は私が二十歳の誕生日に、母親から聞かされたことがあります。父親は既に、その一年前くらいに交通事故で亡くなっていました」

「母親は、私に向かって、八重子、実はお前は私が生んだ子供ではないんだ。私達夫婦には子供ができなくて、岡山県の井原市にいる親戚の紹介で、井原市に近い広島県の山野という場所で神主をやっている家から養女に貰ったんだ。養女として貰うのであれば、小さい時の方が良いだろうということで、生後、ひと月もしないうちに、山城家に引き取ったのだよ。二十歳になった時には、八重子が養女であることを明かそうと、亡くなったお父さんと約束していたので、こうして今、話すことにしたんだ、と、たんたんと話してくれました」

と、山城八重子は、養女として山城家に入った経緯まで教えてくれた。さらに続けて、

「と言っても、私は昭和三十六年の十一月に生まれるとすぐ、二十歳になるまでずっと、岡山県の苫田郡で両親と一緒に暮らしているので、養女の事実を知っても、全くピンときませんでした」

と、言うと、さらに弘幸に当然の質問を投げかけてきた。

「でも、平山さん、なぜ大学を卒業して戸籍謄本を見るまで、妹のいることを知らなかったのですか？　家で子供が生まれたのであれば、お母さんのお腹も大きくなったであろうし、分からないはずがないと思うのですが」

「実は、私は、小学校に上がる時に、岡山県の笠岡というところの叔父の家に養子に入ったんです。養子に入っている三年の間に、八重子という妹のあなたが生まれたのです。でも、あなたは、戸籍謄本の記載によると、生まれて間もなく岡山県苫田郡鏡野町というところに養女に出されているんです。それに、両親も兄弟姉妹も、この件については何も話してくれなかったので、母親の大きなお腹の記憶も、あなたの顔を見る機会もなく、妹の存在は知りようがありませんでした。妹の存在を知ってからも、ずっと黙っていた家族には、なんとなく尋ね辛くて一度も確認したことはありませんでした」

と、弘幸は答えてから、尋ねなくても良いことをつい、尋ねてしまった。

「私は、六十九歳の爺さんで、十数年前に妻を病気で亡くしました。四十七歳でした。ところで山城さんのご主人は何をされているのですか？」

「えっ、奥様は四十七歳で亡くなられたのですか。それは若すぎますね。お寂しかったことでしょう。私は、もう六十二歳のお婆ちゃんなのですが、一度も結婚したことがないんです。だから、麻雀が、人生の伴侶のようなものです」

と、妹の山城八重子は笑わせた。

弘幸は、

「私は今日、今まで、もやもやしていた本当の妹の存在がはっきりしたので、非常にすっきりしました。あなたの現在のことを私の兄弟姉妹が知っているのかどうか分かりませんが、今日お会いして判明したことを、兄弟姉妹に知らせても良いですか？」

と、自分の気持ちを伝え、実の兄弟姉妹に知らせることの可否を確認した。

妹の山城八重子は、

「ご兄弟から今まで何も話されなかったのですから、お知らせする必要は無いと思います。お互いの家族へ、今日の出来事は知らせないことにしましょう。でも、今日からのお兄さんとのお付き合いは、ずっと続けさせてください。麻雀のメンバーが足りない時や、何か相談事でもできた時は、お互いに知らせ合って、助け合いたいと思いますが、いかがですか？」

と、言ってくれた。弘幸に不満など有る筈はないので、

「いいですよ。そうしましょう！　でも、今さら兄さんと呼ばれるのは、ちょっと照れくさいですね。私の周りの人達は我々の関係を知らないわけですから、今まで通り、平山さんと呼んでいただけますか？　私もあなたのことは、山城さんと呼ばせていただこうと思いますが、いかがでしょう

か？」

妹は、

「それが良いですね。私も、今から新たに兄さんと呼ぶのは、ちょっと違和感がありますので、そうさせてください。ただ、二人だけの時に、兄さんと呼ぶことがあっても許してください」

と言って、今後のお互いの連絡のために、電話番号とメールアドレスを交換することを提案してきた。そして二人は、お互いに、電話番号とメールアドレスを交換して、妹は別れ際に、こうも言った。

「お兄さん、先ほどは、お会いする時を、麻雀のメンバーが不足する時とか、相談事ができた時と約束しましたが、二か月に一度くらいは会って元気な顔を拝見したいのですが、構いませんか？」

もちろん、弘幸はＯＫした。

そして、その後も二人は、二か月毎に会って、麻雀や昔話に花を咲かせている。

そして、二人で会っている時の彼女は、ずっと、

「お兄さん」

と、呼んでくれている。

実の妹に、お兄さんと呼ばれるのは初めての体験であり、この「お兄さん」という言葉の響きは、とても心地よかった。

このように、麻雀は、弘幸にいろいろと不思議な機会を与えて、多くの友人を紹介してくれた。

最もありがたかったのはもちろん、ずっと欲しいと思っていた、実の妹に会える機会を与えてくれたことである。

◇ 終わりに ◇

いろいろな出来事を経て、弘幸は、令和六年一月二十二日を迎えた。明後日の一月二十四日が弘幸の誕生日であり、誕生日前日の明日、一月二十三日が七十歳となる日だ。従って、今日の一月二十二日は、六十九歳最後の日、つまりシックスナイン最後の日なのだ。弘幸は、思っていた小説を、この通り、シックスナイン最後の日に書き上げることができた。くだらないシックスナインのたわごとであった。

明日からは七十歳で、来月からは、医者に掛かった時の治療費の一部負担金が二割になる。いよいよ、本当に年寄りの仲間入りだ。

さて、ここで明かしておくことが有る。

実は、かくいう私も誕生日が一月二十四日で、その前日になる明日が満七十歳なのだ。

この小説を読んだ人は、

「へえ、偶然なんだ。友人同士が同じ誕生日だなんて」

と、思うに違いない。

だが、偶然なんかではない。当然なのだ。

弘幸の友人である私は、実は弘幸自身なのだから！

この小説が発刊できるかどうかは分からない。発刊するための費用が思う金額以内であれば発刊しようと思っている。

その話を身近の友人にすると、

「じゃあ私が、出版費用をカンパします」

と、言ってくれていた。

だが、つい先日、その友人から、

「申し訳ありません。カンパしようと思っていたのですが、昨年末に購入した年末ジャンボ宝くじが当たりませんでした。次に、サマージャンボ宝くじを買うので、もう暫くお待ちください」

とのメールが届いた。


人生において、多くの人達と触れ合えば、きっと楽しくなる。

まだまだ、これからも存在する人生、多くの人達と触れ合うことにしよう！

必ず訪れる、楽しい幸せをめざして！

完

幸田　裕（こうだ ゆたか）

1954年1月広島県深安郡（現、福山市）加茂町山野に生まれる。

小学校入学時に、岡山県の叔父の家に養子として貰われるも、小学校3年生の冬休み、養子の生活に耐えられず、実家を目指して4時間かけての家出。

高校入学時から実家を離れての一人暮らしを始め、10数回の転居を繰り返し、数多くの人と出会う。

その中の面白い話を整理して、世の人達に紹介したいが為、この愚本を執筆。

人生の中で夢中になったことが3つ。

①商業高校で学び始めた「**簿記**」→実社会では経理担当。教育産業では四半世紀に亘って教える立場にあった。

②大学で始めた「**麻雀**」→現在に至るまで、愛し続けている。転居に伴い、これが多くの人達と巡り合う媒体となった。

③社会に出て学んだ「**CP プログラミング**」→昭和57年、大阪天神橋筋でソフト会社設立するも倒産。

※その後、教育産業に就き、簿記やコンピュータの講師、取締役支店長、取締役財務部長、取締役管理本部長を務めた。

シックスナインの戯言《たわごと》

2024年11月22日　第1刷発行

著　者　　幸田　裕

発行人　　大杉　剛

発行所　　株式会社 風詠社

〒553-0001　大阪市福島区海老江5-2-2 大拓ビル5-7階

Tel 06（6136）8657　https://fueisha.com/

発売元　　株式会社 星雲社（共同出版社・流通責任出版社）

〒112-0005　東京都文京区水道1-3-30

Tel 03（3868）3275

印刷・製本　シナノ印刷株式会社

ISBN978-4-434-34772-6 C0093